名家随笔精华

落不定的尘埃

阿来　著

长江出版传媒 | 长江文艺出版社

图书在版编目（CIP）数据

落不定的尘埃 : 阿来藏地随笔 / 阿来著. -- 武汉 :
长江文艺出版社，2016.6(2023.3 重印)
（中外名家随笔精华）
ISBN 978-7-5354-8767-4

Ⅰ. ①落… Ⅱ. ①阿… Ⅲ. ①随笔－作品集－中国－当代 Ⅳ. ①I267.1

中国版本图书馆 CIP 数据核字(2016)第 093107 号

责任编辑：张远林　　责任校对：毛季慧
封面设计：徐慧芳　　责任印制：邱　莉　王光兴

出版：长江出版传媒　长江文艺出版社
地址：武汉市雄楚大街 268 号　　邮编：430070
发行：长江文艺出版社
电话：027—87679360
http://www.cjlap.com
印刷：三河市百盛印装有限公司

开本：640 毫米×970 毫米　1/16　印张：16.5
版次：2016 年 6 月第 1 版　2023 年 3 月第 4 次印刷
字数：195 千字

定价：52.00 元

中外名家随笔精华

落不定的尘埃 阿来藏地随笔

目 录

大地的咏叹

从拉萨开始 · 3

嘉木莫尔多:现实与传说 · 23

赞拉:过去与现在 · 42

灯火旺盛的地方 · 87

上溯一条河流的源头 · 138

德格:湖山之间,故事流传 · 169

病榻杂记

被机器所审视 · 187

以为麻醉剂能让我飞起来 · 193

善的简单与恶的复杂 · 198

不是解构,不是背离,是新可能 · 210

道德的还是理想的 · 217

文学的教义

随风远走 · 223

文学表达的民间资源 · 226

落不定的尘埃 · 236

音乐与诗歌,我的早年 · 241

《空山》三记 · 246

大地的咏叹

从拉萨开始

1　嘉绒释义

是的，我从拉萨开始。

所以如此，是考虑到叙述的方便。从更深层的意义上讲，我所以走进西藏，也就是为了走出西藏。西藏这个名字，与整个藏民族息息相关。

在历史上，藏民族从现今西藏自治区的南部发源，建立吐蕃国，北上建都拉萨，再向青藏高原的各个方向扩展。在青藏高原的东部，吐蕃铁骑翻山越岭，从群山的台阶上拾级而下。在西藏本部，大部分河流最终都转向了南方，流向了呷格——印度这个白衣之邦。当他们一路向东，向东北，顺着从青藏高原发源的长江与黄河，以及这两条中华之河众多的支流在群山森林间冲辟出来的巨大峡谷，出现在河西走廊，出现在柴达木盆地，出现在关中平原，出现在成都平原的边缘。这时，在吐蕃铁骑面前，出现的是一个正如日中天的强大帝国。在这样一个漫长的弧形地域里，他们遭遇的都是一个民族，崇尚青色的民族。于是，一个新的称谓在藏语里出现了：嘉绒。一个与印度相对应的名字，意思是黑衣之邦。

在这种遭逢发生之前，他们曾经过一个宽广的过渡地带，史书上没有留下关于这个地带的称谓。这个地带在现在的地理描述中应该是青藏高原东北部黄河第一弯上的若尔盖草原，和草原东边一直向四川盆地拾级而下的岷山山脉和邛崃山脉的腹地。在今天，这片八万多平方公里的土地叫做阿坝，是一个以藏族为主体的自治州。

据说，阿坝这个地名，得自于吐蕃大军征服了这片土地之后。当时，这支军队的主体部分大多来自现在西藏的阿里地区。他们长期屯居这片地域，与当地的土著在血缘上交融混合，而留下了这个意义已经有所转化的名字。但从当地人民口传的部族历史中，我们依然可以大致回溯到这个词的源头。

阿坝又分成两个部分，一部分是西北部以九曲黄河第一弯的若尔盖县为中心的草原，一部分是东南部的山地。这片山地的森林哺育壮大了长江上游几条重要的支流，从北向南依次是嘉陵江、岷江和大渡河。而在大渡河上游的中心地带，更哺育出一种独特的与这种地理息息相关的农业耕作区：嘉绒。

单就纯意义学的观点而言，“嘉”是汉人或者汉区的意思，“绒”是河谷地带的农作区。两个词根合成一个词，字面的意思当然就是靠近汉地的农耕区。在吐蕃大军到来之前，这个地区的文明特征就已经基本具备了。近来的民族学者结合本部地理，对这一名称提出新的解释，容以后结合具体的游历再加以叙述。

如果把阿坝的地理做一个大致的划分，草原更多属于黄河。而嘉绒这个农耕区则大部分集中在长江水系的大渡河中上游和岷江上游北向的支流这些宽广的流域上。当大渡河以及北边的岷江从群山中奔流而出，就是富庶湿润的四川盆地了。在历史上，吐蕃大军勒马川口，望见烟雾弥漫、沃土修竹的平畴沃野，不知为什么总要鸣金退回深山。那么，现在同样地让我再次回到拉萨。

2　民间传说与宫廷历史

因为要叙述清楚这一地区的历史，我们必须回到拉萨。

而我这本书写作的动因的最初产生，也不是在这片群山之间，而是在大山阶梯的顶端，在藏文化的中心地带拉萨。

首先想起的是一个传教者的故事。

这个故事让我回到中世纪，回到中世纪的拉萨。

这是一个什么样的世纪呢？有一本由英国人托玛斯搜集整理、叫《东北藏古代民间文学》的书中援引的民间文学这样描绘这个世纪："没有人再像神人未分的时代那样正直行事了，由于没落时代的来临，人们逐渐不知害羞，肆无忌惮。他们不知道羞耻，他们不遵守誓言，一心想发财致富，不顾死活。""从此以后，人们无耻食言。儿子比父亲坏，孙子又比儿子坏，一代比一代坏，甚至在身体方面，儿子也比父亲矮。"

这些民间的诗人和历史学家还把眼光转向了宫廷生活："从国王的妻子以下，妇女被认为比国王还聪明。她们参与国政；她们来到国王与大臣之间制造分裂，这样，国王和大臣们分裂了。"

这是宫廷政治在民间、在遥远地方的一种余响，民间用自己的方式将这种余响记录下来。而在当时吐蕃国的中心拉萨，在国力蓬勃向上的时候，吐蕃宫廷中已经出现了民间故事中所指称的那种情形。当时在拉萨，是藏王赤松德赞当政的时期。传说赤松德赞是唐朝第二次与吐蕃和亲后，金城公主与藏王赤德祖赞生下的儿子。那时的宫廷斗争除了关涉上述民间故事所罗列的那些因素外，还与传入雪域藏地不久的佛教与西藏本土宗教苯教的剧烈斗争有着很大的关系。

传说赤松德赞出生的第二天清晨，在外的赞普赤德祖赞赶回宫里去看望公主母子，却发现，小王子被另一个妃子抢去，声称此子为自己所生。这个同样颇具民间色彩的故事说，大臣们为了弄清王子到底是哪个王妃所生，便将小王子放在一间屋子里，让两个妃子同时去抱。金城公主先抱到了王子，但那个叫纳囊氏的妃子拼命去抢，一点也不顾及是否会伤及王子，倒是金城公主担心伤及王子的身体与性命，便主动放手。因此，大臣们确信王子为金城公主所生。

但在真实可证的历史书中，赤松德赞出生于公元 742 年，金城公主在此前的公元 739 年已经去世了。赤松德赞的确是纳囊氏的亲生儿子。那么，在民间为什么竟附会出带着明显倾向性的传说。有分析家认为，这正是藏族人民渴望藏汉团结的心愿的象征。如果充分考虑到彼时彼地的历史状况，以及中原王朝和西藏政权之间的关系的实际情形，这种说法过于超前，就像把农民起义领袖几乎说成共产主义者一样。一种不具备真正史学眼光的结论，最后会流布为一种不负责任的流行说法。实际上，民间所以附会出这样的传说，应该是来自外部世界的佛教与西藏本土的苯教在雪域高原激烈斗争的曲折反映。

传说在后世流传，所能说明的仅仅只是：越来越多的藏族人成为佛教信徒，所以把同情更多地给予了当时倾向于佛教、扶持佛教的大唐公主。

在当时的西藏宫廷，佛苯斗争进行得异常激烈。赤松德赞的生母是拥护本土宗教势力的代表性人物，但他自己却更倾向于佛教。血缘并不能统一信仰，这是宫廷斗争故事里一个永恒的主题。赤松德赞继承王位后，便支持那些转入地下的佛教徒重新公开自己的身份，把隐藏在僻远山洞里的佛教经典发掘出来，加以翻译和阐释。

他的这种行为，使自己站到了一个权倾朝野的父辈老臣的对立面。这也是古往今来宫廷斗争中常见的一种模式。当年轻国王的命令屡屡被反佛的大臣玛降加以阻止，他只好设计除掉大臣玛降。于是，许多随从、术士、星相学家四处出动，散布流言。流言是以预言的方式出现的。这个预言说：国家与国王都将蒙受大的灾难。在那个时代，这也就等同于是整个吐蕃人民的灾难。于是，军民人等都非常关心这样一个问题：有什么办法可以禳解这个无妄之灾。

藏王手下早已准备好了答案：唯一的办法就是让职位最高的大臣在坟墓里住上三年！全拉萨，全吐蕃人都知道，这个人只能是大臣玛降。

而且，藏王并不急于动手，而是让手下再四出传布另一个流言。先是整个宫廷，然后是整个拉萨城都在说：大臣玛降得了大病！

位极人臣的大臣玛降不止一次听到这些谣言。宫女们交头接耳说的是这个话题，士兵们在冬天的石墙下晒太阳时说的也是这个话题。拉萨街头的酒馆里，流传的也是这个话题。甚至听到寒鸦在黄昏天空里的鸣叫，也是说：玛降病了！病了！

回到家看看镜子，里面显现出的真也是一张用心过度、疲惫浮肿的脸。大臣玛降终于崩溃了，扑在床上，把脸埋在熊皮褥子温暖安全的长毛中间，像个孩子似的痛哭起来："吐蕃上下都说我得了大病，我要死了，我要死了！"

于是，所有的人都跟着哭起来。玛降哭的是自己，他们哭的是即将失去一座巨大坚实的靠山。现在，诅咒应验了，这座大山开始摇晃了。只有一个粗笨的厨娘力排众议，说："众人的嘴最靠不住。"

玛降当然愿意相信这句话，但他再次揽过铜镜，仔细观察了自己的面容以后，却喟然长叹："众人口中有智慧，我有病是真的！"

这正是年轻藏王早就盼着出现的情况，现在，他以为时机已到，马上召开御前会议。会议不是讨论大臣的病，而是寻找避免国家与国王的灾难的对策。根据国王授意，当即有大臣要求住在坟墓里去禳解将临的灾难。

立即有人表示反对，并要问这位大臣的僭越之罪。预言里说的只有位置最高的大臣才能禳解，而这位大臣就是玛降。

玛降也不能允许任何人在地位上超越自己。于是，他要求自己进入坟墓三年。宫廷中处处是陷阱与机关，在女人怀中睡觉都要睁大一只眼睛，他想自己实在该好好休息一下了。在坟墓里住上三年时间，病就可以养好了。那时，且看他像最强烈的龙卷风暴一样卷土重来。

玛降是个聪明绝顶的人，他把地宫建造在自己势力范围内的纳囊扎普，并亲自督造将在其中隐居三年的坟墓。其间也颇费心机，比如为防不测暗设了以牛角连接而成的秘密水道和气孔，外加许多的物资储备。果然，当他住进坟墓里，墓门就被巨石封死了。

隐隐的担忧变成了现实。

不久以后，有人向赤松德赞报告，大臣玛降从牛角水管里射出来一支箭，上面写道："纳囊族的人们，挖开坟墓，救我出来！"

藏王向众人出示这支箭，当成玛降不忠于国王与国家的罪证。于是，玛降暗设的水管与通气孔被堵死，没有人听到过大臣玛降面临死神时绝望的呼喊。

玛降死后，年轻的国王明令在吐蕃全境大兴佛教。

即或到了这样的局面之下，苯教在自己诞生的本土仍然有着大批的信徒。赤松德赞的母亲就是一位虔诚的苯教徒。他的王妃才崩氏也是苯教徒。赤松德赞娶有好几位王妃，但只有才崩氏为他生了三位王子，因此，她在吐蕃王宫里的地位无人能敌。赤松德赞在统治范围内大兴佛教，却不能改变身边王妃的信仰。

所以，赤松德赞把更多的感情倾注到波雍王妃身上。后世由佛教徒撰写的藏族史书中，才崩氏特别飞扬跋扈，因为国王移宠于波雍王妃，她先后八次派出刺客，要暗杀丈夫。

赤松德赞去世时，遗嘱要波雍王妃再嫁给下任国王。才崩氏曾亲自前往刺杀波雍王妃，因王子护卫未果。于是，她买通厨师，下毒于食品中，害死了自己的亲生儿子——仅在王位上坐了一年零七个月的吐蕃国王牟尼赞普。

牟尼赞普在位时，制定了在桑耶寺供养经、律、论三藏的制度。这是整个藏族地区供养佛典与僧人的正式起源。

我讲述这个故事，不是想担负起自己所不能胜任的梳理藏族宗教历史的工作，而是因为，这个故事与我将要书写的东北部藏区的文化特征相关。

3 僧人与宫廷

藏族历史第一座佛教寺院桑耶寺建立以后，藏族历史上第一批僧人在此出家修行。

这批人一共七名，史称“七觉士”。其中一名有大德者法名毗卢遮那。

传说有段时间，毗卢遮那在山洞中修行。常去王宫就食。毗卢遮那丰颐伟颜，崇信苯教的才崩氏爱上了他。一次，才崩王妃把国王、王子和仆人打发出去，将毗卢遮那迎进内室求欢。

毗卢遮那是藏传佛教宁玛派的大师，这一流派并不特别强调禁绝女色，但他还是非常害怕，便慌忙逃避了。

王妃恼羞成怒，反向国王诬告毗卢遮那欲对自己行不轨之事，使得国王心生疑虑。待到这僧人再到王宫就食时，再也无人张罗迎接。毗卢遮那当下明白了一切，就此远离王宫，逃入了深山继续修行。后来，国王悔悟，亲往深山寻找大师。最后，竟然连才崩氏也回心转意。当然，这是历史故事的民间版本。民间版本中总有老百姓的一厢情愿。老百姓通过这种方式修改历史。

虽然，历史不因这种修改而变化。

才崩氏代表的是保守的贵族阶层的利益，所以，她一直在千方百计地迫害佛教大德毗卢遮那，必欲除之而后快。就是藏王本人也不能名正言顺地保护这位佛教大德，只好用了一个看起来并不高明的计策。国王叫人抓来一个流浪汉，宣称此人就是毗卢遮那。趁着才崩氏等还没有辨认清楚，便将这个不幸的流浪汉投向扣合的大锅里，投入了大河，然后发文书声称处死了毗卢遮那。

但才崩氏向贵族们揭露了国王的计谋。

于是，即使是国王的庇护也不能使毗卢遮那呆在吐蕃的权力中心了。作为保护措施，国王宣布将他流放到吐蕃国东北部新开辟的边疆地带。

这个地方，就是我的家乡，现在的四川阿坝州。流放到那个在藏语中被叫做嘉绒的地方。那时，这片靠近富庶的四川盆地的山间谷地中，已经生息着许多土著部族。吐蕃在西藏本土立国后，其大军所向披靡，征服了群山中间众多的土著部落。

这些土著部落在未融入藏文化之前，已见于历史记载。

《后汉书》中就说："其王侯颇知文书，其法严重。"书中还说，"土气多寒，在盛夏冰犹不释，故夷人冬则避寒，入蜀为佣，夏则违暑，反其邑。从皆依山居止，累石为室，高者至十余丈。"现代的考古发现，这些土著部落盛行一种石棺葬法。

我曾随考古工作队，去过一个石棺葬发掘现场。所谓石棺是以若干就地取材的天然石板镶成，有四壁，有盖，但无底。有些石棺底部有一层柏枝烧成的灰烬。部分棺内有葬品，但大多是粗陶制品，就放置在棺内尸骨的头部或足部。这种石棺葬多见于岷江流域，在岷江湍急水流深切出来的河谷地带穿行途中，常常可以从崩塌的断壁上看到。关于这些土著部落，《隋书》中也有记载："嘉良夷，政令系之酋帅。漆皮为铠甲，弓长六尺，以竹为弦。妻及群母及嫂。儿死，父兄亦纳其妻。好歌舞，鼓簧，吹长笛。其俗以皮为帽，形圆如钵，或带幂离，衣多毛歇皮裘，全肃牛皮为靴。项系铁锁，手贯秩钏，王与酋帅，金为手饰。土宜小麦、青稞。用皮为舟而济。"

这些政治上并不统一的部族，在耕作方式、文化特征上，已经显现出高度的一致性。公元 7 世纪，中原的大唐王朝走向其国力最为强盛的时期。也是在这一时期，吐蕃在青藏高原的腹心地带兴起，数万大军从高原顺河谷深切而下，直抵四川盆地边缘，中心在大渡河上中游地区，并延伸到岷江上游一部分的嘉绒地区，将其纳入了吐蕃版图。

最初完成的是军事上的占领。

4 盘热将军

代表吐蕃在这一地区行使统辖权的第一位将军叫做盘热。

他是吐蕃王室宗亲。他的城堡建在嘉绒地区的中心地带，今天的马尔康县松岗乡。城堡名叫查柯盘果。我曾数次前去踏勘过这个城堡的遗址。从阿坝州政府与属下马尔康县政府所在地马尔康镇顺大渡河上源之一的梭磨河而下 15 公里，到松岗乡，再从左岸直波村对面的山梁步行上山，约一个小时后，穿过苹果园和一片片玉米地，终于上到山梁上长着白桦与核桃树的草坡上时，就可以看到盘热建于一千多年前的城堡旧址了。

岁月无情，世事沧桑，当年的显赫与辉煌都已化为荒草。荒草中依然激发着我们回想一个铁血时代的，是隐约起伏的最后几线石头残墙。石头，是地球上所有文明都采用了、想要存之久远的建筑材料，终于还是被时间之手肆意倾圮，被荒草与尘埃深深地掩埋。

我分别在夏天、秋天、春天与冬天之间去过那个遗址。那真是一个风景优美雄奇的所在。

梭磨河自东向西在河谷中奔流，宽阔的谷地两边，群山列列，巍然耸立。一南一北，群山又夹峙出两条山沟两股溪流，一条叫其里，一条叫莫觉。在松岗汇入梭磨河。一大两小的三条溪流在冲刷，也在淤积，造就出群山之间一块块面积不一的肥沃土地。地理学上，叫做河谷台地。这是嘉绒所在的大渡河流域，岷江流域耕作区的一个缩影。这些地质肥沃的台地，依海拔高度的不同种植玉米、小麦、青稞、胡豆、豌豆、荞麦、麻、蓝花烟、洋芋、白菜、蔓菁、金瓜和辣椒。点缀在农民石头寨子四周的则是果树：苹果、梨、樱桃、沙果、杏、核桃。还有一种广为栽植的树不是水果，在当地人生活中也非常重要：花椒。

我在不同的季节去那个地方，看到农人们耕作、锄草和收获。除了收获下来的谷物用拖拉机运输，基本的方式与吐蕃统治时期并没有根本性的变化。耕作的时候，两头犏牛由一个小孩牵引，两头牛再牵引犁，扶犁的是一个唱着耕田歌的健壮男子，后面是一个播撒种子的女人，再后面又是一个往种子上播撒肥料的女人。夏天，女人们曼声歌唱，顶着骄阳锄草时，远山的青碧里，传来布谷鸟悠长的鸣叫声。

四周的山峰则高峻而险要。越是山峰的高峻险要处，更耸立着高高的历经千年不倒的石头碉堡。遥想当年，盘热和他的大军就这样扼险守要，并从这种高峻的险要中，虎视着君临了的这些河谷。

任何人都明白，无论在任何时候，那种高峻处强大的君临者，都是暂时的，无法永恒。只有那些台地上的土地、村庄与人民才是真正久远的存在。而军事的征服与铁血的统治总是一种暂时的现象。最强大的也最脆弱。当地有一句谚语，其大意就是说，最高大的东西，最容易连根倒下。

眼前的情景也正是一种生动的写照，一个在历史书上、在传说中声名赫赫的城堡消失于荒草之中，而未见于历史与传说的寻常民居却依然存在于这些曾被一次次君临的和风吹送的峡谷之中，并且日益星罗棋布了。

盘热的煊赫的存在是短暂的，之前与之后，都有过很多短暂的存在。我之所以在这里反复提到他，是因为他和他所统领的军队，使嘉绒地区终于在吐蕃统治时期融入了藏族文化这个整体。

盘热是一个军人。作为军人，他带来了战争，以及战争之后的和平。他也是一个行政长官。作为行政长官，他从吐蕃带来了两部成文的法律。这是嘉绒地区有成文法律的开始。

公元7世纪中叶，盘热统一了嘉绒，结束了这一地区长期的部落混战的局面，在一种较为安定的环境下，实施他带来的两部法典。

其中一部藏语称为“尼称”，类似于现在的刑法。

这部古代刑法分为九律共八十一条。这部刑法用金粉书写，以示其尊贵与重要。

其九律依次为：递解法庭律；重罪极刑律；警告罚款律；杀人命价律；狡狂洗心律；盗窃追赔律；亲属离异律和奸污罚款律等。

另一部法律用银粉书写，藏语称为“芒登称仑”，类似于今天的民法。

这部民法共有十六律一百零八条。其十六律分别为：敬信佛法僧三宝；救修正法；报父母恩；尊重有德；敬贵尊老；利济乡邻；直言小心；义及亲友；效仿上流，远瞩高瞻；饮食有节，货财安分；追念旧恩；及时偿债，秤斗无欺；慎戒妒嫉；不听邪说，自持主见；温言寡语；勇担重任，肚量宽宏等。

他又结合嘉绒当地的实际情形，起草了一部类似于今天的诉讼法的《听诉是非律》，颁布施行。这部法典得到吐蕃王朝的重视，后来颁布到吐蕃全境施行。

正是因为上述原因，在深入故乡群山的时候，我采用了一条反向的路线。既然我将这些群山看成通向高处的阶梯，但却没有一级级向上，直到海拔最高处，然后，四顾来路的漫漫与去路的苍茫。

反而先从拉萨，从青藏高原的腹心，顺着大地的梯级，历史的脉络，拾级而下。

顺着一条军事的征服之路。

也是顺着一条文化传播的路线。

5　我想从天上看见

也许是因为年代过于久远，在这条陆路上行走时，已经没有人能找到一条清晰的脉络。历史与历史中的文化传播与变迁，比之于现代物理学家所建立的量子理论还要难于捉摸。物理学家描述他们抽象的理论时运用了一种可靠的用数学语言可以表述的模型。而历史中的文化却更多的在荒山野岭间湮灭，随着一代一代人的消失而被永远埋葬。

我想，也许从天上，从高处像神灵一样俯瞰时可以看见。

于是，我在拉萨的贡嘎机场登机时特意要了一个临窗的位置，并祈愿这一路飞行，没有云雾的遮蔽。

事实是，我登上飞机时，拉萨正在下雨。拉萨河和雅鲁藏布江水溢出了河床，洪水漫进了河床两边的青稞地，漫进了低矮的平顶土房组合而成的安静的村庄。地里的庄稼已经收割了，洪水浅浅地漫在地里，麦茬一簇簇露在水面上。庄稼地与房舍之间，是一株株柳树，在雨中显得分外的碧绿。飞机越升越高，那些淹没了土地的水像面镜子一样反射着天光。这真是一种奇异的景象：洪水成灾，但人们依然平静如常，没有人抢险，没有人惊慌失措，那些低矮的土屋安安静静的，都是很宿命的样子。土屋顶上冒着青烟，我想像得出来，围坐在火塘边上的农人平静到有些漠然的脸。洪水与所有天气（比如冰雹）一样，或多或少都和某种神灵的力量与意愿有关。

对于来自神灵与上天的力量，一个凡人往往只能用忍受来担待。所以，当外界的眼光看到一个无所欲求的农人而赞叹、而自怜的时候，我想告诉你，那是因为对生活日深月久的失望。不指望是因为从来都指望不上。所以，你才会在雅鲁藏布江洪水泛滥时，看到这么一幅平静的景象。

这种平静的景象里有一种病态的美感，病态的美感往往更有动人心魄的力量。

飞机再向上爬升，就穿过了饱含雨水的云层。

云层掩去了下界的景象，满眼都是刺目的明亮阳光！

虽然有云层阻隔，但我还是感觉到机翼下渐渐西去的高原那自西向东的倾斜。飞机每侧转一下机身，我就感觉到雄伟的高原正向东俯冲而下。闭上眼睛感觉，那是多么有力的一种俯冲啊！我当然知道，这种俯冲感是一种幻觉。飞机飞行得非常平稳。电视里正在播放平和的音乐。当气流导致飞机发生小小的震颤，空姐柔美的声音便从扩音器里传来。

但我还是觉得大地在向下俯冲。

我说过，这是一种幻觉。

而且是我不止一次感觉到过这样的幻觉。

譬如当我最大限度在接近某一座雪山的顶峰，坐在雪线之上，看到只要有一点动静，风化的砾石便水一样流下山坡；看到明亮的阳光落在山谷里、森林中，使得云雾蒸腾，我也会感觉到大地的俯冲。而到云雾散开，大地安安静静地呈现出它真实的面貌，这种幻觉便消失了。

飞机起飞不久，机翼下面的云层便渐渐稀薄，云层下移动的大地便渐渐显现在眼前了。

雪峰确乎呈南北向一列列排开在蓝天下，晶莹中透着无声的庄严。在这一列列的雪山之间，是一片片的高山草甸，草甸中间或还点缀着一些积雨形成的小湖泊。湖泊边上，有牧人的帐房。我熟悉帐房里牧人的生活。他们不是草原上那种纯粹的牧民。夏天，他们赶着牛羊来到这些雪山之间的高山牧场；秋天到来，他们被一天天降低的雪线压迫着，走进河流深切出来的山谷，回到自己种植玉米与青稞的农庄。夏天是牧场上的收获季，秋天，又是土地里的收获季了。于是，这些山地中半农半牧的同胞，便在一年中，有了两个收获的季节。

每一列雪山之后，这种山间牧场就更低，更窄小，直至完全消失。眼界里就只有顶部很尖锐，没有积雪的峭拔山峰了。这是一些钢青色岩石的山峰，一簇簇指向蓝空深处。山体周围是郁郁葱葱的森林。然后，这种美丽的峭拔渐渐化成了平缓的丘陵，丘陵又像长途俯冲后一声深长的叹息，化成了一片平原。这声叹息已经不是藏语，而是一声好听的汉语里的四川话了。

从平原历经群山的阻隔与崎岖，登上高原后，那壮阔与辽远，是一声血性的呐喊。

而从高原下来，经历了大地一系列情节曲折的俯冲，化入平原的，是一声疲惫而又满足的长叹。

而我更多的经历与故事，就深藏在这个过渡带上，那些群山深刻的皱褶中间。

6　流放中的光明使者

机舱里的一多半乘客都是去内地各种学校上学的藏族学生。满眼都是被紫外线过多的阳光灼成黑红色的藏族肤色，满耳都是不时穿插着一些汉语或英语单词的藏语。藏语已经显得很古老了。如果没有这些汉语的英语的借词，这些年轻的学子恐怕不能把自己的感受完整地表达出来。

但在吐蕃强盛的时代，随着藏语书面文字被创造出来，藏语是一种多么强大而又生气勃勃的语言啊！

各种各样新鲜的词汇与句式，随着吐蕃大军传播到雪域高原的每一个角落。

说到语言，又是一个有关文化传播与整合的话题了，我们必须再回到藏族最早出家的“七觉士”之一毗卢遮那的身上来。

藏王赤松德赞迫不得已将毗卢遮那流放到吐蕃东北部的边疆地带。毗卢遮那被流放时，嘉绒地区一个个靠近汉地的山口，那些河水冲向成都平原的逐渐宽大的峡门，都成了吐蕃军队与唐王朝军队反复争夺的军事要冲。吐蕃军队因为长期屯守，除了少数贵族还谨守自己纯正的血统，大多数人都与当地土著通婚繁衍。即或是这样，嘉绒这个特殊的地区，不管是在意欲西进的唐王朝眼中，还是欲向东图的吐蕃人看来，都是一个化外的蛮荒之地.

被流放的毗卢遮那就成了一个光明使者。

他为这个地区带来了佛音与创制历史并不久远的藏族文字。要是没有佛教与一致的文字系统，没人能设想出今天这样一个幅员辽阔独具魅力的藏文化地带。这点道理，任何人只要打开中国地图就能明白。那占去五分之一中国版图的棕色的青藏高原上，只生活着几百万藏族人，而且，中间还有那么多高山峡谷的巨大空间阻隔，却发育出一种相对完整统一的民族文化。这在民族与文化区域的形成史上，无疑是个令人惊叹的奇迹。

这并不是几十上百年的军事占领可以达到的。

对嘉绒这个地区来说，盘热所率的大军是为佛教文化的传播扫除了障碍，廓清了道路。

舞台已经搭好，当幕布徐徐开启时，谁将成为这出戏剧的主角？

如果历史尚未开始，如果让未来学家、星相学家做出无数种可能性的预测……但当一切都成为历史，无数的可能演变成唯一的现实。所以，在这出中世纪结束蒙昧的戏剧中，聚光灯下只有一个主角，他就是被吐蕃王室流放到嘉绒中心大渡河流域的佛教宁玛派高僧毗卢遮那。

毗卢遮那在被迫的状态下被推到前台。

我曾经特别想追溯出他从拉萨一路辗转来到嘉绒的道路，但岁月久远，群山里只有鸟迹兽踪，这位大师流放辗转的路线已经无迹可踪了。

现在只知道他被流放到嘉绒，最先到达的是促浸。促浸是大河之滨的意思，即今天阿坝州境内的金川县，解放前，是国民党四川省政府辖下的大金县。公元七八世纪，这是嘉绒地区文化与农耕最为发达的地区。

传说毗卢遮那还未到达促浸，才崩氏命令当地军事长官加害于他的书信已经先期抵达。

和西藏、拉萨相比，海拔度两千上下的大金川河谷是一个湿热难当的地方。刚刚抵达的毗卢遮那被投入了更加湿热的地窖里，与毒虫和癞蛤蟆为伍。毗卢遮那瑜伽功力深厚，这些毒虫并不能伤他一分一毫。当地的军事长官想出一条又一条计策，但都不能危及毗卢遮那的性命与身体，更不能动摇他坚定的信念。他高深的功力引起了人们普遍的崇拜。

正在这时，赤松德赞要当地军事长官保护毗卢遮那的命令文书又到达了。

毗卢遮那获得了自由。

获得自由的毗卢遮那在嘉绒大地上漫游，是一个苦行僧的形象。

他必须是一个苦行僧的形象。

那时的嘉绒在宗教方面完全是苯教的一统天下。如果说，在西藏，藏族的本土宗教虽然几经反扑，总的趋势却是在节节败退。但在嘉绒地区，却正如日中天。可以说，毗卢遮那在这里处于一种比在西藏宫廷中更为危险的境地。但是，作为一个嘉绒人，我从来没有听到过什么对毗卢遮那大师不利的传说。

嘉绒人都说，是大师给我们带来了文字。而文字给我们的眼睛与心灵带来了另一种光明，黑夜都不能遮蔽的光明，一种可以烛见到野蛮与蒙昧的光明。他来到嘉绒，就在大渡河上游，岷江上游的崇山峻岭间四处云游。也许是吸取了在西藏传法时的经验与教训，他在嘉绒地区传法不是辩驳，不是批判，不是攻击，甚至也不宣讲，而是用无声的方式展示。在今天，我们已经很难区分这种展示中显露出来的有多少是教法的吸引，又有多少是因为人格的感召。正是用了这种方法，他才一改在西藏与苯教徒激烈对抗的局面，以一种更接近藏族本土宗教的理念与形式传播佛教，获得了当地笃信苯教的嘉绒民众的拥护与爱戴。他建立寺庙，译经说法，在较大范围内传播了创制不久的藏语文，使各说各话的部落共同的交流有了一个依凭，有了一种共同使用的官方语言。

从他经过地方留下的遗迹来看，更多的时候，毗卢遮那都在山间修行。其中最广为人知的是一个他曾面壁修行的山洞，位于距马尔康县城十余公里查米村附近，梭磨河岸边山坡上的葱郁茂盛的森林中间。这个山洞就叫做“毗卢遮那洞”。洞中石壁上几个隐约模糊的印痕，据说是他面壁修炼时留下的掌印。至少，前去朝圣的当地民众中的大多数对此是深信不疑的。至今朝拜之人络绎不绝。

在这个高大轩敞的干燥山洞中，还竖着一根直径一尺多，高有六七米的带根树干。当地民众传说，毗卢遮那在嘉绒传法期间，也曾出山去四川盆地中的峨眉山传经说法。回来时，所拄的拐杖放在洞中，自行发芽生根，茁壮成长。

今天，这树干也是修行洞中的神奇之物，朝拜此洞的百姓往往会刮下一点木屑，加入煨桑的烟火中，说是可以求得大吉大利。

梭磨河从这个地方顺势而下，与可尔因、杜柯河在陡峭雄浑的花岗岩石山下相会，再流向前文提到的金川（促浸）方向。更加浩荡的河水一路向下游奔泻而去，而我却转身过桥，在北岸溯大渡河的另一条上源杜柯河而上数十公里，到达一个被许多巨大的核桃树包围的小镇：观音桥。观音桥是名叫绰斯甲的地区的中心。

直到 20 世纪 50 年代初，绰斯甲土司还依靠苯教势力进行政教合一的统治。绰斯甲一直是苯教势力的一个大本营，但在那些巨柏耸立的山间，仍然流传许多有关毗卢遮那大师讲经传法的故事。在不止一个花岗石岩洞里，留下了镌刻的经文，留下了手掌脚印之类似是而非的神迹，留下了许多优美的传说。

毗卢遮那弘传的是藏传佛教中最古老的派别宁玛派。宁玛派僧人最为重视密法的修炼，而对显学的研究则相对弱化。

在西藏，最初是显学的大师如寂护被藏王赤松德赞迎请到吐蕃弘传佛法。寂护是印度佛教自续中观派出身，是佛教大乘显宗的正统。他入藏后为藏王及民众宣讲“十善法”、“十八界”、“十二因缘”，向他们灌输佛教的基本义理，但他过于学院派，过于经典化的方式，直接导致了传法失败。

寂护被苯教势力压迫离开时，向赤松德赞建议，只有迎请印度密教大师莲花生才能“调伏众魔”。莲花生来到西藏后，在与苯教势力的斗争中，屡屡显示其精深的密宗功法，战胜了许多苯教巫师。他还采用了一个特别行之有效的办法，就是在战胜这些苯教巫师后，宣布苯教众多神祇中的某某与某某已被降伏，并将其封为佛教中等级不一的护法神。读那种降伏妖魔后封神的情景，总让我想到汉文的古典小说

《封神演义》中一些特别的场景。

而密教大法与苯教巫师斗法时，什么御风飞行、化光为剑等等奇妙的法术，又让人无端地想起汉文古典《西游记》来了。

莲花生大师把印度因陀罗部嫡系金刚乘密教传播到吐蕃，其中就包含有被认为密宗四部修法最高阶段的乐空双运无上瑜伽密法，即利用女性身体修炼密宗的功法。史料记载，莲花生本人就有五个这样的女性伴侣。这种修密时的异性伴侣，有很多称呼：世间空行母、明妃、佛母等。在修行者看来，她们的身性仿佛是渡河的舟楫或桥梁。传说赤松德赞的王后意西措结就曾在莲花生修密时充任明妃的角色。当然，流传更广、被更多修密者采用的还是莲花马头明王法和金刚橛法等密法。

莲花生还把印度密宗中的血祭仪式也带到了吐蕃。今天，这是藏传佛教中最为人所诟病的一个部分。即使是想在当时的情形下，吐蕃宫廷中崇尚苯教的代表才崩氏，也曾疾言指责用人头骨、人皮、人肠、人血和少女腿骨做祭品与法器的血腥与野蛮。但苯教终于还是败在了莲花生的手下。

佛教是一个神灵众多的宗教，而藏传佛教中，一个数量众多、等级森严的护法神系统更是世界宗教版图上的一大奇观。这其实与佛教早期在藏区传播时特殊的宗教斗争方式有关。莲花生用这种方式终于使佛教在吐蕃境内有效地传播开来。于是，赤松德赞再一次迎请寂护进藏，并在寂护与莲花生的帮助下，于公元 766 年，建成藏族历史上第一座佛法僧三宝俱全的正规寺院桑耶寺。该寺建成后，剃度了第一批七位藏族僧人，史称“七觉士”，而毗卢遮那正是这七觉士中最为杰出、在传播藏族文化方面贡献最为特殊的一位。他同样也是莲花生的信徒，但在这一地区，不管是苯教信众还是佛教信众中，都没有听到过他残酷施法的故事。

走遍整个嘉绒地区，所有的故事都讲的是这个光明使者的到来，而没有言及他的离开。在嘉绒地区待了若干年后，毗卢遮那又回到了西藏。但是，至少我从来没有听到过一个故事讲他的离开。查阅典籍，也没有发现他回到吐蕃王室后又有些什么作为。所以，人们有理由相信他永远留在了嘉绒土地上。

正是有了盘热的军事占领在先，再有了毗卢遮那带来已经相当西藏本土化的佛教传播，特别是在佛经典籍传播中的文字的转播，过去若干分散的部族结合起来，形成了藏族中一个自身特性保持最多的独特的文化区。

军事的占领总是暂时的，随着吐蕃帝国的土崩瓦解，从盘热开始的军事占领也自然宣告结束。那些来自藏区最西部阿里三围的屯守嘉绒的大部分军队，并没有回到故乡，而是无声无息地融入了当地的人群。我知道，我的身体里，既流淌着嘉绒土著祖先的血液，也流淌着来自阿里三围的吐蕃军人的血液。当地的土著是农人，农闲时节就在村庄附近放牧或狩猎；而那些从世界屋脊上拾级而下，曾经所向披靡的铁血武士，慢慢地也成了在青稞地里扶犁的人，变成了在高山草甸里放牧牛群的人，变成了在鲜花盛开的季节围着女人的百褶裙裾追逐爱情或肉欲的人。

但是武士与军人的血液不会永远沉沦，当危机袭来，那些勇武的因子又被唤醒，平和的农人，甚至澹定的僧侣又成为血脉贲张的武士。

这样的两相结合，就是今天作为藏族一个较为特别部分的嘉绒人。

阅读完嘉绒形成的历史，我们将开始阅读嘉绒的地理与风习。

7　我希望干得更好一点

当我描写嘉绒土司制度的最后数十年历史的长篇小说《尘埃落定》出版后，在最靠近嘉绒的大都市成都，有一家旅行社在报纸上打出广告招引游客前往四姑娘山、米亚罗温泉红叶景区以及马尔康的土司官寨旅游，广告词就是：游历畅销小说《尘埃落定》的地理背景与民族风情。

有朋友开玩笑说，我应该找这家旅行社索要一些报酬，因为这里面也有知识产权的问题。我没有上门去追索，却产生了一种特别的好奇心，想知道，他们将如何向游客们介绍我故乡的人民与好山好水。所有中国曾经旅游过的人，都知道导游们背下来的有限的解说词中，有很多似是而非，甚至是歪曲真相的东西。

我有过这样的经验，一次是乘某旅行社的车，陪几个朋友去九寨沟。旅行社是故乡本地的旅行社，但一路上导游所介绍的东西在我感觉都是特别耸人听闻的、似是而非的东西。这让人非常愤怒、非常失望。

还有一次经历，是台湾作家张晓风夫妇到成都。从台北出发前，他们就打电话过来，让我帮忙找一家旅行社去九寨沟。这次，我找的还是一家阿坝州的旅行社。五天后，他们回到成都，在四川大学的专家楼，夫妇俩打开摄像机，让我看一路上拍下的一位自称是藏族的青年导游的表演与解说。看过之后，我只是觉得口舌发干，而无话可说。我不可能用一顿饭的时间，推翻一个人、一个团体用五天时间，结合了那些奇异山水与人群歪曲的没有文化责任感的插科打诨式的灌输。

我自然知道有一些手提着喇叭，挥舞着小旗，像放羊一样放牧着游客与游客想像的自称是“导游”的人，最为关心的不是正确的知识与文化，尊重的也不是一个地区的历史与文明。他们尊重的是游客的小费，尤其是海外游客的小费，关心的是沿途饭馆、旅店、旅游品商店的回扣数量。

现在，我想的是，自己的写作也会不会成为另一种意义上的歪曲。因为每一个人都有自己的不同的视角。但我能信任自己的只有一点，就是对阿坝这片土地、这片土地上我的同胞的热爱与责任感。有了这一点，如果这本书我干得不够好，那么，我会争取下一本书，或者下一次别的什么事情，我能干得更漂亮完满一点，以期对这片故土的山水与人民有所奉献。

我至少可以希望自己，比那些所谓的“导游”干得更好一点。

嘉木莫尔多：现实与传说

1　东方天际的神山

关于过去的嘉绒，我们要从一座神山说起。

这座山，从我到达丹巴县城那一天起，就已经望见。当我的目光越过大渡河，就能从北岸一簇簇山峰间望见她最高的顶峰银光闪烁。

这座神山叫做嘉木莫尔多。

嘉木莫尔多，在藏族本土宗教苯教中，是著名的东方神山。应该是藏族庞大繁杂的神山系统中，处于东方尽头的一座神山。一般来说，这些山神都是战神，人们祈愿或崇奉山神，在部落战争频仍的年代里，都希望着从山神那里，获得超人的战斗能力。

而莫尔多山神往往也会显示神迹，满足人们的愿望。

我们已经难以追溯到嘉木莫尔多山被尊崇为东方神山的最早时间。

但当吐蕃大军进入大渡河中上游时，苯教在这一地区已经相当盛行。

苯教在嘉绒民间，在不同的历史阶段曾经呈现过两种不同的形态。

一种是未曾遭到佛教挑战的原始苯教。在民间被称为黑苯。执掌教权的苯教大师更多的时候，扮演的是一种近乎巫师的角色。那时的苯教也没有大规模的寺院与系统的成文经典。

佛教传入以后，苯教的地位受到了严重的挑战。

前文曾经叙述到一位传奇性的人物毗卢遮那，他曾对嘉绒地区的藏族文化传播做出了杰出的贡献。毗卢遮那作为藏传佛教史上最早出家的七位僧人中的一位，在嘉绒是一个流犯的身份，但却从来没有忘记过传播西天佛音的使命。他们自己认为，佛音可以把当时处于相当蒙昧状态下的人民唤醒，给他们带来智慧的光明。包括毗卢遮那这个法名，中间也有这种使命的意味。现在，人们只是很平常地谈起，毗卢遮那大师到过莫尔多山，并在云遮雾绕的半山腰的山洞里显示过功法，在岩洞石壁上留下了清晰的掌印。

天刚蒙蒙亮，我就出丹巴县城，穿过丹巴云母矿区，从大渡河桥上过大渡河，沿小金川北上。

两个多小时后，一个美丽宁静的村子泊在一个翠绿的山湾里，这就是莫尔多主峰脚下的约扎村。

一群山羊正从村里出来，我拦住了那个牧羊人，向她打听莫尔多山的有关情况。她的神情却有些茫然。然后，我提到了毗卢遮那的名字。这位妇人脸上露出了笑容，遥遥地把手指向已经见到有林木覆盖的山腰。羊们咩咩叫着上山去了，在潮湿的黄泥路上留下了许多细密清晰的蹄印。村子周围立着巨大的核桃树，河岸边的台地上，是翠绿的麦田。果树上，麦苗上，都挂满了露水，在早晨明净的阳光下闪闪发光。然后，我听到了布谷鸟悠长的叫声。而这里的房屋也不似一路看到的那些蒙尘的土屋，开始出现典型嘉绒风格的两层三层的石头建筑。门楣与窗沿上，开始出现辟邪的白色石英，以及色彩鲜明的彩绘与浮雕。石楼的山墙上还用白色描画出硕大的雍忠和金刚橛图案。

金刚橛是佛教密宗中一个非常重要的法器。如果我的推断无误，金刚橛应该是莲花生大师到雪域之地传播佛法时开始流传于藏族地区的。而在嘉绒地区，带来这样一个图案的应该是毗卢遮那大师。

这样的村庄，就是真正的嘉绒人的村庄了。

但是，穿过这个村庄时，我没有遇到多少能流利使用嘉绒语的年轻人。当然，他们都还听得懂本族的母语，只是讲起来就有些勉为其难的样子了。所以，计划中的寻访也就无法进行下去。

而在毗卢遮那生活的吐蕃时代，大军的征讨在前，文化与宗教的同化也随之而至。佛教随着来自吐蕃本部的军人、贵族和僧侣的到达，一天天传播开来。这对于还相信万物有灵论，处于原始萨满教的苯教来说，无疑是一种巨大的挑战。苯教为了适应时代的变化，开始自身的改造，仿照佛教的方式创立自己的经典，创立自己的神灵系统，把众多的原始祭坛改造成寺院。

我们今天看到的，都是这种改良后的苯教，百姓们称为白苯。

传说苯教仿照佛教经典的方式，撰写出了《十万龙经》等大规模的经典后，如何让其面世又成了一个棘手的问题。如果突然宣称自己一下就拥有了经典，肯定会引起佛教徒的讥笑，讥笑苯教的高僧们是一些模仿高手。

终于有人想出了一种很好的、特别具有神秘主义色彩的方法。

他们把新创的经典埋藏在塔内，埋藏在那些风水形胜之地。然后，由苯教师在降神时突然宣称，在某一处某一处埋藏着湮灭了千百年的经典，经典里是天启般的智慧声音。寻找并开启了这种声音的人，将因为给蒙昧的人类带来大的光明而在人间永垂史册，在天国获得永生。这种埋藏起来等待发现的经典有一个专门的名称，叫做伏藏。

这个时期的很多苯教僧人穷其一生的精力，四处寻找，只为了发现一两部的伏藏。从而出现了一种专门的职业僧侣，叫做掘藏师。

传说，莫尔多山上有一百零八个或隐或显的山洞，里面都可能埋有伟大的伏藏。一时间，由大金川与小金川两条大河环绕的莫尔多山上掘藏师云集。

也许，正是从这个时期开始，莫尔多山的名声才开始响亮起来，赢得了人们的崇奉与膜拜。在莫尔多山寻访时，一个喇嘛正正经经地告诉我，莫尔多山神出生于距今一千二百多年前的藏历马年七月初十。我走访过不止一处的藏地神山，但有人如此具体地说出一个山神生日的还是第一次听见。

也许是因为我脸上露出了吃惊的神情，那个喇嘛停下来，给我续上一碗茶，清清嗓子，然后再往下讲。

我问他莫尔多山神为什么会有一个生日。

他反问我，释迦牟尼不是最大的神吗？为什么他也有一个生日？

这我回答不上来。

照理说，山神都是一些被收伏的神灵，譬如西藏最为驰名的山神念青唐拉，就是被莲花生大师收伏，做了佛教的护法。但莫尔多山似乎没有进入这样一个护法系统。而我在山路上遇到的这位喇嘛也不是一位精通教理与地方掌故的学问高深之辈，他只是在山坡上收集煨桑的柏枝。

日午时分，他停止劳作，在潺潺流淌的小溪边的草地上烧一壶清茶来犒劳自己。而在我们身后，靠近山梁的路口上，就有一个玛尼堆，上面插着许多经幡。

2　山神的战马与弓箭

那些高擎起猎猎的五彩经幡的杉木杆又细又长，顶部削成了尖利的箭锋的形状。而这些木杆正是一年一度朝山的节日里，献给山神的箭。山神虽然已经很老，很老了，老到比一千年岁月更为遥远神秘的程度，但雪山脚下的黑头藏民依然相信，它仍能威风凛凛地驾驭着风马在天空与大地之间巡行。山神非常勤勉，所以，除了一年一度地在朝山节里向他供应弓箭，人们还须经常为他输送战马。

山神的战马比弓箭还要具有象征意义。

用一张张的纸，从木雕版上拓印下来。一匹山神的战马就是拓印在一张比香烟盒还小的四方的纸上。纸的四周是藏文字母组成的咒语的花边，或者，是吉祥八宝图案的花边。所谓吉祥八宝，在藏区所有富于宗教意味或民间生活当中都可以见到，也无非就是海螺、珊瑚、砗磲和如意之类，但这么几种简单的东西，在不同场合，不同的器物上那种生动而又绝不重复的组合，却叫人叹为观止，叫人感叹人类的心智在某种僵硬规范中近乎绝对的自由。规范中的自由往往是禁锢中的一点轻松的呼吸，但这种自由却会像没有任何疆界一样，表现得酣畅淋漓，仿佛就是骑手们在山中迎风撒播风马时那种山鸣谷应的长啸。让我们把长啸收回到那方或者白色，或者是红色、绿色、黄色，或随便什么颜色的小方纸上。

山神的马就在这方纸的中央，这种印制风马的梨木雕版已经年复一年地用过很多次了，所以，马身上轮廓已经不太鲜明清晰，是像汉画像砖拓片那样，有种很沧桑的味道了。

这种纸片就叫风马。

我们无论是乘车、骑马，还是徒步穿过山口时，都会从胸腔深处，找到那种最原始的力量，并用这种力量发出长啸，一叠一叠地向风中扬播风马。

风马纷纷扬扬，蹿上天空，随风四散开去，融入青苍的山色中间。只要纸片不是马上落到脚前，只要纸片被风轻轻扬起，人们就说，山神得到新战马了。

这些年来，那种木刻版拓印的风马日渐减少，更多是印刷厂印刷的画面清晰的印刷品。因为颜料的丰富，风马的画面，也从单纯黑色，变到了红色和更多的颜色。我在阿坝州首府马尔康做了十多年的文化干部，常常在印刷厂出入，印刷些经过整理的民间文化材料。我就看到即将被淘汰的旧式平板机，连夜开动，印刷风马。

一整个印刷页就完成了数百匹的风马。

如果这个时代山神们都还在与各种妖魔奋力搏斗的话，是再不用担心没有成批的战马供应了。

也是因了印刷业的发达，在嘉绒藏区，很多藏族人开的小店里，都有一小捆一小捆的风马出售，出门将经过某处山口的人，花一两元钱就可以买到方方正正的很大一叠。风马是如此容易得到，于是便演变成在很群众性的集会上，为了烘托气氛的需要，人们也向空中扬撒成千上万的风马。

当然，这时的风马，已经没有风马本身的那种意义了。我不知道山神俯瞰到这种情景时，会不会因为心中有失落感油然而生，而感到特别的气恼。在民间传说中，许多山神都功力高强，同时又小气而促狭。他们生气的时候，会对所护佑的子民降下灾难，来提醒人们注意他的存在。

这些年，在一些神山附近的村落里周游时，我特别希望搜罗到一块有年头的风马雕版。厚实的梨木上留下无名画师高超的技艺，但我这个愿望至今没有得到过满足。

我从来不搜集古董，却对这种古旧的雕版感到特别的兴趣，当然不是为了满足一种收藏的愿望。我只是想在某个春暖花开的日子，在某一座雪山脚下找到一个蔚蓝的海子。海子边上有一些巨大的冰川碛石，碛石之间是地毯般柔软的青青草地。就在那样一个环境中，我坐在那里，从那块雕版上拓印风马，并随风播撒。

但那只是一种想像。

一种在这个世界上显得过分美丽的想像。

当我接近莫尔多神山时，又引起了我对风马的这些想像。

我愿意自己心灵中多存留一些这样不一定非去实现不可的美丽的想像。

只要你热爱这片土地，就会自然而然地生发出这种想像。

这种美好的想像还包括在月下与传说中的野人遭遇一次。我要带上酒，带上一个善于歌舞的美丽女子，与一个蒙昧的、渴望学习的野人在月光下遭逢。在想像中，我不会带上那种用做圈套的竹筒和锋利冰凉的刀。

当然，这就更是一种仅仅是想像的想像。

在走向莫尔多神山的过程中，我也没法不被这种想像所笼罩。我还想说，正是这种想像，使我在大群山之中的漫游显出了更加浪漫的诗意。

太阳升高了一些，高处的云雾便很快散尽了。我只是仰望参差在蓝天下的山峰，而没有攀登的打算。虽然这样一座重要的神山，肯定有很多东西值得去打探。

3　清晨的海螺声

一阵海螺声引起了我的注意。

一个红衣的僧人站在一座规模不大的寺庙的平坦泥顶上，手里捧着的，正是一只体积很大的左旋海螺。

我走向这座寺庙，绕过一些核桃树，走上庙前的小石桥，寺院的大门出现在我眼前时，那个红衣喇嘛已经站在寺院门口了。他说，昨天晚上，火塘里的火笑得厉害，早上，他扯了一个索卦，便知道今天有贵客上门。于是，他弯下腰，双手平摊，作了一个往里请的手势。他把我引到旁边一个厢房里。

在外边强烈的太阳光线下走动久了，刚进到屋里，眼前一片黑暗。我摸黑坐下，听到喇嘛鼓起腮帮吹气的声音。然后，一团暗红的火从屋子中央慢慢亮起来，先是照亮了火塘本身，然后，照亮了煨在火边的茶壶，茶壶里传出滋滋的水声。喇嘛把一碗热茶捧到我面前。这时，我的眼睛已经适应了屋里的光线，什么都可以看见了。

喇嘛又说："喇嘛穷，庙子小，客人请多担待。"

我说："你的庙是有来历的，又在这神山下面，可我不是什么贵客。"

他端详我一阵，说："你的眼睛，是能看穿好多事情的，如今世道不一样了，如果是在早先，肯定也是出家人，肯定做出大的学问来，你是贵客，是贵客!”

想想也是，要是没有20世纪50年代以后藏族社会所经历的巨大变迁，我这种喜欢与文字为伍的人，如果不是进入僧侣阶层，又如何与书面文化发生联系呢。但是，历史没有假设。所以，当那个巨大变化来临后，我，和我这一代人，都大面积地进入了国家举办的各种教授汉文的学校。

我终于成了一个靠操弄汉字为生的藏族人，细想起来，也真是一件非常有意思的事情。喝了两碗茶水后，我终于向喇嘛提出了野人的问题。

喇嘛笑了，他说：“你怎么不问我寺庙的事情呢？人人都要问这个问题的。”

我看看这简陋的寺院，摇了摇头。其实，这个寺庙除了简陋，还特别复杂，住在庙里的人，怕是没有一个人能说得清楚，这一点，在后面我们还要讨论到。所以，我依然向他提出那个野人的问题。

他站起身来，说：“这种事情，我还多少知道一点。”

我说：“这些山里有过野人吗?”

他点点头说：“有过，有过。”于是，他的脸上浮现出夸张的神秘，“你等一等，我给你看样东西。”

于是，他拿起一串钥匙，走开了。我在这间隙里打量这间屋子。屋子是一些新旧不一的木板装成的。板壁上贴着一些印刷出来的佛像与佛经故事画。这些故事画都取材自《百喻经》，讲的无非是佛祖释迦牟尼成佛前所经历的许多次轮回的故事。

但这里，最初却是与佛教斗得你死我活的苯教的一个中心地区。正是从莫尔多山上一百零八个山洞里发掘出来的伏藏，加上不断兴建的苯教寺院，改变了苯教在佛教的进逼面前步步退让的局面，而使青藏高原东北边缘的这个地带，成为苯教的中心地带。而有了书面经典的苯教的广泛传播，又进一步刺激了这一地区的文化发展。

就在我的思绪这么信马由缰的时候，喇嘛回来了。

他脸上的表情依然显得异常诡秘。我不是一个着急的人，就那么静静地望着他。

他从怀里掏出一块黄缎包裹着的东西放在我手上。

耷眼一看，这块黄绸似乎是刚才包裹上去的。黄绸是一块上好黄绸，厚实而又光滑如水。除了在寺院里，世面上是很难见到了。黄绸一层层揭开，里面露出了一个溜圆的石头。

石头本身只比鸡蛋稍大一些，但却显出加倍的重量。

与这簇新的黄绸不同，石头是很有些年头的样子了，说明这绝不是一颗寻常的石头。石头通身显出一种油浸浸的黑，而且拿在手里，又有一种非同一般的光滑。

喇嘛说："这可是我们寺院的镇寺之宝。"

我笑了，为了这喇嘛的故弄玄虚。这是一座佛寺，而不是伊斯兰教的寺院。只有麦加的一所清真寺，才有一块黑色的石头被当成镇寺之宝。一是因为那石头来自天外某星体，也因为，伊斯兰教是没有偶像供崇拜的教派。而佛教，尤其是藏传佛教，那么复杂庞大，差不多每一个神佛都有具体的偶像，被供奉在不同的地方。而每一个寺院，要表示其地位与来历，都至少会有一两件镇寺之宝。那些镇寺之宝，要么是一尊有来历的佛像，要么是一些集中了最多金银珠宝的某一世活佛的灵塔。

我从来没有听说过，有某一座寺庙里会把一块石头当成镇寺之宝。虽然，这块石头看起来有些不大寻常。它比别的石头更重、更黑、更圆润。

喇嘛等我好奇够了，才有些得意地一笑，说："这是野人的石头。"

"野人的石头?"

喇嘛点点头，告诉我，这是野人的武器。打野牛，打豹子，打野猪，一打一个准，而且，每一石头只打猎物的额心，所以，石石毙命。喇嘛还给我讲了一个传说中一家穷人发财致富的故事。

这个故事与藏族人喜欢使用的豹皮有关。

当年，吐善大军刚刚征服嘉绒时，军队里的军官都是以胸前斜襟上的兽皮来识别军阶。但凡斜襟上佩有豹皮者，都是孔武的军官或武士。于是，豹皮成了男人们十分喜欢的珍贵之物。豹子这类猛兽，即或在过去的时代，也不会有很多数量。冷兵器时代，要猎获这种猛兽并不是一件特别容易的事情。豹皮成了一种很珍贵值钱的东西。流风所至，直到今天，豹皮也还是一种非常珍贵的东西；而且，比过去任何时代都显得更加珍贵了。

这个故事说，野人喜欢上了山下村子里一个被休回娘家的女人。被休的女人总是显得非常愤懑。但是，故事里没有讲是不是因为这种愤懑使山上的野人爱上了她。一个没有月光的夜晚，野人下山来掳走了这个女人。

没有人看见这个野人下山，只是第二天发现，那个女人音信全无。但是人们在她的床前发现了两张豹皮。豹皮上，没有被火枪打过，没有被箭射过，也没有被刀砍过的伤痕。那是两张最完整的豹皮。

人们抬头看看山，知道那是野人所为。

女人被野人掳上山去，做了野人的洞中主妇的故事，已经不是发生一回两回了。

只是这一回，这家人遇上了一个好野人。每隔一段时间，家里的某个地方，就会出现一两张豹皮。于是，这家便靠着出售豹皮慢慢地富裕起来。好多年过去以后，这家人屋顶上一次性地出现了两捆豹皮。其中一捆中间，包裹了一个刚刚出生不久的小男孩。

这个小男孩长大以后，成为一个身材高大、性情温和但却异常勇敢的武士。

史称豹子武士。

我不能肯定这个故事的发生地就在莫尔多山区，也不能肯定这些河谷平畴中的山村的某一处，有这个豹子武士的后裔。我只相信，所谓野人绝不是一个好事者杜撰出来的虚妄的存在。至少，在过去，在这些荒凉的地带还被无边的森林所覆盖的时代，野人应该是一种实实在在曾经的存在。

文章写到这里，我接到现在居住在成都的萧蒂岩先生的电话，说他在商业上很成功的夫人陈女士要在西郊的鸵鸟园请我吃饭。

萧先生写过前述关于西藏野人，或者国际上通称的喜马拉雅雪人的书，还出任过中国野人研究会副会长，正是这个原因，促使我关了电脑欣然应约。

鸵鸟园中果然饲养着一些比牦牛还要高大的鸵鸟。我们在旁边的楼里喝茶神聊。其间，我不经意中提到了那块野人的石头。

萧先生细小而有神的眼睛陡然放出更多的光亮："你真的见过那种石头？"

"那石头真是野人的武器。"

萧先生说："我搞野人研究多年，没有见过这种东西，但我知道有这个东西。"

他说，这种石头应该是一种坚硬的燧石。野人常常将其夹在腋下，遇到猎物，扔出去，百发百中，而且都是直取额心命门。没有哪一种野兽在这猛力一掷之下再得生还的道理。石头扔出去了，野人还要将其捡回来，夹在腋下，日久天长，油汗浸润，就成了我见过的那种样子。

这些故事，那个喇嘛并没有告诉我。

在嘉绒地区，寻求某种风习的沿革、某一狭小地区的历史渊源，往往需要做这种拼图游戏。你不能期望在一时一地，就获取到所有的碎片，并一丝不爽地再完成必需的整合。从来藏族地区，特别是嘉绒地区地方文化史研究的人，必须永远做这种拼图游戏。

这当然不只是指单独的一个野人的传说。

即或是嘉绒这个部族名称，也是一个颇费周章而又难以一时给以定论的事情。

4　一座山之于一个地区

前面我说过，嘉绒的意思，是靠近汉区的农业区。还有一种意见认为是大河的谷地。

再一种说法，这些年来，随着研究工作的深入，正在得到更多人认同。

这种说法与嘉木莫尔多神山有关。

而我所以特定数次前往寻访，也绝不仅仅因为野人神秘美丽的传说。大小金川在丹巴汇合后，才在地理书上，或地图上被标注为大渡河。就在大小金川及其众多支流逐渐汇聚的这一地区的丛山之中，耸立着一座富含云母与金砂大岩石大山，当地人称嘉木莫尔多。

嘉木莫尔多，藏语意为地王母，或土地神。而据当地僧人介绍，这个词在藏语书面文字中，又有秃顶光亮的含义，所以有这样一层字面下的意思。只要站在山脚下一看就知道了，这座山峰在超出四周群峰的高度后，便光秃秃地直插天空，没有一草一木的遮蔽。更因为岩石中富含锡箔状的云母，在阳光照射下，总是闪闪发光。因了这种光芒，高大的莫尔多神山是气象万千地超拔在大渡河中游地带的万山之上。

有一个当地流传颇广的传说使人们相信，在很久远的古代，神灵们还经常显身在大地上自由来往，不大隐藏行迹的时候，雪域高原的各大神山，曾召开过一次有万座山峰的万个山神参加的群神大会，目的是排列座次，明确隶属关系，并进一步规定了各自的朝向。

那时，以青藏高原最高处的喜马拉雅山为中心，向东南西北四方辐射，每个方向上都有九万九千座大神山。每个方向上的众神山都推选出自己的代表去参加这次万山聚会。会议最后议定，通过文比讲经说法，武比功夫与力气的方法，以最后胜出者为群山的首领。会议开始时，每一个出席的山神都有指定的座位，只有会场上首一把龙头扶手的玉石雕花宝座是空的。与会者心里都清楚，那将是通过比赛产生的众山法王永恒的宝座。

作为会议发起人与主持者的喜马拉雅山神见会场中已经座无虚席，以为众山神已经聚齐，便用宏亮的声音唱一段赞词，随即宣布会议开始。

突然，天空一暗，众神抬头看时，却见东方又驾云飞来一位山神，他按落云头，腰束云豹皮，气宇轩昂地走进会场。见场中除了上方那唯一的宝座外，并没有留下别的空位，他便弓腰打听哪里还有空着的座位。但已经获得座位的众神并没有人想要理睬这位不速之客。于是，他干脆转身走出众神的座席，径直登上了那个玉石雕花宝座。

场中不禁一片哗然。

但这位山神欠欠身子，不慌不忙地开口道：“我知道讲经说法靠辩才排座位，比武以身手高下分优劣。但既然下面没有我的一席之地，想必是大家推我来坐此位，我怎么能违拂了众神的好意。”并离开宝座向大家躬身致谢。

众神不服，提出要与他辩经说法，谁知这位东方山神于佛法的造诣却是十分高深，加上无碍辩才，终于在七七四十九天后，战胜了最后一个对手。

众神依然不服，提出比武。于是，又经过九九八十一天的搏斗，这位山神显示出种种神力与功夫，比如，他能站在一面鼓上，随意飞行，并徒手斩取光线，使其变为手中的刀剑。就这样，一个个有着非凡功力的对手被他全部打败了。

于是，众山神心悦诚服地让他再次登上宝座。

当他登上宝座向众山神脱帽致谢时，大家才发现他原来是个秃顶，而且这秃顶还特别地闪闪发光。众神不由都脱口而出：“莫尔多！莫尔多！”

原来，早在佛教还未传入藏地之前，释迦牟尼从天界俯察广阔雄浑的雪域高原，发现东北方某一处金光四射，再定睛细看，却见那里山河秀丽，气候和美，人民勇敢忠厚，便预言了将来佛音会在那一处地方传播广大。也是因为这个原因，莫尔多在古代藏文中，还有秃顶闪光这一层字面意义。所以，看到这位夺魁的山神脱帽时露出光秃的头顶，众山神不由得想到了佛的预言，才脱口惊呼。

想来这个故事，正是当地人民的一种美好想像。莫尔多山以及周围地区，与内地唐宋王朝相当的这样一个大致时期，都是嘉绒文化的中心。处于这样一个中心的人们难免会产生出更宏大的想像，希望能成为一个更大的世界的关注的中心。

当然，这也仅仅是一种美好的希望而已。

因为，到清王朝统治的乾隆年间，经过数十年残酷战争的破坏，莫尔多及其大小金川作为嘉绒文化中心的地位就日益式微了。

我们现在要做的是，讲述完有关莫尔多山神的故事。

话说莫尔多山神从喜马拉雅山区夺魁归来时，一位赴会迟到的西方山神内心不服，跟踪追至大渡河边，要与莫尔多比试功力。想来这位西方山神也是功夫了得，不然不敢叫做达尔基。在藏语里，是金刚不坏之身之意。

莫尔多同意与达尔基比武，并请挑战者先出招。

达尔基也不客气，拔出宝剑，便剑剑生风带电，向莫尔多连连劈去。每一剑挟着电光火石迎面劈来，莫尔多都只是轻轻腾挪一下身子，每一剑都劈在他脚下的山体上，在莫尔多山陡峭坚硬的岩壁上砍出一道台阶。

达尔基山神并不跟着往山上爬，每砍一剑，身子就长高一次，站在原地，一口气便砍出了一百零八剑。这样，就在莫尔多山脚到莫尔多山顶陡峭山体上留下了一百零八道梯级，以供朝拜山神的人们去攀登。

这一百零八剑砍过，莫尔多已跃到山顶，身后只是深渊一样的蓝天，他再也无路可退了。于是，便微笑着说："让了你一百零八剑，现在也该轮到我出手了吧？"

话音刚落，他已经张弓在手，撕金裂帛的一声响亮过后，达尔基山神头上的缨冠已被射落在地。这位来自西方的挑战者顿时惊出一身冷汗，立即跪地认输。在莫尔多山西北面有一座山峰，正好侧向莫尔多山，可以意会到一点躬身顺从的意思，于是，人们就用失败山神的名字命名了这座山峰。

从莫尔多山半腰，目光越过达尔基神山，再往北望，有一浑圆的小山，自然就是达尔基山神被射落的缨冠了。

莫尔多众山之主的地位，曲折地表达出了当地部族一种渴望自己成为某种中心的愿望。因为我们知道，在藏传佛教的护法山神中，地位崇高的名册字列中，并没有莫尔多山神的名字。但当地的嘉绒百姓还是围绕着这座东方山，创造出一系列的神话。在围绕莫尔多山大渡河流域册封了一系列为这个众山之神护驾的叫做“念青”与“够拉”一类的护驾山神。

而围绕着莫尔多山四周山区的大渡河中上游及其丰沛的支流，都被泛称为“嘉尔莫俄其”，而河流两岸的谷地又称之为“绒”，所以，嘉绒这一部族名称，也是一个地理概念，专指莫尔多山四周的河谷农耕区。

当我真正走在莫尔多山崎岖的山道上时，就深刻地感受到，这已经只是一种过去的神山。这个地方，对我这个想通过漫游有所发现的嘉绒人来说，是一次伤心的失望之旅。在更加向西的地方，攀上任意一座没被封过神的雪山，都会感到一种深刻的震撼。但眼前失去了生机后满被创痕的山体，却叫人口里泛起岩缝中灰白的硝盐的苦涩味道。

山羊们在多刺的灌木丛中寻找青草，就像我们在头脑中寻找诗行一样的困难。

那种文化上的衰落感，只要看一看莫尔多山下的莫尔多庙就够了。

在嘉绒藏区，很少能看到在别的藏区常见的那种大规模的寺院。但寺院无论大小，都有一个明确的归属。第一，它是属于苯教还是佛教。如果属于藏传佛教，还要看它是属于宁玛、萨迦、噶举、觉囊和格鲁等教派中的哪一个教派。每一种宗教，每一种教派，都有自己鲜明的特点与教义。

但在莫尔多神庙，我却看到了一种不可思议的景象。

这座庙从外观上看，那两楼一底的亭阁式的建筑，更像是一座汉式的道观，而鲜少藏式建筑的特点。

走进道观，不，我还是应该说走进神庙，就进入了底层大殿，正中供养着莫尔多山神像。原来，莫尔多山神的坐骑不是战马，而是一头黑色的健骡。山神就披一件黑毛毡大氅骑在骡子背上。更令人吃惊的是，骡子的缰绳不是控在山神自己手里，而在前边一个侍从的手里。骡子屁股后面，还跟着另一个手持大刀的战将。不论如何，这都与我想像中的山神形象相去甚远。这也是我第一次看到人们为一座山神所造的神像。

同一层的大殿中面南方向，还供有千手观音像一座。

第二层，是汉人崇信的镇水的龙王。

第三层，更是汉藏合璧。计有汉族道教尊崇的玉皇大帝一座，和藏族人普遍崇奉的莲花生大像和宗喀巴像和毗卢遮那像各一座。

在这样的寺院里，你当然也不会指望看到常见的藏族寺院里那种无论从历史文化还是艺术价值的角度着眼，都有着非常价值的那种壁画。

离开这座寺庙的时候，我的心里有种失落了什么的凄楚的感觉。我从来不是一个主张复古或者是文化上顽固的守成论者。但在这样一个地方，你只看到了文化的损毁，而没有看到文化的发展。你只看到了一种文化上拙劣的杂糅，而没有文化的真正的交融与建构。

莫尔多山周围地区，是藏族文化区中别具特色的嘉绒文化区的中心地带，但现在你却在看到自然界的满目疮痍的同时，看到了文化万劫难复的沦落。

任何一座神山，都会有一条崇拜它的子民的转山之路。苯教与藏传佛教的信徒都相信，绕着这座山转一个或大或小的圈子，会积累一定的功德。但现在，这条转山路却渐渐荒芜了。不，在这样一个地方说荒芜是不准确的。荒芜是指一条道路慢慢被青草、被藤蔓、被树木的苍翠渐渐淹没。这里人迹稀落的转山道上不可能再出现这种景象。这里的树林已经消失。顽强生长的青草已然没扎根的地方。猛烈的山风和雨水一层层剥去山体表面的泥土，青草的根须再也抓不住一点什么，于是就一年年地稀疏、枯萎了，等待着山羊们沾满砂石的舌头最后席卷。

这条朝山之路本是从青草、从树林、从森林的腐殖土中踏出来的，现在，随着泥土的流失日渐淡去了。我没有绕任何一条转山道朝拜过任何一座神山，但看到一条古老神圣的转山道以如此的方式消失，心中不由得泛起阵阵苦涩。

我在一首诗里写过，那种苦涩就像是岩石缝里渗出的多碱的盐霜。这种盐霜可以制造芒硝，芒硝可以用做一种低质炸药的原料。

我在山下一个人家借宿一夜，准备第二天返回丹巴。

5　山神的子民们

在这个藏汉混血很多代，且基本不通藏语的人家里，我听了更多不得要领的传说。这些传说在文化上更靠近的不是藏族，而是汉族民间的那种东西了。

好客的主人取来一大块猪膘，把一把刀插在上面时，我从背包里取出从丹巴县城带来的两瓶白酒，倒了一大碗。碗在围着火塘的几个男人手里传了起来。猪膘与刀子传到我手里，我切下一大块，用刀尖挑着，在火上烤得滋滋冒油，油滴到火里，火苗蹿起来，把这一圈人的脸都照成铜色的了。火塘里的火，要比头顶吊着的那盏被烟熏黄的电灯更加明亮。

酒过三巡，好几块猪膘已经下到了我的肚里。

主人说：“真没有看出来，哥哥还真是我们这个地方的人。”

这时，屋外一阵拖拉机响，不一会儿，一个穿着牛仔服的青年人走了进来。

这是主人家上过高中却没考上大学的儿子回来了。

主人问今天找到货拉没有。年轻人翻了翻眼睛，说，跑了一趟，但路塌方，中途空车回来，一分钱没挣到。他端起酒碗灌了一大口酒，却再没有往下传，酒碗就放在了他的面前。现在，这种文化败落的乡村里，正在批量出现这种乡村恶少。我也是因了酒的缘故，从他面前端过酒碗，大喝了一口，再递到他父亲手上。

这个青年人就发作了。他像刚发现我一样，一双瞪大的眼睛狠狠地盯过来。我的眼睛没有退让，也不能退让。

他的眼睛让开了，又喝了一口酒，说："你要去什么地方？"

我说："赞拉。"

"赞拉？"

他父亲说："就是小金。"

他说："小金有什么了不起，那天几个小金收药的人过来，叫我们狠狠打了一顿。"然后，他又说了许多威胁的话。他看看我的背包和相机，说："听说北京和成都有人闹事，现在到处都设了卡子。"

他把我当成从大城市来的人了。他父亲无法制止住这个撒野的、仇恨城市人的小子，只是对我说："他喝醉了，不要理他。"

我收拾了背包准备离开这户人家，他又提出了另一个问题："公路塌方了，班车都不通了，怎么样，明天我用拖拉机送你去小金，给两百块钱就行了。"

我当然不会接受这种讹诈。最后，是他父亲将他从屋里赶了出去，而把我留在了他的家里。第二天醒来已经晚了，这家人除了一个从昨天晚上到现在只是微笑、一言不发的老人，都已经出去做事了。他给我端来一碗茶，用藏话说："上路的时候，躲着我家那野小子一点。"

我说："我不怕他。"

老人指指自己的耳朵，说："我早就听不见了。"

我只好笑笑，和他告别，上路了。两个小时后，我回到丹巴。在招待所里铺开纸写我那篇叫做“野人”的小说。写得闷了，就下了招待所前曲折的石阶，到车站转转。那里依然很安静，树荫静静的，时间就消消停停地团身在里面，一点也不想延展的样子。

于是，又回到招待所写我的《野人》。

那些年里，我特别喜欢在路上的旅馆里写短篇小说。在若尔盖，在理县，在隔丹巴县城不到五十公里远的小金县城。写完这篇小说，虽然路还没通，但我应该上路了。

漫游中的写作，在我 25 岁之后，与 30 岁之前那段时间，是我生活的方式。那时，我甚至觉得这将成为我一生唯一的方式了。

我又上路了，目的地就是五十多公里外的县城小金。

临行前，我给曾是同事和领导也是朋友的小金县委书记侯光打了一个电话。他告诉我说，等我出发走到一半路程叫新桥的一个乡，那里就没有塌方了。他还特别叮嘱，叫我到乡政府打电话给他，在那里吃顿饭，接我的车就到了。

当夜，听着吹过整个县城上空的风声，我很快就睡着了。

睡着之前，我口里念出的却是小金县城以前的名字：赞拉。

赞拉：过去与现在

1 走过了那些村落

在今天叫做小金的赞拉与叫做大金的促浸，是包围着莫尔多神山的一个广大的群山耸峙的地域。

两个地域由一条叫做小金川的河流和一条叫做大金川的河流汇聚到一起。两条河流在我正在离开的丹巴县城边汇聚到一起，才有了大渡河的开始。

这两条河流及其众多的支流养育了藏族文化中独具一格的嘉绒文化群落。

早上的空气湿润而又凉爽，我沿着小金川河岸向小金进发。

两个小时后，我再一次经过前些天到过的叫做岳扎的小村寨，再次经过莫尔多神山脚下。

大河两岸，都是望不到尽头的高大群山。群山都裸露着坚硬的岩石骨骼，岩石缝中的灌木都显得隐忍而坚强。

孤独而虬曲的松树站在高高的岩岸上。

走了很长时间，这大河两岸的景色依然没有一点改变，好在这是个天上浮满薄云的好天气。这种天气是适合赶路的。于是，我走过一个又一个村落。

两三层的房子因为平顶也因为四周高大雄浑的山峰而显得低矮，房子都由黄泥筑就或石头砌成很厚的墙，因此都显出很坚实的样子。过去，部落战争横行，再后来，中央政府设立了各级政府后，却又是土匪横行的时代。于是，这些寨房无一例外都只开着枪眼般的小窗户。在那些时代，这些寨房本身就是一个又一个的堡垒。一个村子，总是这样十几座几十座堡垒般的房子攒聚在一起，不仅形成了一个个生产上自给自足的群落，也形成了一个个武装的自我防卫的群落。但在20世纪50年代初那最剧烈的社会动荡过后，这些村落就只是一个又一个的基本行政单位与生产群落了。

这些文化交汇带上的村落在一切将被破坏殆尽的时候，终于迎来了和平。

和平带给这些村落的最大的变化就显现在窗户上，过去枪眼般的窗户越来越轩敞。这一带村落自乾隆年间史无前例的那场大战以后，被汉文化同化的趋势越来越强。所以，那窗户也多半是照了官方修建的乡政府窗户样子，卫生院和派出所窗户的样子，一个长方形中分出双扇的窗门，每只窗门装上三格玻璃。三格玻璃大多是那些有政府机关的砖瓦房子，而这些农家的窗户却多是接近正方形的两扇两格玻璃的窗子，这种窗户倒是与农家房屋那种朴拙的样子十分相配。

我不知道当建筑史学家考察社会变迁时，会不会特别注意到房屋的眼睛——窗子——的变化。但在这个地方我是特别注意到了这种变化。

写到这里，我又想起了一件往事，一件属于1979年的往事。

那时，我作为一个师范学校的实习生到一个偏僻的乡村学校实习。

到校的第一天，校长找我谈话，要我到从中心学校出发要步行大半天路程的一个村子里建一所学校。校长很严肃，因为这个村子里从来没有建立过学校。校长说我将是这所学校的创始人，也是这所学校的首任校长，并且在刚刚走上工作岗位的时候，就自己领导自己。

严格说来，我将去建一所新学校的地方应该不叫一个村子，因为二十多户人家散居在一条二十多公里长山沟两边的原始森林中间。

但是，这时的村子并不是一个自然村落的意思，而是一个最基本的行政结构。

记得当时校长准备给我的建校经费是500元人民币。他把我带到乡政府，与乡长见面。乡长把文书叫来，文书写了条子，郑重地盖上乡政府的大印，呵着气把印油吹干了，封好信封交给我，说，交给村支书，他会安排劳动力来建学校。那几百块钱，只要交到村支书手里就可以了。而现在我所以回忆起这件往事，其实是与窗子有关。

从乡政府回到学校，校长叫来兼任着保管员的嘎西老师，让我领两扇窗子。

有些汉语词汇在藏族人中间——哪怕是在藏族教师中间——都没有过准确的意义。所以我以为校长是叫我从嘎西那里领取玻璃。但是，当嘎西打开保管室的门，吭哧吭哧地从很多灰尘与杂物中搬出两扇旧窗户时，我真有些傻眼了。这是两扇从旧房上拆下来的窗户框子，上面并没有半块玻璃。

校长看着我疑惑的眼光，说："你要带上这个，村里的木匠不会做这种窗子。"

我的眼光肯定是说为什么一定要做成这样的窗子呢？

校长又说："没有这种窗子，就不像是一所学校了。"

校长确实是这么说的，没有这种机关房屋上的窗子，那建筑就不像是一所学校了。说完这句话，校长的孩子来叫他回家去割蜂蜜。他便背着手走了。

嘎西老师看看我，又看看那两扇窗子，什么也没说，走了。

留下我在那里，呆呆地面对着那两扇窗子，不知道怎么把这两个大木框子运到几十公里外那条山沟里去。我一直在保管室门口站到黄昏。最后，是这两个大窗框粉碎了我成为某所学校创建人并成为首任校长的梦想。

晚上，我一夜未眠，早早起来，等到乡邮电所门口，终于等到护线员起床，便冲进屋里，拿起电话的摇把，经过好几个接线员，把电话要到了重山阻隔的县文教局，找到了一位局长，我说："我是一个实习生，不懂得怎么去建立一所学校。"

于是，局长又叫我去叫校长。校长赶到时，电话已经断了。

校长再次拿起摇把，说了很多个我要县文教局后，把电话要到了局长桌子前。

然后，我就被免掉了创建一所村办小学的光荣任务。

放下电话后，校长问我与局长是什么关系，我说没有什么关系。他回过身来说："要有什么关系，你也不会分到这里来实习了，最后分配你还是会在这里。今年不去，明年正式分了，还是你去。"

于是，嘎西老师又把两个窗框搬回了保管室。

过了一学期，等我正式分到这里的时候，他却像是忘了这回事了。再过了半年后，我调离这所不通公路的学校，临走时，我提起这档子事来，他说："我看你肯学，也听人说你学问好，到这所学校来，已经委屈你了，我不能再委屈你了。"

其实，我是想问他，为什么一定要搬去这么两扇窗户呢，但这个问题最终没有问出口，因为我被他家里的蜂蜜酒给噎得喘不过气来了。

这是有关去小金的那些藏式建筑上的汉式窗户引起我的一些回忆。

但我当时可能并没有这样的联想。

2　小金川风景画

在那样的荒凉而又气势雄浑的河谷里漫游，一个又一个村落会引起一种特别的美感。虽然常识告诉我，群山中的荒凉也是人类暴行的结果，但是呈现在眼前的一切，却显得那么地老天荒、亘古如斯的假象。于是一个又一个村落的出现就形成了一种特别的美感。

当身后一个村落慢慢逝去，两岸的山峰便紧逼过来，平坦的梯级谷地消失了，山岩寒浸浸的阴影深重地投在路上，河水一下便汹涌起来，在千军万马的奔腾怒吼中涌起成堆的雪浪。不时，有风化的岩石呼啸而下，重重地砸在路面上，又蹦跳着扑进了翻卷的雪浪。

过去，这些山岩上曾是猴子与岩羊的栖息地，现在，却再也难觅其踪迹了，有的只是在岩洞里筑巢的野鸽与雨燕。

过去的时代，在这样的道路上独身行走是非常危险的，一是道路逼仄，一旦失脚，便粉身碎骨、万劫不复了。当然，对于脚下的险路人们总是万分小心的，但对等候着财喜的剪径强盗，就只有望天浩叹了。

但在今天，一条对于汽车司机来说还潜伏着很多危险的公路，对于我的双脚来说，已经足够宽阔，不至于让我身子紧贴着内侧的陡壁，还被外侧绝壁上嗖嗖上蹿的冷气弄得头晕目眩。当然，在还没有到达共产主义的时候，提前要想在过路人身上来各取所需的人还是有的，但那种形象，比起过去时代的职业强盗来，终究不是那么可怕了。

一段逼仄的山道过后，峡谷又豁然开朗。

河谷两边的阶梯状的台地上，又出现了村落与绿色。村落中总有几株巨大的核桃树，隐蔽了整个村子，使这些村子显得幽静而又遥远。村子四周是大片的苹果园。小金苹果至少在四川内地的市场上，是一个很响亮的名字。当地政府把种植苹果当成农民增加收入的一个非常重要的方面。早在中国农民开始走向市场的20世纪80年代中期，农民们就在并不富余的玉米地里，栽满了苹果树苗。夏天路过的时候，好多并不壮大的苹果树上，已经零零星星地挂满了青涩的果实。

这样的努力，表达的是农民依靠土地获得富裕的愿望。

过去，这些村民的前辈曾经在同样的土地上种植过鸦片，那个坐在村口核桃树下，脸容平静而眼神混浊的老人可能就在大片艳丽的罂粟花中，有过灿烂的关于财富的梦想，但他终于还是穿着破衣烂衫深陷在这个核桃树荫笼罩的村庄。

现在，他的子孙又来继续他的梦想。

十多年很快就过去了，在一个世纪行将过去的时候，他们的苹果正在渐渐失去当年的魅力，因为科技人员缺乏，面对病虫害，特别是面对品种退化束手无策。在四川成都市，在我下班的路上，就会经过一个水果市场，但在那里，我看到来自家乡的苹果已经日益减少，更多的是陕西出产的红富士和美国蛇果了。

3　山中人家

当年，从核桃树繁盛的枝叶间，传来布谷鸟不知疲倦的悠长鸣叫。村子周围一片片的玉米地间，是大片大片正在挂果的苹果。玉米地与果园之间，是一盘盘硕大的金色葵花。房前屋后，还种着大丛大丛的麻。那些果树与绿意与阴凉使我离开公路，走进一个村庄。

不等我开口，在第一个人家的门口，我就受到了主人真挚的邀请。

男主人正在用山麻柳木刨一根锄把。男主人有一个汉姓姓张，一个藏族的名叫扎西。张扎西，一个藏汉合璧的名字。就像有一种中西合璧的名字张约翰或者查理·王一样。

他那叫做措措的女人正在做当地人脚上常见的那种藏汉合璧的爬山鞋。鞋子整个看起来是汉式的，但上底的方式，在鞋子前部包上麂皮的方式，又是藏人制作靴子的方式，所用的线也是屋后的麻秆上剥皮搓成的结实的麻线。

麻籽成熟后，又是一种很好的香料。

在主人端来的茶里，我就尝到了这种香料的味道。

更有意思的是，男女主人都不能非常熟练地使用汉语或者是嘉绒藏语。听着他们一段话里夹杂地使用着来自两种语言的词汇时，我的舌头感到了这种搅和带来的不便。但从他们脸上却看不出我的那种难受。但有一点却非常明确，在这种夹杂的语言中，藏语的发音还很纯正，并且成为一句话中最富有表情的关键部分；而当一个个汉语词汇被吐出来时，声音就变得含混而浊重了，一个个词吐露出来时，难免有些生硬的味道。但我知道，我无权对此表达个人的喜好，这是历史用特别的方式在这片土地上演进时，留下的特殊的脚迹。

女主人进屋为我准备吃食，张扎西放下手里的活计，说："儿子回来后，他的话你就能听懂了。我们的汉话不好。"

我用藏话回答主人："我是藏人，我们一样都是嘉绒藏人。"

这回，他露出了一个藏族人吃惊时那种典型的表情，并吐出了舌头。男主人说："我们这种藏族叫客人见笑了。"这回，是一句完整的嘉绒藏话了。

女主人端着午饭出来了。

在院子里的树荫里，我面前的盘子里是一盘热气腾腾的蒸洋芋，旁边是一小碟盐，盐碟旁边是菜园里刚摘下来的青辣椒。我就这样一口洋芋一口蘸盐辣椒吃了起来。

这是典型的家乡饭食的味道。

一盘洋芋很快一扫而光，女主人又端来了一大碗酸菜汤，里面有很浓重的陈猪油的味道，这也正是家乡饭食的味道。一大碗汤喝进肚子里，汗水慢慢从额头上沁出来。女主人却在抱歉，说："酸菜是洋白菜做的，要是冬天，就有上好的元根白菜，味道就更好了。"

女主人所谓的元根白菜，学名叫做蔓菁，有萝卜一样的根茎，但叶子却很粗糙，但正是这种粗糙，煮成酸菜，成了我们一种特别对胃口的嗜好。而洋白菜做别的菜十分细嫩，要比元根白菜可口十倍，但做成酸菜，总给人一种过犹不及的感觉。

和客气的主人闲话，话题也无非是地里的苹果树苗，和今年的收成之类的事情。除此之外，他们还能关心什么呢。当我想把话题转向村子的历史时，话题便开始模糊起来，变成了一种不可信，又不可不信的传说。

我问他小时候是不是看到这里山上有过森林，他摇头，说："倒是有些零零落落的柏树，却都一天天减少了。”他说，“听说村子的后山上大片森林包围着一个海子，海子中有一条溪水流下来，就从村子中央穿过。海子里有一对金色野鸭，有一天，有人犯下了罪孽，金色的野鸭就从海子里出来，顺着溪流而下。鸭子走后，那个海子就干枯了。”

我问：“森林呢？”

男主人的眼光变得迷茫了，他说：“那都是老辈子人的传说。”他从生下来就没有见到过这里的山上有森林。

这是我走过的无数嘉绒村庄中的一个，当我走出一段时，村庄在明亮的阳光里躲在核桃树荫下，像一个老人睡着了一般。岁月已经是很老很老了。

前面，被太阳照耀着发出刺眼光芒的公路上，一股陡然而起的小旋风裹挟着尘土迎面而来。过去的藏族人不会认为这是不同温度的气流相遇搅动的结果，他们认为这是有不散的阴魂在作祟。于是，我也像一个乡间的农人一样，对着这股小旋风吐了一泡口水。

小旋风便应声消散了。

4　马路边上的台球桌

当遇到又一个有核桃树荫笼罩的村子的时候，我便找到一个人家住了下来。

在这里，我探访到一些这一带村落过去种植鸦片时的情形，还听到一些红军的故事。一、四两个方面军在长征中都经过了这个地区，这个县东南部的达维，就是一、四两个方面军当年在长征途中会师的地方，所以，在百姓中间有不同的故事版本流传也就不足为奇了。这些故事听得多了，我多次想写出另一种版本，而且一点也不会有损于红军的伟大与长征的悲壮的小说，但因为怕吓着了编辑，几次想动手，又几次作罢了。

就这么停停走走，第二天晚上，宿在宅垄。

宅垄这名字我是很早就听说过的，因为该地流行一种特别的锅庄舞：据一些专家考证，这种舞蹈与吐蕃时代的战时的出征舞有一定的关系。我没有见过这种舞蹈，想必是很雄浑苍劲的吧。吐蕃时代，这一带地方是藏兵屯守之地，很多藏族人身上，都有屯兵们那种好勇斗狠的血液。乾隆年间的大小金川之役后，这一带地方又成了川陕汉族兵丁的屯守之地。长时期寓兵于民，形成了嘉绒地区，特别是大小金川地区强悍的民风。所以，土风舞中，有些战争时出征舞蹈的遗存也是再正常不过的事情了。

换句话说，要是没有这种遗存，反而是一件不可思议的事情。

也许是心里潜在着想一观那种土风舞的欲望，所以，时间才到中午时分，我就在宅垄停留下来。初看上去，宅垄一点也不像会有土风舞遗存的样子。一条尘土飞扬的公路穿过散布在山脚下的村子中央。村子外面才是河岸上的台地，台地上种植的照例是正在抽穗扬花的玉米。玉米地里照例栽着些还没有长大的苹果树。而在村子中间，还挺立着一些看上去很苍老的梨树。

村子中间的马路两边，有开小杂货铺的人摆在露天的台球桌，这一点，也就像前面走过的任何一个马路边的村子一样：总有几个无所事事的年轻人围在一起，打九子的花式台球。他们打台球时，还有人往台球桌那沾满灰尘的绿绒面上丢上一块或五块的人民币。我停下脚步，看正在进行中的赌局。这一局是开杆的那个人输了，他嘴里不干不净地交替使用着藏汉两语中差不多所有的下作词汇，脸上却露出满不在乎的笑容。赢钱的人口中也满是这种藏汉双语交替出现的脏字与脏词。而在上一代人那里，情形却不是这样的。我不知道什么时候以及为什么会发生这样的变化。

又一局开杆了。

这次上场的人，把所有的气力全部用上了。一杆出去，满台球乱滚乱撞，结果，有三只球滚进了不同的袋中，但是，白色的母球打着旋飞到了台子外面。

我叹了口气，因为他根本不需要用这么大的气力。

不但击球的这个年轻人，所有围着台球桌的年轻人都对我投出不友好的目光。

这些年轻人总是对过往的陌生人投出这种警惕的、不友好的目光。

但我并没有退让，理由非常简单，如果我没有离开乡村，也会是他们当中的一员。我知道这种目光中所有的虚张声势，所有的嫉妒与所有的色厉内荏。那个把球打出台外的家伙把台球杆横在手里，向我逼近。那是一个威胁的姿态。公山羊在即将向对手发起进攻时，就会低下头，并把一双尖角朝向前面，用蹄子刮擦脚下的石块，用那种姿态与声音发出威胁。这些村子里或多或少都养有这种好斗的山羊。就在我们脚下坚硬的公路上，还可以看到早晨羊群走出村子时，撒在路上的黑色药丸一样的羊粪蛋蛋。

我知道，自己应该开口说话了。

于是，我说："你的气力很大，但全部用在打球上，真的有点傻。"

我当然说的是藏话，是本地人还能听懂的嘉绒藏话。于是，这个手里拿着球杆向我逼来的小伙子站住了，愣了片刻，他笑了起来，说："我说呢，要不是本地人，一个外地过客，哪个有这么大的胆子。"

我说："依我们祖宗传下来的规矩，对外来的客人不是应该更客气一点吗？"

小伙子没有回答我的话，而是把球杆递到我手里："来，我们两个赌这一局。"

我摇摇头，说："不会。"

他又说："那你就赌我赢还是输？"

我说："不管你们哪个赢了，都该请我喝瓶啤酒。"

他想了想，在台面上已经下了五块钱注的情况下，又加了五块。

这局当中只有两颗球是对手打进袋的，但他却输了，因为他连续三次把母球击飞到台面外头。

这时，我们的四周已经聚集起一帮姑娘。姑娘们还跟上一代的女人们年轻时一样，扎在一堆，看着一个陌生的男人，莫名其妙地骚动并互相推搡着嬉笑不止。在这些姑娘的嬉笑声中，我们一人提起一瓶啤酒。对于一个走了好几小时长路的人来说，一瓶啤酒正是一种最最解渴提神的饮料，我一口气把啤酒全灌进肚子里。姑娘们又笑了起来。小伙子们又把啤酒全部灌进了肚子里。我又掏出十块钱，每人又灌了一瓶啤酒。

我坐在梨树阴凉下一块凿得方方正正却不知为何弃置在那里的花岗石上，倚着树干睡着了。醒来的时候，已是夕阳衔山的时候，姑娘们和大多数的小伙子都散去了。

那个本想跟我打上一架的小伙子却还守在旁边。

我叫他带我找一个睡觉的地方。他说可以住在他家里。

我摇头："我要一个倒头就可以睡下的地方。"

他说："到乡政府去，有干净床铺。"

那个有干净床铺的屋子里摆着几张旧木床，屋里有一股尘土的味道，但我还是打开被子就睡下了。如果不是渴，不是风吹在窗户的破洞上发出一种奇怪的声响，我不会在深夜里醒来。好不容易摸索到墙上的开关，打开电灯，我没有找到一口水喝，两只塑料水瓶空空荡荡。从内部格局来看，这是一座建于二十世纪五六十年代的汉式的老房子。墙上的白灰皮正大块大块地剥落下来，露出里面麦草混着黄土的干打垒墙。我走到院子里，月光如水，夜色清凉。但我仍然很渴，仍然不像能找到水的迹象。突然想起，今晚在这里停留是想看到有着出征舞特色的宅垄锅庄。但现在，偌大的一个院子只有月光下的几株树影，一扇扇门窗后面都是静寂无声的睡眠。

看看天上的星空，预示着黎明的金星已经从山脊后面升起来了。

我背上背包，系紧鞋带，又上路了。穿过一座座石头房子的阴影，走上公路的时候，全村的狗都叫了起来。狗们清脆的吠声一时间弄得山鸣谷应。等我走出村子，回首望去时，好几只狗竖着尾巴站在穿过村子的公路口向我吠叫。

转过一个山弯，狗叫声没有了，有的只是我自己的影子。又走了一个多小时，月亮落到山背后，就只听到一双脚在地面上嚓嚓移动的声音了。

5　错乱时空中的舞蹈

两年以后，我作为一个电视片撰稿人再次回到宅垄。

又一次回到我稀里糊涂住了一个晚上、连房钱都没付就在半夜里溜掉的那个院子里，但却没能在那个晚上在那里再住上一宿。电视摄像机在这个时代常常能引起非凡的热情。那次，四川省国外藏胞接待办公室的鄢长青拉我一起承担了拍摄一部对外宣传片的任务。鄢长青曾是很有潜质的一位藏族作家，后来转向摄影与摄像，成了圈子里有名的一把好手。那次，借了拍摄这部片子的机会，我跟他在马尔康、大小金川和理县等地足足跑了两月有余。这跟我一个人的漫游完全大异其趣。因为拍电视，就能受到相关部门的重视，而重视往往就等同于特别的照顾。那两个月，我们带着一部丰田越野车，每到一地都有陪同人员安排了好吃好喝。正是那一次，我再一次到了宅垄。

之前，我和鄢长青由县里的人陪着徒步在四姑娘山里，风餐露宿了三四天。那已是深秋十月的天气了。要不是一场大雪把我们和许多饥饿难当的动物一起压下山来，我们还会拖着耐心的主人在冰川之下的沟谷里盘桓好些天。

回到小金县城，县长为我们摆酒。县长是本地藏族，作陪的政协杨副主席是学美术出身，又是文化上的有心人，对现在的小金过去的赞拉漫长的历史与特别的风土，无不了然于心。

喝得有些头大的我，说起了那个曾经在宅垄的夜晚。

主人笑了：“你怎么会以为随随便便就可以看到呢。现在的年轻人不会，会的都是中老年人，不是逢年过节看不到了，除非是专门去组织一次。”

负责接待的统战部长拍板专门组织一次。

我以为都是酒桌上的慷慨激昂，过了也就忘了。第二天，去县里办的大理石厂和新建的冷冻库参观。这些年，本地水果产量大增，加之盛产专供出口日本的松茸，所以建了这样一个大型的冻库。下午回到招待所休息，却突然来了车叫带了机器去宅垄。

三台车在深秋季节干燥的公路上扬起了滚滚尘土，不到半个小时，车子就开进了当初我半夜离开的那个院子。我认出了那个院子，因为那斑驳依旧的石灰粉墙，和墙上一条“文革”时代遗留下来的标语。乡上的干部迎出来，喝茶，做乡下的特色饭：酸汤加玉米搅团。汤里放了剁得细碎的当地辣椒，又香又辣，让人一身透汗。玉米搅团又黏又香，慢慢品味，还有些回甜。乡干部向县里的领导汇报工作，我跟老鄢不好旁听，便出去转转。

那些台球桌还支在路边，但桌子边上没有了那些好勇斗狠而又可爱的年轻人们。

正是繁忙的秋收季节，年轻人们也下地收获去了。村子比我上次经过时好像美丽了一些，我想是因为那些经了霜便变得彤红的梨树叶吧。转了一圈回来，在乡政府所在那个略略有些破败的院子中央，有人在从拖拉机上卸下燃篝火的木柴。

乡长解释说，真正跳得好这种舞的人都住在半山坡上那些村子里，他们要从地里回家，吃了东西，打扮齐整了才能下山来。于是，我们回到屋子里喝茶等候。

黄昏慢慢降临到山间。

就在这个时候，从后山坡上传来一种隐隐的声音，像是山里松涛的轰鸣，但是，这里早在许多年前就已经童山濯濯，早就消逝了林涛的声音。再仔细倾听，原来是许多人在陡峭的山路上奔跑。他们一路奔跑，一路发出音节单调的吼叫。

呵——

呵呵——

呵呵呵呵呵——

真正是松涛动地的那种来自自然的声音。不一会儿，一群盛装的嘉绒男人就站满了院子。在我的感觉中，他们就是来自过去时代、小金还叫做赞拉时的嘉绒男人。他们头上戴着毛色鲜亮的狐皮帽子，身穿宽肩长袖的氆氇大氅，齐膝的下摆上是巴掌宽的水獭皮。还有少数男人胸前的大斜襟上，是两掌宽的豹皮。嘉绒藏服的男装最提神的部分是腰，男人都扎着质地粗放的紫红腰带，腰带上侧悬着银鞘上镶了珊瑚的漂亮腰刀，和并插着象牙筷子。正前面的腰带上，是一个小皮袋，皮袋里面盛着火绒与几块石英，皮袋下端，是一块半月形的铁片做成的火镰。

于是，过去的时代就一下站在眼前了。

那是没有洋火，更没有打火机的时代。出征的男人们需要埋锅造饭时，先在野地里架好了干燥的草与柴，然后，从悬在身前的皮袋里掏出石英，捏一小撮火绒按在石英上，用皮袋上的半月形铁片猛烈划拉几下，溅出的火花蹦到火绒上，火绒中冒起一缕缕若有若无的青烟，再把火绒凑到架好的柴草中，鼓了腮帮子一阵猛吹，一蓬火就这样蹿起来了。

这是出征路上的情形，到了战地，火镰还有更大的用场，就是用它来点燃火枪的引线。我放过那种老式火枪，瞄准了目标，枪声响起之前，紧贴着枪托的那半边脸必须忍受着火绳吐出的火焰烧烤。直到今天，我的脸颊上，一块带着细密黑点的皮肤，就是放火枪打野鸽子时被烤焦的。

眼前的男人们大多是中老年人。其中的许多人，头发胡子都花白了。刚才他们在下山的路上，发出山鸣谷应般的啸叫。现在他们就穿着盛装，默默地聚集在了乡政府的院子里。所以，让人感到是过去的时代站在了面前。

如果说他们的服饰与嘉绒其他地方有所不同，主要区别就在狐皮帽子上。他们头上所有的帽子，都保留了狐皮上的尾巴，并自然地披垂在脑后，轻轻一点风，长而柔和的狐狸毛就灵敏地翻动，给人一种特别的美感。

男人们聚集整齐了好一会儿了，同样盛装的女人们才逶迤着姗姗而来。和先到的男人们相比，女人群里多一些年轻而羞涩的面孔。

乡长指派人把两坛酒摆放在院子中央，然后，县长点燃火堆，山上下来的一个白胡须老者念一段祝颂文，开了酒坛口上的泥封。这些所有开始的程式都与我所熟悉的一模一样。还是那个开启酒坛的精瘦的老者，走到已经自动围成圈子的队列最前面，抖开了手里钉在一圈红色皮子上的一串黄铜铃铛。

十多个清脆的铃铛声合在一起，竟有了一种动人的沙哑。

就在这沙哑沉郁的节奏里，老者迈开了舞步。整个圈子都摇曳着身子迈开了舞步。

女人们的曼声吟哦凄厉而又美丽。

男人们的舞步越来越快，并向着假想的敌人发出威胁性的吼叫。

我在本质上是个喜欢沉思的人，一个不好动的人，最外在的表现就是不太喜欢舞蹈与体育运动，更不要说专门研究各地舞蹈的异同了。所以，我确实不能分辨出特别有名的宅垄的锅庄舞与嘉绒地区别处的舞蹈有什么太大的不同，而且，当时我也没时间去细细观赏。鄢长青扛着摄像机，一边气喘吁吁地叫好，一边指挥我把灯打到男人的手上，打到女人的脚上。强烈的摄影灯光一到，除了所照的局部，舞蹈的整体就隐入黑暗中去了。直到电池耗尽，我才有机会坐下来看了一会儿舞蹈。最后的那些感受是：虽然热情的主人一再强调，这是为了我们两个人安排的难得一见的舞会，但我从那些舞蹈者的脸上，特别是那些男人脸上的表情看出，其实我们在与不在，都与他们无关。他们跳着的是他们自己的舞蹈，在舞蹈中沉溺于自己的激情与激情中的回忆，与有没有人观赏无关，与有没有人摄制电视片无关。

在这种舞蹈中，人们可以回到过去，回到无限久远而且宽广的记忆中去。

舞会终于在文化馆派来的民歌手的曼声歌唱中结束了。

盛装的农人们又沿着蜿蜒曲折的山道踏月回家。山谷中又回应着他们中气十足的吆喝声。今天夜里，男人胸中窜动着出征武士的豪情，女人心中，则是充满缠绵凄切的爱情了。在月下的田野里，又有艳丽的情爱之花要开放了。那是我们都渴望着真实触摸的人性中最美丽的部分。

回到县城招待所，我久久不能入睡，想像的就是月光下的爱情，渴望的也是那种月光下的爱情。

想到了两年以前，我独自一人在宅垄天明之前，独自一人在公路上行走。

那次，我走走停停，快到中午时分，走进了小金县城，走进了小金县委那个栽着许多苹果树与柏树的熟悉的院落。

走进这个院子，我突然想起了一个曾经住在这个院子里的年轻汉族女子。那时，我也是一次漫游中在此驻足，住在招待所里一边休息，一边写短篇小说。那时，她每天穿过院子，送些葵花子啦、核桃啦、苹果什么的到我的房间。于是，她每天两三次的造访竟成了我住在这个院落里的小小期盼。

直到有一天，她投进了我的怀抱。这是漫游路上很难遭逢的，因为短暂和突然而令人难忘的浪漫之花。后来，这个女人就离开这块土地永远地消失了。现在，这个女人的面容都已在我眼前模糊不清，但当时她投在我怀中时那种自已吓坏了自已的颤抖却是永远鲜明如初。

现在，这个院落里没有了这个女子，也没有了那新鲜的颤抖，有的只是一丛丛金盏菊，一树树坠在树枝上青青的果实，和我一身的疲惫。我推开县委书记的门。

这位老熟人看我一眼，对我的样子并不吃惊，倒一杯水放在我面前，说："我叫招待所给你安排饭和房间。"

等他安排完一切，我已经在沙发上呼呼大睡了。即或是楼下某个房间里还留下我温馨的记忆，但疲惫的来临还是势不可挡。据说，因为我霸占了那条三人沙发，书记召开的一个重要会议因此挪到了另一个地方。

书记县长们开完会，才来叫我一起用饭。

席间，他们在讨论引种法国葡萄的事情，我想了一会儿一路上的狗吠与月亮落下后的黑暗，他们的话题还没有结束的意思，我便上街去闲逛。

6 找不到过去的影子

小金县的美兴城，对我而言，是一座相当熟悉的县城。

对我来说，城里并没有什么特别的看点。但是，一个漫游的人，大睁着一双眼睛，又总是期望有所发现。虽然我们并不是常常都能有所发现。县城里没有一座具有藏族风味的建筑，也没有一点过去的嘉绒的影子。

唯一值得一提的是紧挨着县委办公楼的天主教堂。可惜的是，这座教堂除了一个富于异国风味的门脸外，打开大门，里面已经没有任何与宗教相关的东西了。

在这个县城里，我在一个小茶馆里，向人打听这座教堂的过去。知道了这座教堂是法国传教士于民国十三年也就是 1924 年建造。想再打听更详细一些的情形，但所有的茶客说起来都语焉不详。有人告诉我，当初，教堂里的外国神父雇了一个信教的当地女人当杂役。后来，这个女人还为这个外国神父生了女儿。

所有人都信誓旦旦地告诉我，她混血的女儿是城里的一个美人。

后来，在一个更为正式的场合，有人指给我这个女人，不知是因为受了强烈的心理暗示，还是真有一些血缘的遗存与混杂，我似乎从她脸上隐约看出了些西欧人面相的消息。如果传说是真的话，那种血缘的特征除了使这位女子有不同于本地人漂亮特征的漂亮外，并不具有太多的意义。而我最为感兴趣的是，这样一座直到今天还算漂亮的建筑所代表的那种异质背景的文化，究竟在这座小小的镇子里留下了些什么样的踪迹。也许是因为我特别的愚钝，尽管我很多次去到这个叫做美兴的依山面河的镇子，却没有捕捉到过天主教在此地存在传播过相当长一段时间的任何迹象。

我不由得为一种曾经艰难进入的文化那么容易就消失得无影无踪而感到惆怅。虽然我不是崇洋媚外的人，但我相信，当年，教堂里风琴声响起，藏人们用生硬的腔调念诵祈祷文时，应该也是非常虔敬的；他们吟唱圣歌时，肯定别具一种生涩而又曼妙的美感。

但是现在，教堂的大门紧锁着。因为我是县委书记的朋友，有人来为我打开。但里面，就是一个寻常的礼堂的布置，一排一排的椅子，前面没有圣像，也没有祭坛。一排桌子横放在台子上，到开会时，蒙上一些桌布，放上一只麦克风，领导就可以发表讲话了。我坐在下面，试图想像一下管风琴声回荡，一个外国传教士对着蒙昧的土民宣喻教义时的情形。结果，眼前却出现了县委书记向几百人描画这个贫困地区美好富裕前途的情景，不禁自己笑出了声来。

走出大门外，阳光明亮得有些晃眼。我发现身上沾了好多的尘土。

教堂门口立着一块牌子，标明这座教堂也是一个革命文物。因为这座教堂跟红军长征联系在一起了。

1935 年 6 月 13 日，红一方面军翻越长征途中的第一座大雪山——海拔四千多米的夹金山，从东南方进入小金县境，在夹金山下的达维与先期到达的红四方面军李先念部胜利会师，并在达维喇嘛寺召开了会师大会。

两天后，随军行动的中国共产党中央到达小金县城。在此地，毛泽东、朱德和周恩来以中央工农民主政府和中央军委名义发表了《为反对日本并吞华北和蒋介石卖国宣言》。宣言中重申红军长征的目的，是为了北上抗日。但在当时的情形下，红军还是只能选择继续西进的路线。

当晚，就在这座天主教堂内，红军召开了一、四两个方面军的干部大会，会后还进行了联欢活动。这是官方一种简略的记载，具体的情形如何，我们已经很难想像了。当时，四方面军参加这个会议的是李先念所部红三十军的干部。会师之后，兵强马壮的红四方面军还接济了疲惫而又损失惨重的红一方面军不少粮草与弹药。

毛泽东与周恩来等人，还在这座教堂里度过了几个夜晚。

翻过大雪山后，跳出了国民党军队的包围圈，又与相对来说兵强马壮的四方面军会师。这些夜晚在长征途中，应该是几个相对轻松的夜晚，可以放心入睡的夜晚。

还要过上一些时候，红四方面军的领导人张国焘，才会前来与毛泽东等会面。也就是从这个时候开始，张国焘仗着兵多枪多，与来自江西苏区以毛泽东为代表的党中央和中央军委处处对抗。于是，红军两个方面军在阿坝地区的雪山草地间的艰难行进，也成了毛、张二人之间的一部斗勇斗智的传奇故事。

这已经不是本书所应涉猎的范围，且按下不表。

我从丹巴出发自西向东，经过新格、宅垄等地，到达小金县城。到了此地之后，顺公路而行有两个选择。

继续往东，到达维、日隆。达维是一、四方面军的会师地。日隆在这些年也渐渐有名了。日隆在过去的古驿道上，是从四川盆地进入赞拉的门户，所以老一辈土著人口中，日隆这个地名还会多一个字叫做日隆关。后来，当驿道上的商业衰落时，日隆就被人淡忘，变成一部分人尘封的记忆了。

但是，进入 20 世纪 80 年代后，随着旅游业的兴起，日隆又重新被发现，进入了人们的视野，成了一些喜欢探险旅游者在地图上常常指点的一个名字。对登山爱好者，日隆就是海拔 6250 米的有“蜀山皇后”美誉的四姑娘山。对一般的旅游者，日隆与四姑娘山下有“东方阿尔卑斯”之称的双桥沟风景区有关。

有一次，在风雪交加的三月，我被大风雪阻在日隆，在镇上的饭馆里就着大块牛肉喝酒驱寒时，就看到饭馆墙上，挂着好些登山爱好者团体留下的鲜艳的旗帜，上面照例有很多人的签名，和四姑娘山花之旅、冰山之旅等等字样。那是游客们夏天留下的东西，而在三月的风雪之夜，四姑娘山四座渐次升起的金字塔状的高峰正超拔在光风蕴雪的云层之上，沐浴星光中。而在这个小饭馆里，昏黄的灯光在蒙眬的醉眼里显得更加暗淡。

凌厉的风声把世界整个充满。

还是回到小金县城吧。每次我离开这座小小县城的时候，都要去看一看建在城边山坡上的烈士陵园。顺着山势一排排拾级而上的坟茔里躺着的大部分人，都不属于这片土地。他们的家乡在很远的地方。最初的一部分，是红军军官与战士。无名的战士，有名的军官。再一部分，就是解放初期躺倒在这片土地上的解放军战士。

其实，我到这里来，和石碑后面躺着一个什么样的人没有太大关系。使我深深感动的，是这些人怎样在这样一个陌生的地方，一个他们在涉足此地之前可能连做梦都未能梦见的陌生之地，面对了突然降临的死亡。有人死于灼热的枪弹迅即的一击，有人在残酷的刀下痛苦挣扎，临死之前望一眼天空，这个异族人土地上的天空，那么晴朗，肯定显得又高又蓝，那是多么美丽的一种蓝啊！

美丽的蓝容易让人想到未来，想到慈母与家乡。

然后，死神掀开黑色的大氅猛烈地扑来，黑色覆盖了一切，包括红色的希望。

烈士陵园的位置居高临下，小金县城尽收眼中。

现在这个叫做美兴的镇子，过去的藏族名字叫做美诺，是赞拉土司官寨的所在地。但现在，除了两边大山上斜挂着的一块块补丁似的耕地，耕地间一些汉藏合璧的民居，这个镇子本身已经没有一点历史的遗存了。

7 土司传奇之一

清代的赞拉土司，却是被称为“嘉绒甲卡确基”的嘉绒十八土司之一。

前文说到过，嘉绒的贵族多数在吐蕃统治时期从西藏本土东迁而来。在嘉绒当地的口头传说和土司家族志中，不约而同地都提到祖先来自西藏本部距拉萨 18 个马程地西北琼部。

传说古代西藏的琼部地方人口众多，共衍生为 39 族，因其地日渐贫瘠而东迁至青藏高原东北边缘地带的大渡河流域和岷江流域的嘉绒地方。

西藏的吐蕃政权分崩离析后，这些贵胄家族各自拥兵自重，凭借深谷高山的自然屏障，自成一方小国。贵族们都自称“嘉尔波”，也就是国王的意思。但是小国寡民的日子并不能历之久远。

元代以后，蒙古统治者的势力席卷青藏高原。

元代是在整个藏区施行不同统治方式的开始。在西藏本土，利用新崛起的萨迦教派势力，分封若干万户，而在青藏高原东部开始实行土司制度。明王朝在少数民族问题上可能是最无建树的一个王朝，基本沿用了元代在藏区的统治方式。

满清一代，满族人入关抵达中原后，正式在整个嘉绒地区分封了土司。土司制度最为繁荣的时期，嘉绒全境共有满清政府所册封的十八个土司，俗称嘉绒十八土。大渡河上游以莫尔多神山为中心的大小金川流域正是十八土司辖地上嘉绒宗教文化的中心地带。

其中，小金川流域内，即今天的小金县境内，是赞拉与沃日两个土司。

“赞拉”一词，在藏族中有凶神的意思。当地人相信，所以有此一词一是因为当地藏兵能征惯战，加之境内多高山深谷，这些高山又大多是莫尔多神山属下的配臣与武将，是嘉木莫尔多的护卫之神，所以得此地名。

后来，地名又演化为土司之名。

小金川的赞拉土司，与大金川的促浸土司，本是同根所生。藏语中的说法是，出自同一种骨头。同一种骨头，就是同一个根子。根子在藏语中是一个很短促、也很神圣的词，叫“尼”，意译成汉语是血缘的意思。

这个来自西藏琼部的家族在嘉绒地区得到了很好的发展。在明代，一个族长叫做哈依木拉的，其名声已经传到很远很远的地方。我问过给我讲述这个传说的老僧人，这个很远到底有多远，传过了几条河，几座山？在民间传说中，常常说，九十九条河，九十九座山，但那只是一种形容，在实际的地理范围内，是不可以想像的，要真是出现这种情况的话，早就抵达大洋之岸，叫人望洋兴叹了。

远和近，是一个相对的概念。

我坐在一个小庙里，很唐突地问那个老喇嘛，很远到底是多远。

老喇嘛不解地看着我，然后猛烈地咳嗽起来。

他没有回答，我想也用不着回答。再说，我也不该拿这种玄妙的问题去为难这位具有干部身份却总是十分谦卑的喇嘛。毕竟，他还告诉了我很多有用的东西。

有了这次访问，我便知道，这位哈依木拉是位法力高强的苯教法师，所以被明代某皇帝赐印一方，誉为演化禅师。清康熙五年（公元1666年），清王朝为其家族重颁演化禅师印信。这个家族臣服清王朝后，其士兵服从清王朝征调，随同大将军岳钟琪远征西藏本土，击退入侵西藏的尼泊尔人，有功归来后，其家族分授促浸与赞拉土司。关于这段史实，清代大学者魏源在《乾隆初定金川土司记》中也有记载：

一促浸水出松潘，徼外西藏地，经党坝而入土司境，颇深阔，是为大金川。其赞拉水源较近，是为小金川。皆以临河有金矿得名。二水皆自东北而西南……康熙五年，其土司嘉勒巴内附，给演化禅师印，俾领其众。其庶孙莎罗奔者，以土舍将兵，从将军岳钟琪，征西藏羊峒番有功，雍正元年奏授金川安抚司。莎罗奔自号大金川。而以旧土司泽旺为小金川。莎罗奔以其女阿扣妻泽旺。泽旺懦，为妻所制。

这其中，即或是清代学人中多愿研究地理的魏源也犯了一个不小的错误。促浸的大金川源出于青海，而非松潘。松潘自明代以来，就是川西北一个军事位置重要的边地要塞，但松潘城旁所出之水，却是大渡河以北地带的岷江。这两条在川西北群山中奔流的大河在进入四川盆地后，在乐山大佛脚下和青衣江一起三江汇合而成继续流向东南，在著名的酒城宜宾与金沙江汇合，才是一泻千里的浩荡长江。

到清朝乾隆年间，赞拉土司走向了自己的末日，最初的起因在前面所引魏源那段文字中已见端倪。乾隆十一年（公元 1746 年），大金山土司莎罗奔借处理家族纠纷之名，夺小金川土司印，并进占其所领牧地。次年，莎罗奔又进而侵占邻近的革什杂土司与明正土司领地。朝廷震动，命令曾在贵州平定苗族叛乱有功的云贵总督张广泗领大军进剿。赞拉土司泽旺逃往四川成都。乾隆十三年（公元 1748 年），皇帝起用老将岳钟琪，并命大学士讷亲往前线督战。后因战事不力，在前线连吃败仗，乾隆下诏将张广泗与讷亲问斩，再派大学士傅恒督战军前。

乾隆十四年（公元 1749 年），金川之役久战不绝，劳师费帑，清王朝正举棋不定之时，莎罗奔主动提出向朝廷议和归降，皇帝允准，莎罗奔归赞拉土司领地。赞拉土司泽旺恢复对其辖地的管辖权。

促浸土司莎罗奔年老后，由其侄子郎卡继土司位。

乾隆二十三年（公元 1758 年），郎卡又开始觊觎周围土司领地。邻近老迈而又生性懦弱的赞拉土司泽旺被郎卡派兵驱逐。于是，一次完全改变这一地区政治与文化面貌的战争开始酝酿。郎卡在驱逐了泽旺后，志骄意得，完全不把四川总督开泰要他归还赞拉土司领地的威胁放在眼里，并继续向周围的土司领地不断袭扰，制造事端。郎卡势力日益壮大，并不把清王朝几次三番的训谕放在眼里。

这固然与郎卡土司的夜郎自大有关，也与四川总督优柔寡断、对在地形复杂的山高深谷中与当地士兵作战心存疑惧有关。

从清朝一代，直至民国，代表中央政府号令藏边的政府官员都把嘉绒地区的土司辖地视为畏途。一则不见于正史，却在四川官员中广泛流传的野史正说明了他们的这种畏惧心理。这一则被署理四川的各级朝廷命官奉为信史的传说与大渡河相关。

说的是宋朝开国皇帝赵匡胤开国之初，展开地图与众将确定宋代的有效疆界时，就把大渡河以西的广大崇山峻岭地区归为化外之地。传说里说宋太祖以所佩玉斧沿大渡河划出一条线，指出宋军不能出河西以远。

这样一则不见于信史的传说在四川官吏中的广泛流传，确实是大有深意的。

正是在这样一种心理的支配下，四川命官对于名义上具有统辖权的嘉绒地区土司间的纠纷总愿意视而不见。正是在这样一种吏治之下，大金川土司郎卡才敢于把来自朝廷的警告置若罔闻。而乾隆皇帝对于这样的轻忽是绝对不能容忍的。他认为第一次息兵于将胜之时，已经尽显朝廷对化外之民的怀柔之意，金川土司再次作乱，不能再有姑息。于是于乾隆三十一年（公元 1766 年）诏四川总督阿尔泰檄促浸附近杂谷、梭磨、党坝等九土司，从四面进兵讨伐。

但是阿尔泰举棋不定，加之九土司各怀心事，阳奉阴违，迟迟不能向大金川兴兵。

阿尔泰只是一次次训令大金川土司郎卡归还侵占的土司辖地，却并没有认真进兵平息事端的实际举措。而郎卡又使用莎罗奔的手段，即与相邻土司的联姻手段。

关于这次事件始末，魏源在《乾隆再定金川土司记》中有简略的记载：

三十一年，诏谕总督阿尔泰檄九土司，环攻之，而阿尔泰姑息，但谕返诸土司侵地，即以安抚司印给郎卡，且许其与绰斯甲结姻。而以女妻泽旺之子僧格桑。……土司中巴旺、党坝，皆弹丸非金川敌。其明正、瓦寺亦形势阻隔，其兵力堪敌金川。而地相偪者莫如绰斯甲与小金川。阿尔泰不知离其党羽，反听释仇结约，由是两金川狼狈为奸，诸小土司皆不敢抗，而边衅棘矣。

这段文字，主要是谴责满人总督阿尔泰的，但从中，我们也可以看出嘉绒人郎卡这位一代枭雄颇富雄才大略。直到今天，在很多当地百姓心目中，郎卡还是一个传奇人物。很多人都会十分遗憾地说，如果他治下有像清朝一样广大的国土与兵力，如果周遭的嘉绒土司不听清帝差遣，助满、汉兵攻打，历史可能是另外一种样子。但是，我们知道，历史是不可以假设的。

但仅从魏源那段文字，我们就可以看出郎卡这个满怀野心的土司在地缘政治上也有着相当的谋略。巴旺土司境在现在的丹巴县，地在大金川东南。党坝土司位在大金川土司辖地以北，现在的辖地不过是马尔康县境不到两个乡的地面。这一南一北两土司面对大金川咄咄逼人的姿态，一向唯唯诺诺，绝无与之强力抗衡的力量。而其他兵强马壮、更具实力的土司如梭磨、杂谷、瓦寺等，又山河阻隔，不与大金川直接接壤，没有实际的利益冲突。唯一对郎卡扩张野心形成阻碍的，就是东南两面的小金川土司与绰斯甲了。而郎卡又以联姻的方式将其拉到了自己的一边。

而这种势力的急剧膨胀，进一步刺激了大金川土司的野心，而满清重臣的首鼠两端只是使其更加狂妄。

于是，一场完全改变了嘉绒藏区面貌的大战就在所难免了。

这时，郎卡年老病故，泽旺自来懦弱，大小金川土司职柄由两人的儿子掌握，两个年轻气盛的土司加速了事件的演进。

还是再来征引魏源的记载：

时泽旺老病不知事，郎卡亦旋死，其子索诺木与僧格桑，侵鄂克什土司地。三十六年，索诺木诱杀革布什扎土官。僧格桑亦再攻鄂克什及明正土司。我兵往护鄂克什，僧格桑与官兵战。事闻，上以前此出兵，本以救小金川，今小金川悖逆，罪不赦。阿尔泰历载养痈，至是又按兵打箭炉，半载不进。罢其职，既而赐死。命大学士温福自云南赴四川。以桂林代阿尔泰共讨贼。

在乾隆皇帝一道又一道御旨的催促下，温福领兵出成都经都江堰，逆岷江上行至现今阿坝州内的映秀，转向瓦寺土司辖地今天的卧龙自然保护区的耿达沟，越巴郎山直抵小金川土司东边险要门户——海拔四千多米的巴郎山。桂林领兵顺大渡河而上至打箭炉，以此为前进基地，从今丹巴县境内直出南路。大兵压境之时，小金川土司泽旺之子僧格桑向索诺木割地救援，索诺木方才派兵驰援。

闻听此消息，在北京紫禁城里的乾隆皇帝连连下旨，指导遥远的西方战事，并对小金川土司深恶痛绝，下定了铲除之心。他在三十六年（公元1771年）八月的一道谕旨中说：

前谕于擒获僧格桑后，别择小金川安分妥当之人立为土司，俾令管理。今思小金川可作土司之人不外僧格桑支属，此等蕃夷锢蔽已深，积习恐难湔改。况与金川又属姻亲，易于蛊惑，难保日久不复滋事。莫若于凶渠就获之时，即将小金川所有地方，量其边界，附近如鄂克什、明正、木坪、杂谷等土司分拨管辖整理，不必复存小金川土司之名，庶该处蕃众旧染潜移，各知驯谨畏法。

至此，小金川土司的命运已经决定，剩下的只是上演一场血与火为主题的历史戏剧了。

一场早已决定了结局的历史大戏。

嘉绒土司僧格桑们用尽一切智慧与武力，流尽这片土地上人们滚烫的鲜血，其作用也无非是使这幕大戏上演得更加曲折，更加轰轰烈烈。

登上小金县城美兴镇后的岩石嶙峋的山坡，我的眼前出现的不再是史书中所描绘的那种石碉林立、关卡处处、兵戈四起的景象，而镇子周围的乡村也不再是一个藏族地区所应有的那种乡野的风景与情致。

那场惨烈战争的厮杀声已经消逝在时间深处，历史的背影从来没有像今天这样遥远而模糊。我甚至找不到一个人，找不到一个凭吊的地方。按照记载，赞拉土司的官寨应该曾在小金县城那些汉式民居中间的某个地方静静耸立。但是，没有一石一柱、一段残墙、一点画栋，透露一点隐约的消息，指出它大概所在的位置。

在藏民族社会中，文字在很早很早的时候就发明了。

但是，十分不幸的是，这文字很快就走入了寺院的高墙，记录了僧人们许许多多难测其高深的玄思妙想，却没有流布民间，为后人留下一段历史面目清晰的记录。在一个寺院，我问一个据认为是该寺中最有学问的喇嘛这个寺院有多长的历史了，他正正经经地回答我说有一万多年。我当然不会同意他的看法。我不用援引世界公认的进化论，说人类获得智慧才多少多少年。我只是说佛教的始祖释迦牟尼才诞生多少多少年，一个佛教寺院比这个宗教创始人历史还长是多么不可思议。喇嘛生气了，在很多人面前宣布我不是一个对佛教虔信的人，因此不是一个真正的藏族人。

在这片土地上，很多教派与寺院兴起又衰亡，但却没有用它们掌握的文字为人们留下一些可以使人信服的历史记载，确实让人感到十分遗憾。而在这片土地上活动不久的天主教，那些西洋的传教士，不仅仅在他们眼中的这些化外之地，建起了教堂，传播福音，而且，这些传教士总是对刚刚涉足的这些土地上的一草一木、一沟一壑都感到浓厚的兴趣。那些传教士往往就是专业或者业余的自然学家、考古学家和地理学家。就在小金川人出入四川盆地必经的原瓦寺土司领地卧龙，就是一位名叫大卫的美国传教士于1869年发现了与中国人毗邻而居数千年的大熊猫，并开始发掘认识其在生物进化史上的巨大潜在价值。在与瓦寺土司地界相邻的岷江上游，20 世纪 30 年代曾发生一次大地震。巨大的山崩埋葬了古驿道上一个繁荣的小镇，并让岷江主流上出现了数公里长的湖泊，当地人叫做叠溪海子。但是，为如此重大的自然灾害留下最详细、也最具科学眼光记载的也是一位外国传教士。这使我们想到东方文化中某种令人遗憾的缺失。

这种东方文化中的缺失同样存在于藏族文化中间。

这种文化导致了具有漫长历史的文明没有明晰而确实的历史记载。

我没有找到在赞拉土司领地上活动过很多年的传教士们留下的有关此地的记载。但我始终相信，这种记载肯定是存在的，只是被湮灭在一大堆似是而非的类似神话的传说中了。在藏族贵族与一些精神领袖的传说中，因为太多神化的附会，太多超凡的解释，导致了历史本来面目的模糊与消隐。

现在，科学的历史观让我们懂得了如何看待和如何记载这个世界正在发生的一切变故。但是，当我们想要洞见历史真实的面目时，始终只能看到一个伟岸而又模糊的背影。

模糊的背影里有血与火的余光，有铁马金戈的余响。

模糊的背影滤掉了触目惊心的残酷与无奈，只剩下了动人的可以赋予许多想像的神秘与浪漫。

我转身钻进图书馆，求助于清代的用汉文写下的官方记载，一部《清实录》中辑出的有关赞拉与促浸土司以弹丸之地和十数万百姓，与全盛时期的清王朝抗衡的历史记载，足足有五六本之多。但都是领重兵进剿的将军的奏折与皇帝亲批的御旨。在那些繁琐的公文往返中，那场惊天动地的战争，改变了大小金川地区面貌的战争，也成了一个隐约的消息。

我们只是借此知道一个大约的轮廓，不得已，还是再引魏源所作的记载吧：

上命官兵先剿小金川，而勿声大金川之罪。

皇帝盛怒之后，损兵折将之后，开始冷静下来，认真对待了。

五月桂林遣将薛琮等将兵三千入裹五日粮，入墨垄沟。被断后路，我兵告急，而桂林不赴援夹攻，致全军陷没。泅水归者仅二百余，桂林匿不以闻，被劾奏。乃以阿桂代桂林为参赞大臣赴南路。十一月阿桂以皮船宵济，边夺险隘，遂直捣匪巢。十二月军抵美诺。僧格桑已送其妻妾于大金川。而自赴泽旺所据之底木达。泽旺闭寨门不纳，遂由美卧沟窜入大金川。我军到底木达俘泽旺。而檄索诺木缚献僧格桑不应。

至此赞拉土司全境陷落。

乾隆命大军继续向大金川进兵。最后，这场战争是以大清王朝的胜利而告结束，而我们能检索的资料都是胜利者的记录，如果能看到失败者一方的记录与反应，应该是一件更有兴味的事情，但是，这一切到目前为止还只是一个假想。也许，这一切会有实现的一天也未可知，我们期待着地方史专家们能发掘出一些更翔实更感性的资料。

我们永远期待着。而现在的现实是，当我们在这片土地上行走时，很多过去的藏族地名都被一些新的汉语的地名所代替了。

乾隆四十年（公元 1775 年）十二月，大金川战事结束。

乾隆四十一年（公元 1776 年）一月，乾隆皇帝下旨，小金境内的赞拉土司与大金川境内促浸土司被永久废除，大金川土司领地设阿尔古厅，小金川境内设美诺厅。

小金川境内的美诺厅下设八角、汗牛、别思满和宅垄屯。传说两金川战事结束后，两地境内仅剩下万余嘉绒藏民，且多为妇孺老幼。但是，有前述两番战事在前，清王朝认为前车之鉴未远，便将这剩余人口大部分赏赐给随从征战有功的各路土司。剩下的部分妇孺，自然随战胜后留守屯田的汉族兵丁成为番妇了。这部分人在气候温和宜于垦殖的大小金川河谷生殖繁衍，产生出一种混合了藏汉血缘与文化因子的粗犷而又顽强的文化带。

8 血缘与族别

在写作此书期间，我在西南民族学院检索到一段资料，是 20 世纪 50 年代初对小金县结思乡的一项社会调查，署名是“四川民族调查组”。结思乡是改土设屯后别思满屯的一部分。其中一项人口统计很有意思，就是汉族人口已经占到一个相当的比例。我没时间也没有必要和权力去现在的结思乡查阅户籍档案，但根据我在家乡三十多年的所见所闻，敢肯定，现在这个乡的户籍上，汉族与藏族的人口比例要低于近五十年前的那次调查。虽然，在实际生活中，人人都会说，这些年来，汉族在这些地区的比例已经有了相当部分的增加。

为什么会有这样一种局面出现呢，原因非常简单。在解放以前，作为一个藏族人，在一个汉文化占主流的社会里是受到严重歧视的。

解放后，有了行之有效的一套少数民族政策，特别是考虑到在升学与干部提拔上的一些照顾性指标，很多人可能从汉族人摇身一变，又成了藏族人。

本来，两金川战役结束后，那些屯兵开始在这片土地上繁衍第一批后代时，其血缘就混杂不清了。所以，这片土地上新的一代人在选择族别时，当然有理由根据趋利避害的原则来确认遥远生命源头的某种血缘了。

血缘问题，在这些汉藏交界的地区，对许许多多人来说，都是一个敏感的问题，也是一个心照不宣的问题。

所以，即或是同一个人在不同的场合，宣称自己是这种民族或者那种民族也是一个看起来匪夷所思、其实是自然而然的事情。

我想讲讲我自己的故事。

我是一个回族与藏族的混血儿，所以选择了藏族作为自己的族别，仅仅是因为，从小在藏族地区长大，生活习惯最终决定了我自己在血缘上的认同感。

在我成长就学的年代，恰恰在极“左”路线的统治下，藏区的藏文教育在学校里被彻底取消。于是，我就在一个藏族地区上汉文学校。先后的两个小学老师，都是出身于四川内地乡村的师范毕业生。特别是我的第一位老师张玉明，在 20 世纪 50 年代初，就已经是我母亲的老师了。

后来，我也上了师范学校，成为一个教授汉语文与历史的中学教师。在我最后任教的那所中学，我娶了一个教英语的汉族人做我的妻子。两年后，儿子出生，我在公安局为他报户籍时，族别报了汉族。

我并不以我的族别为耻，但在为儿子选择族别时的想法却很简单，他完全在一个汉语环境里长大，将来也不可能因为血缘上的原因回到保持藏族文化与藏族生活习俗最完整的乡村里去。所以，我为他报了一个汉族的族别。

但是，这个做法受到绝大部分人，甚至包括我的汉族妻子的反对。

这个错误做法我一直坚持了 11 年。直到我要离开家乡，去到四川省会工作时，才下决心把这个决定当成一个错误来加以更改。因为儿子将随我到一个差不多全部是汉族同学的学校里就学。我决定更改族别而让他在一个全新的环境中记住自己的血缘，因为在我们夫妻和他共同设计的未来道路时，已经没有多大可能使他还会跟他父亲出生的乡土背景有更多的关联。

所以，唯有族别可以让他记住他的生命所来的地方。

记住他生命水源中一支特别的源头。

结果，我到公安局去履行这个我认为非常简单的手续的时候，却遇到了很大的麻烦。虽然履行这个手续的年轻的户籍警察曾是我与妻子共同的学生，但她必须根据文件来办事。这份有关族别的文件是由中央某个部门下发的。

为了解决这个问题，我去找在该县任县长的朋友。

县长是小金川土著，回族，可以肯定其祖先是在乾隆平定大小金川以后才作为移民进入的。而回族进入嘉绒藏区大半与商业有关。周县长叫办公室给我出一纸证明，证明我儿子可以从父亲的血缘更改为藏族。

就在这个时候，又来了一个本县干部，要求更改一家两口的族别。他们是要从藏族改到汉族。原因与我一样，也是因为要调动到内地工作了，但我们的更改是相反的方向。不用开口，人人都懂得这人如此行事的原因，但真正是藏族血统的办公室主任偏偏明知故问。

于是，对方回答说，他夫妻俩都是汉族，但是，在藏区工作，考虑到子女受到的教育也是相对低质量的教育，所以，报一个藏族，将来高考升学时，分数上享受些照顾才不至于过分吃亏。现在，他们往内调了，如果带着这个族别出去，会叫人看不起。

那一天，从县政府开出的证明，轻而易举地就改变了三个人的族别，背景都是一样的。而且，从开证明的人，到要求开具证明的人，谁都没有错误。

讲述这个故事，无非是想说，一些文化上的变化，文化上的认同感，远非纯生物意义上的血缘问题那么简单。当我们宏观上无法对此变化进行把握的时候，我想倒不如把这样的细节呈现给读者，让每一个人根据自己的经验，对一个地区，对一个民族，对一种文化的衰变做出自己的思考与判断。

我相信，我们的读者尚未失去这种能力。

在很多与青藏高原有关的书籍中，在很多与青藏高原上生活的藏族人生活有关的书籍中，有一种十分简单化的倾向。好像是一到了青藏高原，一到了这样一种特别的文化风景中，任何事物的判断都变得非常简单。不是好，就是坏，不是文明，就是野蛮。更为可怕的是，乡野里的文化，都变成了一种现代都市生活的道德比照。

乡野的生活并不是香格里拉的天堂。青藏高原边缘这些步步升高的大地的阶梯上，也有很多的痛苦。只不过，蒙昧太久的人民尚未学会用自己的声音来进行表达！

人们啊，我们要警惕！警惕我们自己的内心与双眼！

9 过去的桥与今天的路

我离开小金县城继续在赞拉大地上旅行。

每一处，每一天，我的旅行都在重复过去旅行的记忆。而这一次在北京签下了这本名叫《大地的阶梯》的书的合约后，我就决定还要重新漫游因为那么多凶神般大山而被称为赞拉的这片山地。

上路时的感觉还跟当年在丹巴县城写下《野人》时的感觉一模一样。正好长江文艺出版社寄来了我的第二本小说集《月光里的银匠》。我在路上重读《野人》，并抄下这些段落。纵然十年过去了，但在路上的感动与激越还是与当年一模一样：

> 当眼光顺着地图上表示河流的蓝色曲线蜿蜒向北，向大渡河的中上游地区，就已经感觉到大山的阴影中凉风习习，就这样，已经有了上路的感觉，在路上行走的感觉。
>
> 就这样，就已经看到自己穿行于群山巨大的阴影与明丽的阳光中间，经过许多地方，路不断伸展。我看到人们的服饰、肤色、口音和精神状态在不知不觉间产生种种变化，于是，一种投身于人生，投身于广阔大地，投身于艺术的豪迈感情油然而生。

不过，这次我大多数时间是在车上，到达小金县城，我才弃车步行。我所以采用这种方式，只是想补上一些空白的段落，一些在过去的旅行中曾忽略的段落。

北出小金县城两公里，小金川主流上几道铁索飞架，当地人称此桥为猛固桥。其实，要把这种桥称为铁索桥是不那么准确的，这叫我们想起现代那种机制的钢索桥。

准确地说，这种桥应该叫做铁链桥。

每一根铁链都是一锤一锤由过去的无名铁匠煅打而成。据说，那时的铁匠炉就设在桥头上。一座座红红的炉火，一个又一个明亮的铁砧，一双一双布满老茧的手，把一块块顽铁变成一环又一环的铁扣，然后，再环环相扣，紧紧相握，这才组成一根横跨在湍急河流上的铁链。

猛固桥由五根这样的铁链组成。

三根是桥面，两根是桥的护栏。

这种构造的铁链桥，在大渡河流域已经不是第一次出现。第一次的出现，是人人都从影视里面看到过的泸定桥，然后是小金县城下的三关桥。加上这座桥，我已经看到过三座同样构造、只是大小不一的桥了。

前两座桥至今都在使用，所以，不但桥面上铺着桥板，桥的两头还带着高高的门楼。只有猛固桥，已经没有了任何一点附属建筑，但那气势与当地人所起的名字非常相称，只要有人在上面铺上桥板，在上面行走，我想不会让人产生丝毫安全上的担心。只是，永远也不会有人在那环环相扣、有力扭结的铁链上铺上木板了。因为一个时代过去了，与那个时代相伴的驿道也早已没入了荒草与流沙。就在横空的铁索下面，一道毫不起眼的水泥拱桥把两岸的公路连接起来了。

过了这座桥，沿小金川主流北上，正是红军当年长征的路线。当年朱毛率领红军由此北上，翻越长征途中的第二座大雪山梦笔山，到达今天马尔康境内的卓克基土司辖地，休整一段时间后继续北上。

但是，我此行是为了寻访小金境内另一土司沃日土司故地，所以，不过这座桥，顺至四姑娘山的公路沿达维河东去。

这条公路到达四姑娘山脚下，从日隆镇上作为岷江与小金川分水岭的巴郎山，出卧龙自然保护区，在映秀与国道 213 线汇合，再经几十公里，便与岷江一起冲出大山的屏障，到达利用岷江的雪山之水受益了差不多整个四川盆地的都江堰。

都江堰到成都仅五十余公里。

但我不需要走这么长远的路，我只要走到两天路程之外的在达维，看看建在河岸台地上的沃日土司官寨。

20 世纪 80 年代中有两三次经过这个地区，但是，那时我还没有对土司的历史产生特别的兴趣。所以，那座正在倾颓中的建筑只是一种一晃而过的风景，并没有留下什么特别的印象。等到对土司时代的一切有了一些特别的兴趣时，却总是阴差阳错地与之擦肩而过。

1991 年，我从上海回马尔康。当年气候反常，四处暴雨成灾。从成都出发，惯常回马尔康的路线被多处塌方阻断，交通阻绝。一路上只看到武警战士背负着高考试卷冒险涉过一道又一道泥石流，徒步向前。我们一队小汽车转而从卧龙保护区翻巴郎山，想从猛固桥从小金到马尔康。结果，翻过巴郎山又遇到泥石流，半夜到达日隆镇上，在一个饭馆里狼吞虎咽一顿以后，看见天上乌云翻滚，害怕又一场泥石流下来，给阻在半路。大家一商量，又决定继续上路。一队小车出发，我搭乘州电视台的车，和任台长的同学同行。这一路，我们的车换到前头打了头阵。车开出日隆十多公里，就听到被雨淋得松软的山坡上巨雷滚动般的声音。车子还未停稳，先是听见车内同行的小姐们一声尖叫，然后，车灯照着几块比我们的越野车还大的巨石滚到了公路中央。

车队在黑暗中也不敢贸然后退，司机都把油门吊在听不到发动机声的位置上，全体人员都竖起耳朵谛听山上的动静。但只见黑黝黝的山崖，耸立在铁灰色的天幕下；而在路基外面，几株纤细的树影下，传来洪水在河道里肆意冲击的轰隆声。从河水的声音还可以听出来，这段路基很高很高。

我大着胆子走到刚从山体中滑落下来的巨石面前。我用手电照着，司机用一段树枝比量了剩下的路面，又回去慎重地比了车身，吐了口气说：“刚好车身那么宽，试一试，过吧。”

我听见他在深深地吸气，给自己壮胆。

司机把缩在车里的两位小姐赶下车来，我跟台长同学一人一支手电，趴在路基下面，为司机监视那不可靠的路基。我趴在地下的时候，不禁打起一阵寒战。不是因为半夜的阴冷与潮湿，而是因为路基下面的深不可测的深渊里，喧哗的水声带着泥腥气一阵阵升腾上来，一股股扑在背上。

越野吉普开过来了。

当两只前轮过去的时候，外侧松软的路基就开始下陷，我想我是用另一只手紧紧地捂住了自己的嘴巴。而在黑暗中，我相信自己是看到台长同学眼里发出了惊骇的亮光。好在我们都是经过了一些这类险情的人，知道这时汽车只能前进，才可能侥幸脱险。停下，或者后退，都只能随正在塌陷下滑的路基一起，滑进深不见底的河道。

汽车两个后轮转过眼前的时间几乎是像一个人的一辈子那么漫长。反正从此以后，我再也没经历过如此漫长的煎熬与等待。当两个后轮在我的手电光里缓缓转过时，外侧的轮子已经完全悬空了。而在这个时候，我们两个人的身子也正随着路基一起下滑。

据司机说，我们两个人同时疾呼：“加油啊！”

但我们都没有听见自己的喊声，却听到了汽车引擎发出的怒吼。车轮的旋转猛然加快了。汽车过去了！

我记不得自己当时怎么离开了下滑的路基，站在路面上来了。

身后的车队里发出了一阵欢呼。

我站在那里，任台长的同学过来，笑着说：“刚才你看我的眼光好亮啊！”

我说：“我怕你喊起来。”

“我也怕你喊起来。”

司机跳下车，从我手里夺过手电，照一下路基，看看车辙，一下软软地蹲在地上，半天没有出声。看到这种情形，后面的车队倒了车回日隆去了。一柱柱车灯越来越远，照亮的山体、岩石、树木也越来越模糊，最后，隐入群山的黑暗中，就像我们身后从来就没有存在过一支浩浩荡荡的车队一样。

一切安静下来，河里的水声又响起来了。

司机还蹲在地上。我们三人都蹲下去，一人点燃一支烟。司机这才说："要是你们刚才喊一声，那就完了。"

两个小姐战战兢兢过了险路，几个人又上路了。一天以后，这段险情就变成了一个笑话。就在那天晚上，我们的车从沃日官寨对岸的公路上开过，但那么黑的雨夜，连官寨一个朦胧的侧影我都没有看见。

第二天早晨，又一处泥石流使我们停下来。在这里，我们又与另一些汽车汇合，又一次组成一个五辆小车的车队，向马尔康进发。为了防备万一，我们几乎是带有强制性地从这个时候还严格按照作息时间上下班的道班工人那里，取走了一些炸药和简单的工具。

自己一路放炮开路，伐树架桥。五天后的一个夜晚，我们回到了山城马尔康。

第二次再走这条路，是在十月，在四姑娘山侧的海子沟冰川下的高山湖泊边遇到大雪。一行人非常狼狈地被大雪压下山来。用了一整天时间回到山脚，再乘车回小金县城时，天已经黑了，于是，顺便参观沃日土司官寨的计划只好取消。

直到现在，20 世纪的最后一年，我才有机会补偿这个宿愿。

于是，我从猛固桥头开始，背起旅行包，向那里进发。我想用这种方式靠近嘉绒地面上对我来说唯一没有到过的土司官寨遗址。

10　土司传奇之二

和赞拉土司的故事一样，沃日土司的故事也是一个面貌日益模糊的故事。

沃日土司本是赞拉土司的近邻。

和赞拉土司一样，其远祖也是苯教巫师的世家门第。传至一位叫巴比泰的远祖，于顺治十五年（公元 1658 年）归顺清王朝，被册封为沃日灌顶净慈妙智国师。而所授名号中“沃日”一词正是藏语中领地之意。而从境内发源于四姑娘山中的沃日河正好流贯其领地的大部分地区，在猛固桥头汇入小金川，因而得名沃日河。沃日首领于两金川之役爆发后，和当时嘉绒地区的大多数土司一样，与清军协同作战，并为清军供助粮草，立下了不小的功劳。

乾隆第二次出兵大小金川，本身就与该土司直接相关。

当时，小金川土司泽旺之子僧格桑为独子，僧格桑之子也是独子。小金川土司的香火本就悬于一线。不料，泽旺土司之孙却突然暴病身亡。两家相邻的土司平时已有利益冲突，这时，赞拉土司一家便认为是沃日土司用苯教咒经作法，咒死了将来赞拉土司家族香火的传承之人，盛怒之下便向沃日土司进犯。这便为乾隆再征金川提供了口实。

传说，苯教巫师出身并有高强法力的沃日土司将赞拉土司泽旺父子扎成人偶念经诅咒，并在作法时用箭射穿，目的就是要把赞拉土司咒死并使其一家断绝香火。

而赞拉土司唯一的孙子就是因此才死去的。

于是，赞拉土司为复仇向沃日开战，攻寨略地，并不听四川总督调解，终于导致这一地区再一次兵刃相见。也许到后来，小金川土司父子会意识到过于相信苯教巫师法力是一种错误。因为当乾隆第二次对两金川重兵进剿，更靠近内地的小金川首当其冲。除了据守险要拼死抵抗之外，据史料记载，小金川土司也请了很多苯教巫师作法，想使清兵将领横死，使日夜不停袭击碉卡的清军铜炮爆炸，但都没有起到想像中那种巨大的作用。这时，他们可能会意识到轻率相信苯教法术的超凡力量而贸然对沃日用兵，引来清兵大军压境是一个绝对的错误。当然，对一个具有扩张野心的统治者、一个自以为是的小国之君来说，对巫术力量的信服，本身就是一个恃强凌弱的借口。殊不知，这场小规模的同族间的兼并，又成了一个野心更大的帝国皇帝进兵，以建立真正的一统天下的借口。

天朝大军来到这弹丸之地，苦战经年，终于，大小金川覆巢之下，再无完卵。而已面临绝境的沃日土司却得以再生升天。清兵到来之后，沃日土司自然积极助战，两金川战事结束，以随征有功，该土司被赏以二品顶戴。

沃日地方的土司制度便一直保留到1937年，才被国民政府宣布废止，沃日土司境内开始由当地国民党县政府编保设甲。但是，当时国民党政权内忧外患，设立的制度并未认真施行。沃日土司名亡实存，其统治一直有效维持到解放。

所有这些因循的历史故事，都显出了几分沧桑。而这一路行去，山川河谷，那被无限制地破坏掠夺的自然界的百孔千疮正与这些故事一样的沧桑，成为与我内心情绪十分配合的一种外在场景。

一个人走在路上，不断有人在我休息的时候，向我讲述暴力故事的现代版本。如果说，过去那些有关屠杀与集体暴行的故事还带着一些悲壮激情与英雄气概的话，现代演绎的暴力故事却只与酒精和钱财有关。

如果遇到不讲这种故事的人，却又会向你传达一种焦虑，那是不能脱离贫困的焦虑，一种不能迅速拥有财富的焦虑。

所以，我要说，这一路行来，短短几十公里的两天路程还未走完，当我远望沃日土司官寨的碉楼的隐约的身影时，心里那因为怀旧而泛起的诗情已经荡然无存。现在，总是遇到很多人问我一个问题，那就是作为一个对本地文化与本族生活有过很好表现的作家，为什么最终却要选择离开。

那么，我现在可以回答了。答案非常简单，不是离开，是逃避。对于我亲爱的嘉绒，对于生我养我的嘉绒，我唯一能做的就是保存更多美好的记忆。

现在，沃日土司官寨在我的面前出现了。此前，我已经不止一次到过了嘉绒土地上的所有土司官寨。今天，我要来补上这一课，在这样的地方，我能隐约地看到历史的面貌。可是，今天，当我到达沃日的时候，历史老人第一次把背朝向了我。而在过去我总是认为，对于一个写作者，历史总会以某种方式，向我转过脸来，让我看见，让我触摸，让我对过去的时代、过去的生活建立一种真实的感觉。

这种感觉一直都是我最宝贵的写作资源，但是，今天，唉！我觉得我无力描述所有的观感。确确实实，当我那天到达沃日的时候，在达维河的南岸，沃日土司官寨出现在一个宽阔的河谷台地上。

在嘉绒藏区，在逐次升高的群山的阶梯上，总是有一些这种宽阔而美丽的山间谷地不断出现。在这些宽阔的山谷里，总是有着比别处更多的绿色。

这是骄阳正烈的中午时分，果园和玉米地，在高原强烈日光照耀下闪闪发光。我隔着河瞭望那片醉人的绿色，可是，满头的汗水迷住了我的眼睛。

结果，被汗水刺痛的眼睛里流出了很多泪水，好像我是想到这里来痛哭一场。等我擦干泪水，再次抬头望去，就看到沃日土司官寨静静地耸立在这一片浓郁的绿色中间。

过桥的时候，我也一直抬头望着过去曾威震一方的堡垒式的土司官寨。

走到桥面上时，河岸升起来，挡住了我的视线，田野和果园的绿色以及绿色中央的一个旧梦一样灰黑色的土司官寨都从眼前消失了，只有护卫着寨子那个高高的碉堡方正的顶子还浮动在眼前。走过河上的桥，走上河岸，田野里的绿色又照亮了双眼！

走过大片的玉米地，看到玉米高大的植株下潮湿的垄沟里，还牵着长长的瓜蔓，瓜蔓上开着朵朵喇叭状的黄色花朵。一条大路穿过田野，把这片河岸台地从中分成了两半。大路笔直地穿过山脚下平整的肥沃土地，然后爬上绿色灌木和草丛稀落的灰色山坡，转过一道山梁，消失在渐渐浓郁的青苍山色中了。

就在我且行且走、瞭望蜿蜒上山的大路时，一片清凉的树荫笼罩在我身上了。我把背包靠在一道矮石墙上，发现自己已经站在沃日土司官寨的门口了。

没有什么新奇的感觉。这座官寨除了一般官寨应有的特征外，比别的土司官寨更多汉族建筑的影响。最是特别处，是堡垒般院落的大门，那完全是一座汉式的门楼，带着汉地很多地方都可以见到的牌坊的鲜明特点。

而最具有嘉绒本地特点的，当然是乱石砌就的坚固墙壁。其次就是用同样的乱石砌就的高高的碉楼了。我想拍几张照片，但是我发现，我该死的按快门的那只手的不明原因的震颤更加厉害了。这只手就常常这样反抗我的意志。我走过很多美丽的地方，都想留下一些用我的眼光、我的角度、我的取景方式拍摄的照片，并且不止一次添置照相设备。但是，这只在日常生活中只是在端起酒杯时会把很多酒洒在外面的手，却会在我举起相机，把手指搭在快门上时震颤不止。没有医生告诉过我这是什么原因，我也没有主动向医生讨教过所以如此的原因。我叹口气，放下了相机。出发上路很多天了，而且出钱资助这次旅行的出版社也要求我提供自己亲手拍摄的照片。

但我对自己没有一点办法。

只是把相机放在很深的黄包底下。我走进院子，四周的隔墙上探过了许多苹果的树枝，上面都挑着青涩的果实。院子里很安静。松软的地面上散落着从这巨大建筑上什么地方掉落下的木板。木板在潮湿的泥土上都有些腐败了，一脚踩上去，下面就叽咕一声涌出些泥水来。一脚一脚踩去，这院子里就满是那种我熟悉的腐败的甘甜味了。

院子四周的墙角边，长着一丛丛粗壮的牛蒡。

在正午时分，站在这样一个几乎被世人遗忘、而且只剩下对过去时代记忆的院子里，我看到一层层楼面上很多的窗户，看到一道道楼梯通到楼上，但是我没有登上那些楼梯，也没有把头探进那些斜挂着蛛网的窗户。因为我几乎就要相信，每一间安安静静的屋子里，都有一个灵魂在悄无声息地张望着我这个不速之客。每一次，在这样的环境里，我都几乎会相信这个世上真正有灵魂存在，或者说是这个世上应该有灵魂的存在，来告诉我们一些关于过去的鲜为人知的秘密。

站在正午的阳光里，站在满院子略带木头正在朽败时散发出的甘甜味中间，我就如此这般地陷入了自己的玄想。

在这种玄想中，内心总是隐隐约约地痛楚着，领受一种宿命般的感觉。

于是，我又想起了沃日土司的结局。

这个血统纯正的嘉绒藏族土司，到末世的时候，可能已加入了不少的汉族血统。我没有时间也没有特别的兴趣去为一个湮灭了近半个世纪的家族重新建立一种清晰的谱系。我所以做出这个判断，是因为末代的沃日土司已经有了一个汉姓：杨。据说，末代的杨土司像许多土司家族走向没落时的宿命一样，整个家族不仅在政治经济上日益衰败，就是在纯生物繁衍的意义上，一种家族的基因和血统，历经几百上千年的风霜雨雪，终于穿越得越来越疲惫，终于失去了最后一点动力。我所知道的很多土司故事中，相当的一个部分，就是土司们为了香火的传续而担惊受怕。

一直都没有特别强大过，但一直都特别有韧性地传递着血缘与家业的沃日土司，最终也逃不过这种宿命。

最后一代姓了汉姓，有了汉名的土司性情懦弱，而且常常神志不清。

这样一个土司，自然被当时国民政府派任小金的县长玩弄于掌股之中。杨姓土司没有逃脱一桩政治婚姻，当地美女孙永贞嫁给了他。这也是嘉绒土地上土司故事中常见的一个版本：能干聪明而且漂亮的女人掌握了土司的大权。当然，随着时代不同，每一个重版的故事都会增加一些不同于以往的新鲜情节。

在沃日土司故事的尾声部分里的这个杨孙永贞，还是一个加入了国民党军统组织训练的特务。

这时，已经是 20 世纪 40 年代，国民党在大陆的统治即将拉上大幕了。

当中华人民共和国在北京宣布成立时，沃日女土司又到成都接受军统特务头子的训练，并被任命为游击军指挥官。回到领地后，她积极组织地方武装，准备与即将进入藏区的解放军队伍作战。

解放军队伍到来后，这位女土司果然领全境之兵向解放军开战。在最初一两年时间里，为刚刚建立的共产党政权制造了不少麻烦。关于这个漂亮的女土司，有很多的传说，今天，已经很难完全考辨其真伪了。但她骑得好马，玩得一手好双枪，往往能弹无虚发，却是实实在在的事情。在大军过处，她还是只能在众叛亲离的情形下节节败退，最后，被解放军生擒，并被人民政府因其罪大恶极而坚决镇压。

差不多同一时间，嘉绒土司制度终于退出了历史的舞台。

沃日土司在解放后又生存了相当长的时间，但是土司时代已经结束，一个个体的存活，除了人道的意义外，已经没有更深广的意义了。

11　上升的大地

我回到猛固桥头，缘小金川北上，往梦笔山进发。

一路行去，海拔高度明显增加。我不是专门的旅行家，不用带上海拔针，来做种种繁琐的记录。我是从植被的变化感觉到脚下的大地在升高。

这也就是我所说的在大地阶梯上攀登的感觉。

从来都是这样，先是大路两边藏汉合璧式的石头民居上，汉式的影响越来越少，纯粹藏族风味的东西越来越多。窗户与门楣上的花饰越来越鲜艳明亮，整个寨楼越来越高大，越来越气宇轩昂。而且，在路上走动的人们向你问候的时候，你听到越来越多的藏语里那越来越多的敬辞。

总是这样，越来越多的村寨周围出现迎风招展的经幡。

总是这样，清清的溪流被引进整根合抱的杉木挖成的水槽，冲击着磨坊下面的巨大木轮，从而转动了沉沉的石磨。

总是这样，当地势越来越高，天空便越来越蓝。洁白的云朵使这些双脚正在丈量的土地永远都像是世外般遥远。

就是这样，变化总是出现在围绕着村寨的土地里，先是玉米变成了小麦，小麦又变成了青稞。当青稞大片大片出现在眼前时，我才发现，自己已经是在一片青山绿水中间了。在阳光下闪烁着灼人光芒的大片岩石消失了，代之而起的，是大片大片的树林：枫树、白桦、马尾松、灰白皮的云杉、紫红皮的铁杉。风吹动树林，大片的阳光就像落在湖面上一样，在树叶上闪烁迷人的光芒。

我在林间绒绒的草地上坐下来。

对于这些草地来说，最盛的花期已经过去了。七月，是这些林间草地的野草莓的季节。鲜红的野草莓，一颗一颗，点缀在翠绿洁净的草地上，就像一粒粒红色宝石陈列在绿色的丝绒之上。当我坐下来，采摘草莓，一颗颗扔进嘴里的时候，恍然又回到了牧羊的童年，放学后采摘野菜的童年。

抬起头来，会望见某一座高山戴着冰雪的晶莹冠冕。

我庆幸在我故乡的嘉绒土地上，还有着许多如此宽阔的人间净土，但是，对于我的双眼，对于我的双脚，对于我的内心来说，到达这些净土的荒凉的时间与空间都太长太长了。

在这种时候，我不会阻止自己流出感激的泪水。

总是这样，海拔度越高，山间的谷地就越宽阔，山谷两边的山坡也越发平缓。

我背起背包，继续往前。在这样的地方，就是走上一生一世，我的双脚与内心都不会感到绝望与疲倦。

当最后一个农耕的村庄消失在我身后时，我已经在高山牧场上行走了。

在这些青草翠绿的高山牧场上，往往要走上几个小时，才会看到木头栅栏圈出的牛圈。看到铺着木瓦的牧人小屋，静静地冒出一缕缕若有若无的青烟。牧羊犬看到生人接近，警惕地吠叫起来。一个牧人提着猎枪从小屋里钻出来。我用家乡的语言大声问候。牧人便放下了枪，重新钻回屋里。我在一个清幽无比的泉水边俯下身来，畅饮一番。

这时，主人已经飞跑到我身边，那只牧羊犬也摇着尾巴紧随其后。

我从泉眼上抬起头。沁凉的水珠滑下了我的下巴。

主人生气了："客人哪，你以为我们家里不会为客人备好滚烫的奶茶吗？"

再次上路时，我的肚子里已经装满了主人能够拿出来的所有好吃的食物。

就是这样，我从山下尘土飞扬的灼热夏天进入了山上明丽的春天。身前身后，草丛中，树林里，鸟儿们歌唱得多么欢快啊！我就是这样，一次又一次，感谢命运让我如此轻易地就体会到了无边的幸福。

雪峰下的高山牧场正是花朵盛开的春天。

在我久居都市的日常生活中，很多时候，我会打开一本又一本青藏高原的植物图谱，识得了许多过去认识却叫不出名来的花朵的名字。今天，我又在这里与它们重逢了。

长着羽状叶片，在一根坚韧的长茎上簇拥出一座宝塔状花蕾，而那个塔状花蕾，正与季节一样，自下而上次序开出一层层紫色花朵，这是马先蒿。

从丛怒放的黄色花朵们大多属于野菊的家族，这个家族的有些成员还会变异出一种蓝中带紫的颜色。

在这样的草地上，最最漂亮的当然是蓝色的鸢尾。一朵朵看去，在微风中都是将要带着某种意绪起飞的姿态，这种姿态的花朵连缀成片，抬眼望去，就是一种思绪化成的青烟。

我不能歌唱这些花朵，我只感激命运让我不断看见。

这样的行程是如此愉快，离开沃日土司官寨五天后，我登上梦笔山口，才意识到这些天的日子过得如此短暂。

站在梦笔山口，猎猎的山风变得无比强劲。与山口这边的高山草地形成鲜明对比的，是山口那边，是大片蓊郁的森林。公路穿过森林，一头扎进山下的峡谷。那些峡谷的出口处，就是我的家乡——现在嘉绒藏区的中心地带马尔康了。

灯火旺盛的地方

1 马尔康地名释义

在藏语中间，“马尔”这个词是油、酥油的意思。“康”的意思是房子、地方。所以，很多人按直译的意思说，马尔康这个地方的意思是酥油房子。

这种释名法，并不违背词义，但在情理上并不顺。藏族人为人为物为地方命名特别具有一种祈求吉祥的倾向，而酥油房子并不是一种经久的东西。在藏族艺术中，酥油构成的东西都不是一种永久的东西，比如正月庙会时节供奉于佛前的酥油花。

所以，一种更为广泛、也更为大多数人认同的说法是：解释马尔康这个藏语组合词作为地名的意义时，应该注重其衍生出来的“灯火旺盛的地方”这样一种特别的意义。

在大渡河上游的支流梭磨河上，现在的马尔康被誉为高原新城。梭磨河上的水电站提供的源源不竭的电能，确实把这片山谷变成了一个名副其实的灯火明亮的地方。但这仅仅是解放后四十多年间才有的景象。

有一次，我去拜访一个据说很有学识的老喇嘛，从他山坡上的家里告辞出来的时候，已经是黄昏时分。他指着山下镇子上的万家灯火说，早先为马尔康命名的就是一个喇嘛，那时候，这位高人就预见到了今天万家灯火的景象。

他说真正有德行的高僧能够预言未来。

他说的是预言，而不是占卜未来。

我想向老僧讨教这个传说起自哪个年代，那个高僧叫做什么名字。但我知道这样做会使大家都非常扫兴，于是便望着山下明亮的灯火，在黑暗中默然而笑，未置可否。

我只是知道，马尔康这个地名由来已久。

在那些年代里，马尔康宽广的河滩曾是狐狸的天堂。

马尔康得到这个名字，完全是因为，在此宽广的河滩上，有一座叫做马尔康的寺庙。寺庙本身在那时荒芜的河滩上，相对说来，确实也算是一个灯火明亮的所在。

光明与黑暗，在任何时候，都不能不是一个相对的概念。

一座佛寺起这样一个与光明有关的名字，肯定还有其意欲在蒙昧的时代里开启民智这样一种象征的意义。佛教典籍的名字中，就不断有与灯火相关的字眼出现。

前面我们说过，第一次给嘉绒土地区带来文化与智慧光芒的是出生于西藏的毗卢遮那。从此之后，大渡河中上游地区，和岷江上游的部分地区便形成了一种相对统一的嘉绒文化区，在整个藏族文化中一直保持着自己鲜明的地方文化特征。

但在这之后一个相当漫长的年代里，当地的嘉绒土司们因为自身利益的种种考虑，建立起了一种不同于西藏的政教合一制度。在西藏，是神权至上，世俗政权要依附于神权。而在整个嘉绒地区，是中央王朝册封的土司手握世俗大权，而僧侣阶层必须依靠世俗权力的支持才能生存。而在很多时候，土司家族本身同时掌握着神权。比如前面已经说到过的小金川流域的赞拉土司与沃日土司先祖，都是苯教的巫师出身。

而在15世纪以前，嘉绒地区土司和贵族们所倚重与扶持的，大多是本土宗教苯教势力。在马尔康宽广的河谷台地上，也建起了一座规模宏大的寺院。早期属于苯教，后来，随着周围政治环境的变化，又改宗了藏传佛教的格鲁教派。但马尔康这个寺名，却一直没有变化。到了二十世纪三四十年代，也是因了这座寺院，在寺庙前宽广平坦的白杨萧萧成林的河滩上，形成了一个季节性的市场。商人们来自嘉绒各个土司的领地，还有很多商人是来自四川盆地的汉族与来自甘肃的回民。在鲜花遍及群山的美丽的夏季，各路的商人们络绎而来，一夜之间，花草繁盛的河滩地上，就冒出了许多漂亮的帐篷。有老年人回忆那时的情形说：就像一个雨夜之后长出许多蘑菇一样。我触及这种回忆，是在阿坝州政协一年一度会议的饭桌上。我因为写了一些文字的缘故，成了州政协常委会的一员。所以，常常不甚费力就能从老先生们口中套出一些早年的回忆。这些老先生中有些人，早年间就是其中一些帐篷的主人。

这种回忆就好比会议供应的好酒。

另一位老先生听到关于帐篷与蘑菇的比喻，便愉快地笑了。他说："蘑菇。有两年，只要晚上下雨，我的帐篷边上就会生出蘑菇来。那时我有一个女人，她把这些蘑菇用牛奶煮了，那味道……啧啧。"

人们把这个繁荣一时的季节性街市也叫做马尔康。

解放后，因为地缘政治的需要，这里建成了永久性建筑的时候，并渐渐成为一个颇具规模的镇子时，地名也叫做马尔康。

而那座曾经辉煌的寺院，倒是日益被遗忘了。

2 怀想一个古人

说到寺院，我们将再次回到过去的年代，回到15世纪，怀想一个嘉绒大地上的古人，怀想一个嘉绒人民永远不会忘记的古人。他就是在嘉绒历史与毗卢遮那一样有名望的僧人：查柯·温波·阿旺扎巴。

在这音节连绵的一长串汉字中，只有阿旺两个字是这个人本来的名字，其他的都是一种附加成分。查柯，是藏文典籍中嘉绒地区的别名，这两个字出现在阿旺的名字前，自然表示了他的出生之地。实际上，他就出生在马尔康县境内，当时梭磨土司的辖地柯觉。柯觉是他出生之地的藏语名字。近几十年，那个四周山坡上长满白桦、云杉和箭竹的小山寨和山寨背后的山沟又有了一个新的名字：203。

这个名字在解放后才出现的伐木工人、道班工人和长途汽车司机口中流传。对同一个地方，使用不同语言的人使用着不同的地名。

203，是一个伐木场的名字。这个伐木场数百上千的工人，在这个地方砍伐了几十年原始森林。随着森林资源的枯竭，这个伐木场已经撤销，但这个名字却就此流传下来了，也许还会永远流传下去。

还是回头再说此地几百年前出生的那位明灯般的人物阿旺扎巴吧。

他名字中的第二个词温波是苯教中法师的称谓。这也就是说，他是查柯地方的一位苯教巫师。直到有一天，他突然走出了自己熟悉的山水，和这个地区的许多追求智慧的人物一样，沿着越走越小的大河，沿着越来越高的雪山，走向了青藏高原，走向了西藏，走向了拉萨。也正是在西藏高原顶部更为浓烈的佛教氛围中，成了一个佛教信徒。他是为了让心中智慧的明灯更加明亮而去到西藏，结果，却改变了自己的信仰。所以，他的名字后面又出现了两个字：扎巴。扎巴这个词，正是藏族佛教寺院中，对于刚刚接触教义不久的和尚的称谓。

现在，我们知道了，查柯·温波·阿旺扎巴的意思，就是来自查柯地方的当过苯教巫师的阿旺和尚。

可以想像，这肯定是阿旺扎巴在西藏皈依新的教义后，一心向学的朋友们给他取的一个颇为亲切的名字。

当我站在梦笔山口，背对着即将离开的小金，眺望着公路盘旋着穿过森林，慢慢深入山谷，山沟向着低处直冲而下，看见了我的家乡的时候，我就想起了那个高僧的名字。

心中默念时，耳边就好像响起了一串悦耳的音节。

而且，我的眼前突然就出现了一泓清泉。那泓泉水就在梦笔山马尔康那一面一个向阳的小山坡上。山坡草地上，疏疏落落站立着一些柏树。

很老的柏树，树枝很虬曲、但枝干却非常挺拔的柏树。

我去过那个被许多嘉绒人视为圣地的地方。

最近一次是在两年之前。那是一个深秋天气，我们把一辆丰田吉普车从马尔康开出来，不到一个小时，就到了梦笔山下那个一路向下俯冲的山沟里。过去，这条山沟曾经是猎人的天堂。只有几十户亦农亦牧亦猎的人家散布在数十公里长的一条山沟里。这条山沟叫做纳觉。如果我没有意会错的话，这个名称的意思就是很深的山沟。但是说起来，在从四川盆地向青藏高原逐级抬升的邛崃山系中，这样的一条山沟并算不上有多么深远。所以留下这样一个名字，肯定是因为当年这条山沟里的森林。白桦、红桦、杉树、松树、柏树以及高山杜鹃组成的树林蓊郁如海，使这条山沟显得分外的神秘与深广。

于是，人们才给了这条山沟这样一个名字。

于是，这条山沟里稀稀落落散布着的村寨也获得了同样的名字。

20世纪的下半叶，以建设的名义，以进步的名义，伐木工人开进了这条山沟，于是，伐木场的建立给这个寂静的山寨带来了二十多年的喧嚣与繁荣。代价当然是蓊郁森林的消失。然后，伐木场撤销，曾经上演了现代生活戏剧的那些工段部、伐木场部又变得一片静寂，最后一座临时搭建的木头房子在一个雨夜悄然倒塌，遗弃的斧锯在泥沼中很快锈蚀。

只有纳觉寨子上的人永远属于这条山沟，子子孙孙，世世代代。

收割后光秃秃的土地一块一块斜挂在山坡上。而在临近溪水的大路边上，那些石头砌成的寨子静静耸立着，仿佛一个不太真实的梦境一般。

一些个头矮小花纹斑驳的母牛在寨子四周。这些母牛是黄牛与犏牛杂交的后代。这些杂种牛身上已经没有了父系的矫健与母系的优雅，但似乎能在任何地方都找到吃的东西。带刺的灌木，路边上扑满尘土的枯草，牧人们丢弃的破衣烂衫，某处废墟断墙上泛出的盐碱，它们会吞下所有能够到口的东西，然后产下一点稀薄的牛奶。

现在，这片土地上，村子的四周，这种形象委琐的杂种奶牛的数量似乎是越来越多了。严冬到来的时候，它们甚至成群结队从四周的村寨进入镇子，在街道上逡巡，四处搜寻食物。这些食物的种类很多。被风卷着四处滚动的纸团，墙上张贴的标语或公告背后的糨糊，菜市场上的废弃物，它们甚至把头伸进垃圾桶里，用头拱动，用舌头翻检，都能找到果腹的东西。

正是因为这些杂种奶牛的形象，我家停止了订购城郊农民每天送到门口的一瓶牛奶。

在这个差不多等于是去朝圣的路上，我不应该描绘这样的牲畜与生命，但是，这种牲畜就是不断地三三两两地出现在眼前，让人看见，让人想起它们默默寻食时的种种情状。

好在现在是在纳觉，离乡政府所在的卓克基镇已经有十多公里的路程，而县城的所在地就在更远的地方了。这些显得特别认命的杂牛们，踩着十月的一地薄霜，在收割后的地里有一口无一口啃食玉米秸子。这倒是一种洁净的食物。村子里的小孩子们有时也会下到地里，拔一根秸子在手里，慢慢咀嚼，细细地品尝那薄薄的甜味和淡淡的清香。

我也有过一个那样面孔脏污、眼光却泉水般清洁明亮的童年！

想起日益远去的童年时光，内心总有一种隐隐的痛楚与莫名的忧伤！

只是不记得，那个地里铺着薄薄霜华的十月的清晨，我在纳觉寨子边是不是也如此这般地想起了童年。

只是记得，纳觉寨子边的这个早晨也像所有下霜的十月的清晨一样，阳光照耀得特别明亮。山坡上稀疏的树林里传来的野画眉的叫声十分清脆悠扬。

那是一长加两短的清脆鸣叫。

人们听见那声音，可以想像出任何一个三个音节的词组或句子。在嘉绒的不同地方，人们会把这三个音节听成不同的句子。在纳觉这个地方，人们把这野画眉叫出的三个音节听成天气预报。

我们把车寄停在一户人家的院子里时，女主人对我们说画眉是在说："勒——泽得！勒——泽得！"

这句藏语是天要热的意思，也就是说，成群的画眉向我们预报今天是个晴天。

女主人还说："你们肯定是去朝阿旺扎巴的，凡是有人去山上朝拜时，这条山沟里总是风和日丽的好天气。"

走出这家院门时，有人开了一句玩笑。他说："要是天天都有人来朝拜阿旺扎巴，那这个村子的庄稼与果树就都要旱死了。"这句话一出口，大家都没有像往常听到这类笑话一样笑出声来。于是，说笑话的人掌了掌自己的嘴巴。

走在朝圣的路上，这群平常什么都敢调侃的人，心里突然便有些禁忌了。这时，另一种鸟叫起来，叫的是四个音节，于是大家心里都响起了一个名字：阿旺扎巴！阿旺扎巴！大家都陷入某种特别的磁场中了。

山路蜿蜒向上，路边的灌木落尽了叶子，干硬的树枝擦在靴子和裤腿上，嚓嚓作响。黄连、野樱桃、野蔷薇、报春、杜鹃、红柳和银木，这么多的树丛丛密密，在夏天是那样的千姿百态，现在却僵直地伸展出深色的枝干，一片萧然。只有柏树还深深地绿着，在轻风中发出叹息般的细密声响。太阳越升越高，石头上、枯草上的霜花慢慢化开，于是，森林黑土的浓重气息又充满了鼻腔。

当我们在一片背风的枯草地上坐下来休息时，一队香客超过了我们。他们的脸上有着更多的虔诚与期望，于是，他们有着比我们这一行人更亮的眼光。

3　露营在星光下

我在1999年夏天走下梦笔山的北坡，穿过大片的杜鹃花丛与更加高大的冷杉巨大的树影时，想起了山下的那个村庄，想起了那个十月的朝圣之旅。

后来，我在一块林间草地上找到了几朵鹅蛋菌。这是蘑菇中的上品。于是，我找来一些干树枝，在冷杉树下刨出一块干燥的地方，用树上扯下来的干燥的树挂引燃了一团小小的火苗。其实，在那样的野地里生火，很不容易看到火苗。我只是感到手上有了灼烫的感觉，看到银灰色的树挂上腾起一股青烟，就知道火燃起来了。把打火机仔细收好时，干枯的树枝发出噼噼啪啪的爆裂声，我知道这火真正燃起来了。于是，我又从杉树上剥下一些厚厚的树皮投进火里，这才回身去采摘那几朵蘑菇。

这种蘑菇顶部是漂亮的黄色，从中间向四周渐次轻浅，那象牙色的肉腿却是所有菌类里最最丰腴的。我准备好了用猎人的方式来享用一顿美餐。

在大山里，时间的流逝变慢了，我等待着那堆树枝燃尽，在那些通红的炭屑上，我就可以烤食新鲜蘑菇了。

我用小刀把黄色的菌子剖成两半，摊放在散尽了青烟的火上，再细细地撒上盐和辣椒面，水分丰富的菌子在火炭上烧得冒着水泡，吱吱作响。当水分蒸发掉一多半后，吱吱声没了，一股清香的气息四处弥漫。

我像十多年前打猎时烧菌子果腹时那样吞咽着口水，然后把细嫩的菌子送进嘴里。多么柔软嫩滑可口的东西啊！山野里的至味之物，我们久违了！

吃完两大朵菌子，我从树下抠起大块的湿苔藓把火压灭，继续往山下走去。我走的是一条捷径，不一会儿，我又穿出森林，来到公路上。一辆吉普车驶来，我招招手，吉普车停了下来。开车的是个外地的商人，这个季节，到山里来四处收购药材与蘑菇。

他希望我走得远一些，好跟他一路搭伴，但我告诉他只坐到山下那个叫做纳觉的寨子边上。

我只打了个小小的瞌睡，那个寨子一幢幢覆盖着木瓦的石头建筑就出现在眼前了。正午刚过不久的时分，寨子显得很安静。几辆手扶拖拉机停在公路边上。地里有几个在麦子中间拔草的女人。寨子对面的山坡上，那些沙棘与白桦树间，飘扬着五彩的经幡。

再往下不远的溪水上是一座磨坊。

地里拔草的女人们直起腰来，手搭凉棚，顶着耀眼的阳光向我张望。这时，要是我渴我饿，只需走到一户人家的门口，地里的女主人就会放下活计赶回家来，招待我一碗热茶，一碗酥油糌粑，或者还有一大碗新鲜的酸奶。

但我只是向这些女人挥了挥手，便转身顺着一排木栅栏走到通往查果寺的那条小路跟前。

离开公路几步，打开栅栏门，我进入了一片麦地，麦子正在抽穗灌浆，饱满的绿色在阳光下闪闪发光。一种令人心生喜悦的光芒。夏天的小路潮润而柔软。

穿过麦地，走出另一道面向山坡的栅栏门，我就到一片开满野花的山坡上了。那些鲜花中最为招眼的，是大片的紫花龙胆。

小路蜿蜒向上，当我走出一身细汗的时候，隔着一道小小的山梁，便已然听到了寺庙大殿前悬挂的铁马在细细的风中发出一连串悦耳的丁当声。我不是一个佛教徒，但这清越的声音仍然给我一种清清泉水穿过心房的感觉。

然后是几株老柏树高高的墨绿色的树冠出现在眼前，我不由得加快了脚步，于是，那座在嘉绒声名远播的寺庙便出现在眼前了。

但是，除非亲历此地，没有人相信一个如此声名远扬的寺院会是如此素朴，素朴到有些简陋的程度。我这样说，是跟在并不富庶的藏区那些金碧辉煌、僧侣众多的寺庙相比较。这样一个简朴的寺院深藏于深山之中，在一片向阳的山坡上，只是一座占地一两亩的建筑。我想，作为一个精神领地的建筑，本应就是这般素朴而又谦逊的模样。

要不是回廊里那一圈转经轮，要不是庙门前那个煨桑的祭坛正冒着股股青烟，柏树枝燃烧时的青烟四处弥漫，我会把这座建筑看成深山里的一户人家。

我久久地站在庙前，一边聆听着檐上的铁马，一边往祭坛里添加新鲜的柏枝。

这时我听到身后响起爽朗的笑声。转身时，一个老喇嘛古铜色的脸上漾开了笑容对我合起了双掌。他的腕上挂着一串光滑的念珠，腰上是一把小刀般大小的钥匙。

他说："要我开开大门吗？"

我说："谢谢。"

然后，我跟着他踏进了回廊。他走在前面，我一一地推动着那些彩绘的木轮，轮子顶端一些铜铃丁丁当当地响起来。转行一圈，那些经轮还在吱吱嘎嘎地旋转。喇嘛为我打开了大门。在他打开的这个殿里，我的目光集中在那座素朴的塔上。

塔身穿过一层楼面，要在上一层楼面才能看到逐渐细小的塔尖。而在这层佛殿里，所能看到的，就是佛塔那宝瓶状的肚子。这是一座肉身塔。塔身里就供着阿旺扎巴圆寂后的肉身。

在塔肚的中央部分，开了一扇嵌着玻璃的小小的窗口，喇嘛说，从这个窗口可以看到阿旺扎巴的肉身。当地老百姓都相信，阿旺扎巴的肉身在他的生命停止之后很长一段时间，还在生长指甲与毛发。这种传说多少有点荒诞不经，而且，不止是在这个地方，在藏区很多地方，针对不同的高僧与活佛，都有相同的故事版本。所以，我谢绝了喇嘛要我走到那扇小窗口前去向里张望的邀请。

只是在塔前献上了最少宗教意义的一条洁白哈达。

然后，就站在那里定定地向塔尖上仰望，在高处，从塔顶的天窗那里，射下来几缕明亮的光线。光线里有很多细细的尘埃在飞舞。几线蛛丝也被那顶上下来的光线照得闪闪发光。

我喜欢这个佛殿，因为这里没有通常那种佛殿叫人透不过气来的金碧辉煌，也没有太多的酥油灯燃烧出来的呛人的气味。

更因为那从顶上透下来的明亮天光。

光芒从顶上落下来，落在我的头顶，让人有种从里向外被照耀的感觉。当然，我知道这仅仅是因为有了此情此景，而生出来的一种特别的感觉。

当我走出大殿后，这种感觉就消失了。但我相信，这样素朴的环境更适合于我们表达对于一个杰出的古人的缅怀，适合于安置一个伟大而又洁净的灵魂。因为宗教本身属于轻盈的灵魂。那么多的画栋雕梁，那么多的金银珠宝，还有旺盛到令人窒息的香火；本来是想追寻人生与世界的终极目的的宗教，可能就在财富的堆砌与炫耀中把自身给迷失了。

喇嘛把我带到他的住处。喇嘛们的住处是一座座紧挨在一起的木头房子，房顶上覆盖着被雨水淋成灰白色的木瓦。从低矮的木头房子的数量看起来，这里应该有十多位喇嘛。但这会儿，却只有这一个喇嘛趔趔趄趄地走在我面前，带着我顺着一条倾斜的小路，走到他的住处前面。

喇嘛的小房子前还用柳枝作栅栏围出了一方院子，院子辟成了小小的菜园。菜园里稀稀落落地有些经了霜的白菜。我看了一眼喇嘛，他笑了，说："没有肥料，菜长得不好。"

我也笑了笑，说："很不错了，一个喇嘛能自己种菜。"

夕阳衔山的时候，我吃了他煮的一锅酸菜汤。他告诉我做酸菜的原料，就是自己种的白菜。傍晚的阳光给山野铺上了一种柔和的金色光芒。在不远处的一株柏树下，一道泉水刚刚露出地表，就给引进了木枧槽里。于是，就有了一股永不停息的水流声在哗哗作响。飞溅的水珠让向晚的阳光照得珍珠般明亮。

就在这种情境中，我们谈起了阿旺扎巴。

当年阿旺扎巴离开嘉绒向地势更高的西藏进发。他所以如此，肯定也是在巫师作法那狰狞怪异的仪式中感到自己心灵的迷失。

他不是去西藏朝圣，因为在那个时代，苯教徒的圣地不在西藏，而在嘉绒地区大金川岸边的雍忠拉顶寺。温波·阿旺是要去寻找。

寻找什么呢？我想，他本人也不太清楚。当他上路的时候，心里肯定也像我们上路去寻找什么一样，有着深深的迷茫与淡淡的惆怅。

但他上路了。他上路的时候并不知道要去西藏寻找什么。很多嘉绒人都曾经和他一样上路，但最后却什么都没有找到。但是温波·阿旺比所有这些人都要幸运。因为，当他走上高原时，遇到了一群同样在宗教里困惑与迷失的人在高原顶端四处漫游，在漫游中思考与寻找。

任何一种曾经清洁的宗教随着时间的流逝，都在世俗化与政治化的过程中，令人痛心地礼崩乐坏。

于是，阿旺扎巴在高原上与一群寻找的人聚集在一起，从藏传佛教的一部典籍转向另一部典籍，从一个教派转向另一个教派，但是，期待中的那种最美妙的觉悟并没有出现。最后，他们遇到了一个先于他们寻找并宣称已经找到了答案、解脱了困惑之苦的大师，于是，众多寻找的灵魂便皈依了他。

按这位喇嘛告诉我的藏历时间推算，阿旺扎巴上路的时间应该是公元 1381 年。喇嘛说，他是与另外三人一起上路的。而自打上路之后，这三个人便从我们的视野里永远地消失了。这种消失是历史一种严格的法则。

阿旺扎巴正式拜格鲁教派的创始人宗喀巴为师。

到了 1407 年，阿旺扎巴于本教派的教义已经有了深厚的心得。于是便受大师派遣，与后来被追认为一世班禅的师兄克珠杰云游前后藏，宣喻本派教义与教法。

在 15 世纪，越来越多像阿旺扎巴一样的人聚集在了宗喀巴的周围。当别的教派纪律松弛，并因为与世俗政治越来越深的执迷而日益堕落的时候，宗喀巴的新教派带来了一种清洁的精神和一种超远的目光。

于是，阿旺扎巴便皈依了，成为宗喀巴最早的82上座弟子之一。不久之后，青藏高原上的各个地区，都散布开了宗喀巴这些早期弟子的身影，他们要在广大的青藏高原上弘传这一新的清洁的教法。

他们要在人心中培植吸收着日精月华、生命旺盛的新的菩提。

在被后世信徒弄得云山雾罩的宗喀巴传记中，我找到了有关家乡这位前苯教巫师的记载。那是很不起眼的一个段落。这个段落说，这位前苯教巫师这时已经深味菩提精神，是一位功业日益精进的黄教喇嘛了。

于是，宗喀巴做了一个梦，梦见一株巨大的冠如伞盖的檀香树在黑云蔽天的藏区东北部拔地而起。那枝枝叶叶都是佛教教义高悬，灿烂的光华驱散了那些翻滚的黑云。

大师的梦总是有很多意味的，而且这个梦的寓言是那么明显：藏区东北，正是温波·阿旺的家乡查柯，那里是俗称黑教的苯教的繁盛地带，所以，即或在平常时候，在宗喀巴看来那地方也定会是黑焰炽天。

无巧不成书，阿旺扎巴也在相同的时候做了一个梦。他梦见两只大海螺从天上降落在他手中，于是，他便面东朝着家乡的方向吹响了海螺。海螺声深长嘹亮。阿旺扎巴请大师详梦。

大师谕示说："你的佛缘在你东方家乡。"这时，阿旺扎巴已经随从大师28年。

于是，阿旺扎巴做好回乡的打算，来到了大师的座前。

大师赐他一串佛珠，阿旺扎巴当着众弟子的面发下宏愿，要在家乡嘉绒建立与佛珠同样数量的格鲁派寺院。而佛珠是108颗。这就是说，他要回到家乡，建立起108座佛教寺院。

阿旺扎巴再次穿越青藏高原时，已经是15世纪初叶了。

就像当年宁玛派的高僧毗卢遮那一样，整个嘉绒大地上都留下了阿旺扎巴的身影与传说。他建立的108座寺院中就包括了眼下供奉着他灵塔的这一座。我曾经与宗教史研究人员和地方史专家一起，循着他传法建寺的路线实地追踪他的足迹。

我不是地方宗教史的专家，也没有成为这种专家的志向和必要的学术上的训练。我只是要追忆一种精神流布的过程。

实际情形跟我的想像没有太大的差异。

在很多传说中他曾建立起寺院的地方，今天都只剩下了繁茂的草木，有些地方，荒芜的丛林中还能看见一点废墟与残墙。是的，这种情形符合我的想像，也符合历史的状况。其实，真正能找到确实地点，或者至今仍然存在于嘉绒土地上的阿旺扎巴所建的格鲁派寺院大概就是三十余所。

最后一所，在距查柯寺近百公里的大藏乡，寺庙名叫达昌。

“达昌”的意思，就是完成，功德圆满。也就是说，阿旺扎巴建成了达昌寺后，便已完成了自己的誓言，功德圆满。

达昌，也许是我所见过的传说为阿旺扎巴所建的寺院里最壮观的一所。

不过，当我前去瞻仰时，那里只是很宏大的一片废墟。那所古老寺庙毁灭于“文革”。而眼前这所僻居于深山之中的查柯寺，同样没有逃过“文革”的浩劫。据说，红卫兵们就曾把阿旺扎巴保全完整的骨殖从灵塔中拖出来，践踏之后，摒弃在荒草之中。后来，信徒们又将其装入灵塔。“文革”结束之后，才又重新受到供养。至今我还清楚记得，正午强烈的阳光下，我坐在达昌寺的一根巨大的残柱上，看着地上四散于蔓草中的彩绘壁画残片，陷入了沉思默想。

后来，达昌寺的住持从国外回来，重新建立这座寺院，我一个出生在寺院附近的朋友，常常来向我描绘恢复工程的进度。我还听到很多老百姓议论这个住持的权威与富有。

过了一段不是太短的时间，终于传来了重建寺院已经大功告成的消息。据说，寺院的开光典礼极一时之盛。不但信众如云如蚁，还去了很多的官员与记者，甚至还去了一些洋人。但我没有前去躬逢其盛。我想阿旺扎巴当年落成任何一座寺庙时，都不会有这样的光彩耀眼。要知道，他当时是在异教的敌视的包围之中传播佛音、拨转法轮的啊！

达昌在举行盛典的那些日子，我想起的却是这个清静之地，而且，很少想起那座灵塔。眼前更多浮现的是那些草地与草地上的柏树，想起柏树下清澈的泉水。

而在今夜的星光下，我听着风拂动着柏树的枝叶，在满天星光下，怀念一个古人，一个先贤，他最后闭上眼睛，也是在这样的星光之下。虽然，那是在中世纪的星光之下，但对于整个宇宙来说，就算是一千年的时光流逝又算得了什么呢？

是的，今夜满天都是眼泪般的星光，都是钻石般的星光。

在这样晴朗的夜晚眺望夜空，星光像针一样刺痛了心房里某个隐秘的地方。

我就在柏树下打开睡袋，露宿在这满天寒露一样的星光之下。快要入睡前，我还要暗想，这些星光中是否闪烁着智慧的光芒，而且这智慧又能在这样一个月白风清的夜晚，降临在我的身上。

4　上升还是下降？

第二天一早，我就上路了。

这是夏天。夏天的山野里，树叶上，草丛中，所有的碧绿上都有露水漾动的光芒。这是我最最熟悉的一种光芒。

早晨的山野在薄薄的清寒中一片寂静。没有风，也没有声音。

山梁后边还未露脸的太阳越升越高，光线越来越明亮。我手里拿着一根带着很多叶片的树枝，一边走一边挥舞，为的是扫掉前面的露水。尽管这样，不一会儿，一双鞋很快就被冰凉的露水浸透了。

这样的寂静给我的感觉是真正的早晨还没有开始。

真正的早晨是随着通红的太阳从山梁上猛然跃出那一刻开始的。太阳好像猛然一下就跃上了山梁，并在转瞬之间抛撒出耀眼的金光，一切都在片刻之间被照耀得闪闪发光。更为奇妙的是，森林中的鸟们也在太阳放出明亮光线的那一刻，突然开始齐声鸣唱。

这时，新的一天才真正来到了山野之间。当我走到山下，重新踏上公路坚硬的碎石路面时，花草与树木上的露水已经干了。

公路顺着山谷底部的溪流向着一个更加宽大的山谷俯冲而下。而向着这条向下俯冲的山谷，更多的小山谷在这里俯冲汇聚。这种汇聚是森林孕育的众水的汇聚。越往下走，山谷越开阔，峡谷中的溪流就越来越壮大。

一辆汽车疾驰而来，我扬起手，汽车一个急刹停下来，立时，车后的尘土漫卷而来，整辆汽车与人都被笼罩在尘土中了。我跳上汽车，引擎一阵怒吼，飞扬的尘土又落在后面了。

司机这才对我笑笑说："我看见你从山上下来的。"

那么，昨天晚上他是住在纳觉寨子里了。

他又递给我一条毛巾，我慢慢地擦干了脸上的汗水。

司机又问："你到哪里？"

我说："回家。"

的的确确，我这是正在回家的路上。

也许是正在盛夏季节的缘故吧，我觉得山里的植被比几年前茂盛许多了。这条长长的山沟曾是一个编号为 203 的伐木场。那么多远离他们内地贫困故土的农民，在这里穿上工作服，拿起锋利的斧锯，摇身一变就成了工人阶级。那个时代，任何一条山沟里，伐木工人的人数都远远超过当地土著居民的人数。现在，随着森林资源的枯竭，他们都永远离开了。于是，这些山沟又开始慢慢地恢复生机。

当然，砍伐以前的森林与砍伐以后的森林已经有了很大的变化。

砍伐以前，这些森林是常绿的针叶乔木的天堂。主体的部分从低到高依次是马尾松，是银灰树皮的云杉，是铁红树皮的铁杉，是树皮上鼓着一个又一个松脂泡的冷杉。在这些参天的树木之间，亭亭如盖的落叶乔木是一种美丽的点缀。比如白桦，比如比白桦更高的红桦，比如枫，比如麻柳，还有能从山下谷底一直爬到比冷杉还高的杜鹃，从五月的谷底一直开到七月的山顶，热热闹闹地美丽了整个夏天。

那些成林的乔木存在的时候，每到向晚时分，山间便会回荡起海水涨潮般的林涛，但是，现在的森林已经很难发出这种激荡着无比生命力的澎湃声音了。我的眼睛也很少能看到记忆中占地特别宽广的阔叶乔木撑开巨伞般的冠盖了。

眼前这种砍伐后又重新生长起来的林子，在林学家那里有一个名字，叫做次生林。次生林的主体是低矮的灌木，杉木与松树显得十分孤独。林学家还警告我们，这样的次生林如果再一次遭到破坏，那么，这些山岭便万劫难复了。每一次离开四川盆地，走近大渡河谷和岷江河谷，看到那些处处留着泥石流肆虐痕迹的荒凉山野，就是森林不止一次遭到砍伐的最终结局。

这样的次生林，蕴蓄水量，保持水土和调节气候的功能已经大大减弱了。不止一个地方的农民告诉我说，当那些森林消失在刀斧之下后，山里的气候就越来越难以把握了。夏天的雨水和冬天的风越来越暴烈，随着森林的减少，夏天的洪水总是轻而易举就涨满河道，成为农民收成的最大破坏因素；而一到冬天，一些四季长流，而且水量稳定的溪流，就只剩下满涧累累的巨石了。

对山里靠玉米、靠冬小麦、靠马铃薯为生的农民来说，森林调节气温的作用越来越弱，秋天的霜冻比过去提前了。霜冻的结果，使许多作物不能完全成熟。

在一个叫做卡尔纳的寨子，主人从火塘里掏出烧熟的连麸麦面馍，我拿在手里却是软软的感觉。

主人看到我诧异的眼光，不好意思地说："我们这里再也吃不到喷喷香的麦面了。"

我问他这是为什么。

女主人脸红了，好像这一切都是她的过错。她声音很低地说：“因为麦子不好。”

这也是一个次生林满坡山野的村庄。

经过主人的一番解释，我终于明白了个中的缘由。每当麦子灌浆的时候，霜冻就来了。于是，麦子便陡然终止了成熟的过程，迅速枯黄。一年一年，农民们的收获期提前了，但是，在晒场上脱粒之后，装进粮柜里的都是些干瘪难看的麦粒。

从这种麦子磨成的面粉中，再也闻不到阳光与土地的芬芳，而且失去了麦面那特别的黏性。在火塘里烧熟后，不再呈现象牙般的可人颜色。我不止一次在农人家里拿起失去了那漂亮颜色的麦面烧馍。慢慢掰开，里面是黑糊糊的一团，鼻腔里充溢的不再是四溢的麦香，而是一种与霉烂的感觉相关联的甘甜味道。不由使人皱起了眉毛。

吃到嘴里，的的确确难以下咽。

最后是满怀歉意的女主人给我弄来一些大蒜和辣椒，才勉强把这还勉强可以称为麦面做成的食物咽到了肚子里。虽然那个时候，我的随身背包里有更可口的食品，但我不好意思这样做。我要对付的只是一两顿这样的东西。而他们年复一年辛勤耕作，能够指望的就是这样的收获。当我看到主人家里两个面孔脏污的、眼睛却明亮如泉的孩子大口大口地对付这食物时，我感到内心阵阵作痛，但要是因此就于事无补地泪水盈眶，也太过矫情了。

我在拉萨的一次会上说过，我在嘉绒地区的旅行，不是发现，而是回忆，现在我发现事情真的就是这个样子。

此次的嘉绒大地之旅，因为时间短促，更因为特别像一次为了旅行的旅行，我真的没有任何发现，但一草一木都会勾起我连绵不绝的回忆。

甜蜜的回忆，痛苦的回忆，梦境一般遥远而又切近的回忆！

最重要的是，我珍视自己有着的这些记忆！

即使是在一辆在坎坷不平的公路上蹦跳不止的破旧吉普车上，眼望着山谷两边无尽的绿色，许多记忆中的情形依然反复出现在眼前。

不久后，吉普车就拖着背后长长的尘土尾巴，冲出了纳觉沟。宽阔的梭磨河谷出现在眼前。

眼前展开的是又一种景象，这里就是真正的嘉绒了！汽车在一路向下滑行，但我却在离开成都十多天后，登上了高原。或者说，登上了通向青藏高原的某一级台阶。而面前的路，却一直向下。其实，就算是下到梭磨河谷底，也有海拔 2800 米的标高。

我在下降中已经上升了，或者说，我正在整个的上升过程中短暂地下降。

5　梭磨河谷：真正的嘉绒

吉普车冲出山谷时，我请求司机停下车来。

他很奇怪："你不是要回马尔康吗？"

我告诉他："但是我想在这里休息一会儿。"

他的眼里露出疑惑不解的神情。

我跳下车来，他帮着我重新把背包背在身上。我站在那里，看到这位仍然心存疑惑的司机发动了引擎，然后车子猛然启动，车后扬起的尘土把我笼罩其间。等到尘土散尽，我才继续迈动脚步，走纳觉沟剩下的最后一公里左右的行程。这一公里的路仍然像整条山沟一样急剧地向下俯冲。

我为什么如此确切地知道距离？因为那个标明一公里的里程碑就竖在靠着溪沟的路基之上。这一公里对我来说是相当重要的，这三千多步是一个重要的过程，让我逐渐靠近自己真正认同的家乡，靠近还保有嘉绒昔日美丽的田野与村庄。

我的下半辈子的生命中，离开是长久的，归来只是短暂的。

公路边上的湍急溪流边上，有些小小的草地，一些年轻的核桃树。在嘉绒地区旅行，当你看到路边核桃树的出现时，说明一个村庄已经渐渐靠近。

接着，另一种熟悉的景致又出现在眼前了。

那是一座小水电站，水泥的沟渠，水泥的堤坝，青砖的厂房，水流翻过水坝时形成一道小小的人工瀑布，然后，电线从这里带着难以琢磨的电力，走进一个又一个嘉绒人的村庄。

与之相映成趣的是，水电站下游一点，就是一座传统的水磨坊。石砌的矮墙，平坦的泥顶上长满了厚厚的野草。水磨房上边的木头闸门关着，顺着木头枧槽奔涌而来的溪水受到阻拦后，在那里飞迸出一大团扇形的水花。

当我走过了水电站与磨坊，转过一个山弯，从一面岩石峭壁的阴影下走出来，眼前猛然一亮，出现了那个叫做西索的嘉绒村庄和开阔的梭磨河谷地。

我的目光越过河岸这边西索村大片飘扬着的经幡，覆盖着木瓦或石板的屋顶投向大河对岸。对面是地理学上叫做河谷冲积台地的典型地貌。经历了千秋万世的河流，在不同的高度上都留下了一片片大小不一的冲积扇。当下一个地质年代开始后，河流开始又一次深深地下切，下切到一定的深度，又会稳定几百上千年，再一次在两岸淤积出一些平坦的台地，并且等着在下一次地质变化动荡的年代里开始又一次深深的切割。

地质学家们把河水切割开来的地球表面的每一个断层看成一本大书中信息量丰富的一个篇章。当地的居民不懂得这样的道理，他们只是通过世世代代的劳作，把这些层层的台地开垦为肥沃的良田。现在，一个又一个的寨子就坐落在这些台地上，在大片的良田与森林的边缘。这样的台地次第而下，直到杨柳与白杨荫蔽的河岸边上。在这些宽阔的河谷里，河水会冲刷出一个宽阔的河滩，铺满含金的沙与光滑的砾石。洪水来时，河水才会漫过宽广的沙滩冲击河岸。

我在飞跨梭磨河的花岗石拱桥上停下了脚步，向四方瞭望。

风从上游吹来，吹在我的背上。风不大，但却劲道十足，吹得我的衣衫发出旗帜般噼噼啪啪的声响。

河的下游是东南方向。一川河水在高原阳光的辉映下闪闪发光。

河的左岸，是斜依在山湾里的西索寨子。寨子背后，翠绿的山坡一直向上，几朵洁白的云彩泊在山梁上。在山梁那里，陡峭的山坡变得平缓了，灌木林变成了大片的高山草场，草场上放牧着寨子里的牛羊。所有的嘉绒寨子，在午后这段时间里，都是一天中最最安静的时刻。孩子们上学了，劳作的成年人这会儿是在一天中离寨子最远的地方。在寨子内部，厚重的木门上挂着一把把铜锁。钥匙就静静地带着金属的沁凉躲在某个墙洞里边。屋里的火塘里的火熄了，火种悄悄地埋在灰烬中间。铜壶里的水，罐子里的奶，似乎都在沉思默想。

在屋子外边，果树的阴凉里躺着假寐的猎狗。

小小的菜园里，几株正在结籽的花椒树下，栽种着大蒜、葱、芫荽和辣椒。这些都是嘉绒农人随时使用的作料。我不用走进寨子，就能看见那些让人倍感亲切的景象。有些人家的菜园里，还盛开着金黄耀眼的大盘大盘的葵花。

这些年，很多人家的屋顶都栽上了一些漂亮的花卉。这个季节正在盛开的自然是花期很长的灯盏花，更加美丽的却是从野外移栽回来的红色、黄色和象牙白色的百合花。

这一切对我来说，都是熟悉而又永远亲切万分的景象。寨子在纳觉溪流的对岸，于是，溪上低低的一座木桥的出现也是势在必然。只是现在，任何一个寨子前的木桥都比过去宽阔坚固了。因为，那时过桥的是人，与牛与马；现在，差不多是每一户人家都有一辆拖拉机每天都要开回到自己家门前。

当我看见这一切时，只是站在河风劲拂的桥上。

在大河右岸，脚下的公路与另一条公路汇聚到一起。而在那条公路里边，一层层的台地拾级而上，直到我目力不及的地方。直到有白云栖止的山顶，仍然有土地与村庄。

走下大桥，顺着大河流去的方向，再有八公里，是那座我非常熟悉的高原山城，整个嘉绒的心脏，灯火旺盛的马尔康。

6　从乡村到城市

从卓克基沿梭磨河而下，短短的九公里路程中，河流两岸，是一个又一个美丽的嘉绒村庄。查米村那些石头寨子，仍然在那斜斜的山坡上紧紧地聚集在一起，笼罩着核桃树那巨大阴凉。村子前宽阔的柏油马路上，汽车轰轰隆隆地来来往往，但咫尺之间的村子依然寂静如常，浓荫深重，四处弥漫着水果淡淡的香气。

再往下走，在河的对岸，河谷的台地更加低矮宽广。在广阔的田野中间，嘉绒人的民居成了田野美丽的点缀。墙上绘着巨大的日月同辉图案，绘着宗教意味浓重的金刚与称为雍忠的万字法轮的石头寨子，超拔在熟黄的麦地与青碧的玉米地之间。果园、麦地，向着石头寨子汇聚；小的寨子向着大的寨子汇聚；边缘的寨子向着中央的寨子汇聚。于是，有了这个叫做阿底的村子。

然后是查北村，再然后是被人漠视到叫不出名字、但自己却安然存在的村子。

在这些村子，过去的时代只是大片的荒野，而在这个世纪的后半叶，嘉绒土地上的土司们的身影从政治舞台上转过身去，历史深重的丝绒帘幕悬垂下来，他们的身影再次出现，作为统战对象出现在当代的政治舞台上时，过去的一切，在他们自己也已是一种依稀的梦境了。历史谢了一幕，另一重幕布拉开，强光照耀之处，是另一种新鲜的布景。

就在我这个下午依次走过的几个村子中间，从 20 世纪 50 年代到 90 年代，一座座新的建筑开始出现：兵营、学校、加油站，叫做林业局的其实是伐木工人的大本营，叫做防疫站的机构在这片土地上消灭了天花与麻风。现在，有着各种不同名目的建筑还在大片涌现。这些建筑正在改变这片土地的景观。但至少在眼前这个时候，在离城不远的乡村里，嘉绒人传统的建筑还维持着嘉绒土地景观的基本情调。

我希望这种基调能够维持久远，但我也深深地知道，我在这里一笔一画堆砌文字正跟建筑工匠们堆砌一砖一石是一样的意思。但是，我的文字最终也就是一本书的形状，不会对这片土地上的景观有丝毫的改变。我知道这是一个设计的时代，在藏族人新成长起来的知识分子中，我希望在相关部门工作的我的同胞，把常常挂在嘴边的民族文化变成一种实际的东西。我一直希望着在这片土地上出现一种新型的建筑，使我们建立起来的新城市，不要仅仅只从外观上看去，便显得与这片土地格格不入，毫不相关。

很多新的城镇，在从四川盆地到青藏高原这些渐次升高的谷地中出现时，总是显得粗暴而强横，在自然界面前不能保持一种谦逊的姿态，不能或者根本就没有考虑过要与周围的自然和人文环境保持一种协调的姿态。

但在进入这些城镇之前的村庄，却保持着一种永远的与这片山水相一致的肃穆与沉静。我常常想，为什么到了梭磨河谷中，嘉绒的村庄就特别美丽了呢。我这样问自己，是因为梭磨河是我故乡的河流。我害怕是因为了一种特别的情结，因而做出一种并不客观的判断。现在我相信，这的的确确是一个客观的判断。

马尔康，作为一个城镇，在中国土地上，大多数情况下，是一个不为人知的地方。但就是这样一个地方，也像是进入中国任何一个城镇时一样，有一个城乡结合的边缘地带。在这样一个边缘地带，都有许多身份不太明确的流民的临时居所，也有一些不太重要的机构像是处于意识边缘的一些记忆碎片。流民的临时居所与这些似乎被遗弃但却会永远存在的机构，构成了一种特别的景观。在这种景观里，建筑总是草率而破旧，并且缺乏规划的：这样的地方，墙角有荒草丛生，阴沟里堆满了垃圾、夏天就成了蚊蝇的天地。这样的地带也是城市的沉沦之地。城镇里被唾弃的人，不出三天立马就会出现在这样的地方。这样的地方，在中国的城镇与乡村之间，形成一种令人绝望的第三种命运景观。

一个城市如果广大，这个地带也会相应广大；一个城市如果狭小，这个地带也会相应缩小，但总是能够保持着一种适度的均衡。

在进入马尔康这个只有半个世纪历史的城镇时，情形也是一样。

马路两边出现了低矮的灰头土脸的建筑。高大一些的是废弃的厂房，一些生产过时产品的厂房，还有一些狭小零乱的作坊。更大一片本来就像个镇子的建筑群落，曾经是散布在所有山沟里的伐木场的指挥中枢，现在，也像是大渡河流域内被伐尽了山林的土地一样显得破败而荒凉。在这里，许多无所事事的人，坐在挤在河岸边棚屋小店面前，面对着一条行到这里路面便显得坑坑洼洼的公路。一到晴天，这样的公路虽然铺了沥青，依然是尘土飞扬。

这种情形有时像一个预言，这个预言说：没有根基的繁华将很快破败，并在某种莫名的自我憎恶中被世人遗忘。

我希望在地球上没有这样的地方，我更希望在故乡的土地上不存在这样的地方。因为每多一个这样的地方，就有一大群人，一大群不能左右自己命运的人，想起这里，就是心中一个永远的创伤。

马尔康也像任何一个中国城镇一样，已过了这样一个令人难堪的地带。一个由一批又一批人永不止息、刻心经营的，明亮整洁甚至有点堂皇的中心就要出现了。

这中心当然漂亮。

这种漂亮当然不是跟纽约、跟巴黎、跟上海相比，而是自己以为，并且让我们也认同的一种相对的整洁、相对的气派和相对的堂皇。比如露天体育场，比如百货大楼，比如新华书店，比如政府的建筑所形成的一个行政中心。而我所说马尔康的漂亮更多地还是指穿城而过的河流。中国有许多城市都有河流或别的水面，但大多是一些被污染的水体。正因为中国许多有名的河流与水面都受到严重污染，我们才会为这条穿城而过的湍急的河流的清澈感到自豪。

清澈的河水总是在河道里翻涌着雪白的浪花。

有了这条河，就有了这个顺河而建的三道不同样式的桥梁。有了桥，整个镇子就有了自然的分区与人工的联接。因为中国人在城市的构造上最不懂得体现的就是分区。不懂分区，当然也就不懂得联接。中国人的联接就是所有东西都紧贴在一起。

在四川另一个藏族自治州首府，前些年的一次水灾造成了巨大的损失。据说，这种损失本来是可以避免的。但是，当地有人忽发奇想，在内地已经被认识到有巨大危害的“向湖泊要地，向大海要地，向河流要地”的做法，在这里再一次可悲地重复了一次。

人们耗费巨资在穿城而过的湍急的河上盖起了水泥盖子，水泥盖子上面建起了市场。在设计者的想像中，河水会永远按照他们的意思在盖子下面流淌。但是，自然界遵从的是一种非官方、非人智的规律，于是，一个洪水暴涨的晚上，洪水和洪水下泄时带来的树木与石头，把径流有限的河道给堵起来了。洪水便涌到地面，在原来规划为街道和居民区的城里肆意泛滥。我在电视里看到过灾后的景象。

其实，就算不发生这样的洪水，他们也不该把河面封闭起来。

因为，他们不该拒绝河流提供的公共空间，以及流水带给这个城镇的特别美感。

因为，这些处于中国社会边缘的城镇所以显得美丽，并不是因为建造他们的人有了特别的规划与设计，而是因为周围的自然赋予的特别美感。

我的家乡马尔康的情形也是一样。城里并没有特别的建筑让我们引以为豪。穿城而过的梭磨河上四季不同调子与音高的水流声，是所有居民共同倾听的自然的乐音。每一个倚在河岸栏杆上凝神的人，都会听到河水的声音是如此切合地应和着时时变化的心境。与河相对的是山。山就耸峙在河的两边。

那两边是乡野与森林的景色。特别是在河的左岸，大片的树林从高高的山顶直泻而下，并在四季中时时变化，成为我们在镇子里生活中抬头就可以看见的一个巨大画幅。冬天，萧瑟的树林里残雪被太阳照得闪亮发光。落叶们躺在地上，在积雪下面，风走上山岗，又走下山岗。春天来临时，先是野桃花在四野开放，然后，柳树发芽，然后是白杨，是桦树，依次地从河边绿向山顶。五月，最低处的杜鹃开放，然后，就是浓荫覆地的夏天了。

夏天因为美好，所以总是短暂。

最是秋天的山坡让人记忆久远。那满坡的白桦的黄叶，在一年四季最为澄明的阳光照射下，在我心中留下了这世间最为亮丽与透明的心情与遐想。现在，我回来，正是翠绿照眼的夏天。一切都还是原来的样子。如果有一点的变化，那就是街上的人流显得陌生了，因为很多很多的朋友，也像我一样选择了离开。如果你在一个地方没有了亲人与朋友，即便这个地方就是你的家乡，也会在心理上成为一个陌生的地方。

不止是马尔康，在嘉绒藏区，在所有这些近半个世纪仓促建立起来的城镇中，早年间人们心中那种飞扬的激情正在日渐淡化，于是，发展的缓慢与觉醒的缓慢压迫着那些社会机体中活跃的成分，于是，他们选择了离开。我也是其中的一员。

人群在我眼里变得陌生了，但整个人流中散发出来的那种略显迟缓的调子却是熟悉的。这是一种容易让青年人失去进取心的调子，是一个健康的社会应该摒弃的调子。但是，强烈的日光落在街边的刺槐上，落在有些灰头土脸的柏树上，那团团的阴凉，不知为什么却给我一种昏昏欲睡的情调。

我热爱的这个镇子还在等待。但没有人知道，要在一个什么样的机遇下，人们才会真正面对自己和这个地区的前途，而真正兴奋起来。

7　看望一棵榆树

在马尔康镇上，我真正要做的只有两件事情。其中一件，是去看一棵树。

是的，一棵树。据说，这棵树是榆树，来自遥远的山西五台山。

居住在马尔康的近两万居民中，可能只有很少很少的人知道，这棵树的历史与马尔康的历史之间的关联。

这棵树就在阿坝州政协宿舍区的院子里。树根周围镶嵌着整齐洁净的水泥方砖。过去，我时常出入这个地方，因为在这个院子里，生活着好些与嘉绒的过去有关的传奇人物。解放以后，他们告别各自家族世袭的领地，以统战人士的身份开始了过去他们的祖辈难以设想的另一种人生。

那时，我出入这个院子，为的是在一些老人家里闲坐，偶尔从他们的只言片语中，会透露出对过去时代的一点怀念。我感到兴趣的，当然不是他们年老时一点怀旧的情绪。而是在他们不经意的怀念中，抓住一点有关过去生活的感性残片。我们的历史中从来就缺少这类感性的残片，更何况，整个嘉绒本身就没有一部稍微完备的历史。

那时，我就注意到了这棵大树。因为这是整个嘉绒地区都没有的一种树。所以，我会时时在有意无意间打量着它。

一位老人告诉我，这是一棵来自汉族地方的树，一颗榆树，是很多很多年前，一个高僧从五台山带回来的。

我问："这个高僧是谁?"

老人摇摇头，说："我也不晓得，那是很久很久以前的事了。"

我常去的那幢楼的一边是院子和院子中央的那棵榆树，而在楼房的另一边，是有数千座位的露天体育场。这个地方，是城里重要的公共场所。数千个阶梯状的露天座席从三个方向包围着体育场。而在靠山的那一面，也是一个公共场所：民族文化宫。文化宫的三层楼面，节日期间会有一些艺术展览，而在更多的时候，那些空间常常被当成会场。当会开得更大的时候，就会从文化宫里，移到外面的体育场上。

我想，中国的每个城市，不论其大小，都会有相类的设置，相似的公共场所。如果仅仅就是这些的话，我就没有在这里加以描述的必要了。虽然很多在这城里呆得更久的人，常常以这个公共场所的变迁来映照、来浓缩一个城市的变迁。说那里原来只是一个土台子下面一个尘土飞扬的大广场。现在文化宫那宏伟建筑前，是一个因地制宜搞出来的土台子。那阵子，领导讲话站在上面，法官宣判犯人也站在上面等等，此类话题，很多人都是听过的。而当我坐在隔开这个体育场与那株榆树的楼房里，却知道了这块地方更久远一些的历史。

这段历史与那株榆树有关，也与这个山城的名字的来历有关。

曾经沧海的老人们说，在体育场与民族文化宫的位置上，过去是一座寺庙。寺庙的名字就叫马尔康。那时的寺庙香火旺盛，才得了这么一个与光明有关的名字。

马尔康寺曾经是一座苯教寺庙。

乾隆朝历经十多年的大小金川战乱结束之后，因为土司与当地占统治地位的苯教互相支持，相互倚重，战后乾隆下令嘉绒地区，特别是大渡河流域的所有苯教寺庙改奉佛教。马尔康寺中供奉的神像才由苯教的祖师辛饶米沃改成了佛教的释迦牟尼与格鲁派戴黄色僧帽的大师宗喀巴。

马尔康改宗佛教之后，依然与在金川之战中得到封赏的本地土司保持着供施关系，卓克基土司的许多重大法事，都在这个寺庙里举行。

那时候的马尔康寺前，是一个白杨萧萧的宽广河滩。最为人记取的是，每年冬春之间，一年一次为本地区驱除邪祟、祈求平安吉祥的仪式就在庙前举行。每次，信徒中都会有不幸者被作法的喇嘛指认为“鬼”，而被驱赶进冰冷的梭磨河中。在那样的群众性集会上，不幸者领受死亡之前，还要领受非人的恐惧；而对更多的人来说，那肯定是一种野蛮而又刺激的游戏。

宗教每年都会以非常崇高的名义提供给麻木的公众一出有关生死、人与非人的闹剧。

人们也乐此不疲。

现在，在这个地方，最能刺激人的就是现在的体育场上偶尔一次的死刑宣判了。在那里，人们可以从一个深陷于死亡恐惧的人身上提前看到死亡的颜色，闻到死亡的气味。时代变了，那些被宣判的人的死亡不是别人的选择，而是他们内心的罪恶替他们的生命做出的选择。但是，世世代代，看客的心理却没有多大的变化。

给我讲故事的老人中，有一两位，在过去的时代，也是掌握着子民生杀予夺大权的。但是，现在他们却面容沉静，告诉我这个广场上曾经的故事。他们告诉我说，现在政协这些建筑所在的地方，就是马尔康寺的僧人们日常起居的居所。

其中，有一位喇嘛去五台山朝圣，回来时就有了这棵树。

关于这棵树，老人们有两种说法。

一种说，是那位喇嘛在长途跋涉的路上，折下一段树枝作为拐杖，回来后，插在土里，来年春天便萌发了新枝与嫩芽。这就是说，这株树不远千里来到异乡，是一种偶然。

持第二种说法的是一位故去的高僧，他说，那位喇嘛从五台山的佛殿前怀回来一颗种子，冬天回来，他只要把那粒种子置于枕边，便梦见一株大树枝叶蓬勃。自己详梦之后，知道这是象征了无边佛法在嘉绒的繁盛。于是，春天大地解冻的时候，他在门前将这颗种子种下。

现在，树是长大了，但是，佛法却未必如梦境所预示的那般荫蔽了天下。

马尔康寺在20世纪50年代开始衰败，并于60年代毁于“文革”。于是，原来的那些僧人也都星散于民间了。只有这株树还站在这里，在一个逼仄的空间中，努力向上，寻求阳光，寻求飞鸟与风的抚摸。有风吹来的时候，那株树宽大的叶片，总是显得特别喧哗。

8　灯火旺盛的地方

“文革”结束后，那些老人们陆陆续续住进了政府新盖的楼房，榆树旁边这一座，就是其中的一幢。

那座被毁的寺庙，代表了这个地区历史的寺庙要在原地恢复已是不可能了。于是，便向后造在了可以俯瞰这个体育场和这座高原新城的向阳山坡上。

站在马尔康总有城郊农民的拖拉机和各个部门的小汽车来来往往的大街上，抬头就可以看见那个新建的寺庙，看见那个寺庙的金色的顶冠。

太阳开始下沉的时候，我顺着山路往山上爬去。

太阳下沉的时候，山的阴影便从河的对岸慢慢移过来，一点一点遮蔽了街道与楼房。最后，金黄的太阳光离开了所有的街道与楼群，照在山坡上了。我始终走在移动的阳光前面。

当我站在寺庙面前的时候，太阳已经拉在身后很远的地方。

寺庙的大门紧闭着，经幡被风吹动着，显出一种寂寞的调子。我并不想进入这个寺院。一个新建的寺院，因为没有了历史的沉淀，不会给我们特别的触动。如果说，过去的马尔康寺是一种必然的存在的话，那么，眼前这座簇新的寺庙，就只是一种象征。我来到这里，是想能对过去的时代有所怀想，但是，眼前的这样一个建筑却怎么也不能给我带来这种感觉。突然想起一个在文工团吹唢呐的若巴。他是我的忘年朋友，而且从同一个乡的山野里来到山脚下的新城里生活了很多年。如今我离开了，他却永远在这个山城里停留下来。

解放前，他是一个庙里的小喇嘛。等到二十年前脱离了乡村生活来到这座小城的时候，常常看到他穿着演出服在舞台的聚光灯下独奏唢呐。乐队演奏时，他又吹起了银光闪闪的长笛。

记不得是怎么认识他的了，也记不得是不是问过他吹这么好一口唢呐是不是与早年的寺庙生活有关。

清楚记得的是，这座寺庙建成后，也就是每天的这个时候，会看见他疲惫地笑着从山上下来。问干什么去了，最初的回答让我大吃一惊，说是庙里请他去塑大殿里的泥胎金妆的菩萨。问他什么时候学的雕塑，他说，少年时代在庙里当和尚的时候。

我也没有问过他是不是在寺庙里的时候学的唢呐。

他还嘱咐过，让我上山去看看他塑的佛像与绘制的壁画，于是，这会儿我倒真想进去看看这位乡兄的手艺，但是，那彩绘的大门上却挂着一把硕大的铜锁。风吹过来，挂在檐前的布帘的滚边便一路翻卷过去，并且一路发出噼噼啪啪的寂寞声响。

当然，更多的时候，他不是总在吹奏唢呐与长笛，也不是在庙里雕塑菩萨或绘制壁画，而是在这个小城里各幢机关的建筑里进出，为文工团申请经费。因为他同时担任着这个已过了黄金时期的文工团的生计与基本的运转。于是，他的暴躁脾气就显现出来了。

有一次，在成都的阿坝宾馆，我看到他与文工团的另一位团长。说是去木里给一个寺院的菩萨造像去了。木里是四川另一个民族自治州里的一个藏族自治县，非常靠近如今被人称为女儿国的川滇交界处的泸沽湖。我笑说他的手艺传到了很远的地方。

这位从前的少年喇嘛、今天的文工团长说：“呸，就为挣一点钱，自己得一点，交给团里一点。”

于是，我便无话可说了。

我便想起眼下这个城里的好些这样的朋友，每个人都在默默工作，每个人都心怀着某种理想，但是，这个城市的去向却与这么些人的努力毫不相关，甚至可以说是完全相反。于是，我选择了离开，但是，并不是所有的人都可以随意地做出这种选择。

太阳慢慢地沉在山梁后面去了。我坐在一道黄土坎上，眼望着这个体积还在日益膨胀的山城，真还看出了些宏伟的意思。不要以为宏伟只与高大雄奇相关，在这样一个俯瞰的视界里，面积上的铺展也能造成同样的感觉。

我坐在那里，夜慢慢降临了。

于是，下面那宏伟铺展的建筑里，纵横的街道上，灯火便辉耀起来了。夜色省略去了城里那些不太美丽的细节，只剩下满城五彩的灯光，明明灭灭。于是，这个山城就真正成了名副其实的灯火明亮的地方了。

而背后的寺庙却慢慢陷入了黑暗，只有顶上的琉璃瓦，在星光辉耀下，有一抹幽然的光芒在流淌。

在寺院下方的山坡上，有两个需要建在高处的建筑，一个是气象站。气象站的白色建筑，在朦胧的灯光中有一种特别的美感。这个地方预报着山下小城的天气，对于小城的大多数居民来说，天气不是有着自在的规律，由气象站预报出来，而是气象站在决定明天下不下雨，吹不吹风。当气象站接连预报了几个晴天之后，人们会骂，他妈的，该下点雨了。当气象站预报了连续的两个阴天，我也骂过，这狗屁气象站也该出点太阳了。

高原上的人们很难忍受连续两个以上的阴天，他们总是喜欢艳阳高照的爽朗天气。这是天气培养出来的一种习惯。

气象站下面一个平台上，挺拔的白杨树中间，是一座顶上有着一盏红灯的高高的铁塔，铁塔下面是几个巨大的碟形天线，这是电视台的卫星地面站。山下的小城每一家每一户开着的电视机的信号都来自这个巨大的发射塔。据在电视台工作的朋友讲，在这山上搞转播的人可以看到一些不能转播的外国节目，他们对我发出过邀请，但我终于没有去过。今天，我想顺路进去看看，但那些朋友也都不在这个城里了。

于是，我走在了下山的路上，山下满城灯火，我脚下的山路却隐入了黑暗。好在，我是走惯山路的，也曾经是走惯山里的夜路的，所以，脚下还算是稳当，只不过速度稍稍慢了一点。这城里的满眼灯火，其实也与我相关。这当然不是说我曾在这灯火中读书、写作，也曾在灯火中与朋友闲谈，与家人围坐在冬天温暖的炉火前。

看到这满眼的灯火，我又想起了二十多年前，一个十多岁的后生，作为拖拉机手在一个水电站建筑工地上的两年生活。现在，就是这座拦断了梭磨河建起的水电站成了这座城市的主要电力来源。那时，在从马尔康出发顺梭磨河往下十五公里的松岗，滴水成冰的冬天，数千人在朔风呼啸的河道里修筑拦河的水泥大坝。那些最寒冷的夜半，重载的拖拉机引擎被烧得滚烫，坐在敞篷驾驶座上的人，却像块冰那么凉。于是，我落下了一身严重的风湿病也就势在必然。经过多年的治疗，我已经不必每年春天再进医院了。但是没有医生能治好我右手那蹊跷的抖颤。

抖颤到什么程度呢，当我端起相机的时候，一切都在眼前晃动模糊了，于是，这本书里的图片也是由我的朋友们提供，而不是我试图照下来、最终却模糊不清的那些图片。

今天，当我看着山下的大片美丽灯火时，我第一次意识到，这当中闪烁着的，也有我青春时代的理想的光华。当时在那个电站工地上，有我们十个从当地农民工里选拔出来的拖拉机手。其中一个最为忠厚的英波洛村的阿太，和拖拉机一起从公路上摔下了十多米高的河岸。记得那时我已经离开了工地，考进了马尔康师范学校。

那是一个黄昏，全校学生站在冬天寒风刺骨的操场上听患了面瘫的党委书记讲话。那时的学生，对于特别冗长的讲话总是怀着一种愤怒的心情。

天正在暗下来，校长的面影与声音都开始模糊不清了。这时，一位总显得有些玩世不恭的女同学对我说："嘿，松岗电站工地的拖拉机手死了，原来是你们一起的吧？"

我不知道她为什么会关心这种事情，脱口便问道："谁？"

她笑了，说："我怎么会知道那个拖拉机手的名字。"原来，随同摔死的还有一位她的同学——没有考上学校而被招了工的知青。据说，有领导想要电站工地上有几位女拖拉机手，于是，原来与我一起吃了满肚子柴油烟、受了两个冬天河边风寒的伙计们，就有了各自的女徒弟。

后来，我听到准确的消息，那个把性命丢在了河滩上的人是阿太。偏偏是我们这十个人当中手艺最好、个性又最为沉稳的阿太。说实话，我把可能死于非命的所有人挨个排了一遍，也没有想到会是他；最要命的是，他摔死的地方的对岸，就是他家那已经有些年头的石头寨子。

从石头寨子的楼上，他的妻子与子女，每天都可以看到他肝脑涂地的那片砾石累累的河滩。

又过了些年，听说，我们其中的一个斯达尔甲的，在工地所在地的寨子里当了上门女婿，又过了些年，听说他死了，原因是酒。我想起来，原来在一起的时候，大家就不怎么喜欢他，原因很简单，他喝醉了酒，就把想当老大的想法全部暴露出来了。

听到阿太的死讯时，我落了泪。

而在马尔康车站旁的露天茶馆里，有人把后一个死讯告诉我时，我只是叹息了一声，然后低头喝茶，仰面看天。

马尔康的天在大部分时间都非常的蓝。只是这种情境之下，很饱满的蓝色却让我给看得非常空洞了。

这时，在下山的路上，看着这满城的灯火，我想起了这两个故人，想起了青春时代的劳动来了。

我想，如果用数字的方式来看，这满城的灯火里也有我的一份贡献，还有我的伙计们的贡献。于是，我停下脚步，朝着那些最明亮的灯光数过去：一盏、两盏、三盏……是的，这座城市不仅与那株树有关，还与我自己的记忆与劳作相关。

以后，每当有人说马尔康在藏语里的意思就是灯火旺盛的地方的时候，我都会感到，这所有的光芒中，有着我青春时代的汗水的光芒，梦想的光芒。

于是，我决定去看看松岗，看看那座电站。

9　土司故事之二

沿梭磨河而下，十五公里处就是松岗乡，再往下是金川，金川再往下便是我们已经去过的丹巴。

电站距松岗乡所在地还有两公里左右的路程。

当松岗电站的大坝出现在我眼前时，我却没有一点激动之感。我怀揣着一纸入学通知书离开的时候，大坝刚刚浇铸完基础部分。现在坝里蓄满了水的部分，那时是一个不小的果园。春天，那里是一个午休的好地方。大家把拖拉机熄了火停在公路上，走进果园，背靠着开花的一株苹果，斜倚在带着薄薄暖意的阳光下，酣然入眠。

那时普遍缺觉，一台拖拉机两个人倒班，再说了，加一个班，还有一块五毛钱的加班费，可以在小饭馆里打到两碗红色的甜酒。

有时候，我的同伴们会小心地赌上一把。但我只想睡觉，睡我那十六七岁的人那永远不够的睡眠。

但是，那个大坝在我眼里却没有让人激动的感觉。因为我付出的劳动，因为记忆中那上千人挑灯夜战的盛大劳动场面，我觉得这个大坝应该更加雄伟高大。我想上大坝走走，却被一个值班人员不客气地挡住了。

于是，便更加兴味索然。

好在，再有两公里的样子。公路再转过几个山弯，就是松岗了。于是，我便离开电站，奔向了松岗乡。

中午时分，我在一个小饭馆里坐下，要了菜和啤酒。坐在窗前，望着对面山嘴上的松岗土司官寨。

在我眼前，很多建筑都倾圮了，只有两座高高的石碉，还耸立在废墟的两头，依然显得雄伟而又庄严。其中一座碉堡的下部，垮掉了很大一部分，但悬空了大半的上部却依然巍巍然在高远的蓝天下面。松岗这个地名，已经是一个完全汉化的地名，其实这是藏语名称茸杠的译音。这个地方的名字，便是由那山梁上那大片废墟而来，意思就是半山坡上的官寨。

饭馆老板我认识，因为我们那时曾在他的地里偷掰过不少玉米棒子。为此，他来找我们的领导大吵大闹过。当然，他不认识我，所以，我也没有为此补上一份赔偿。

我只是跟他谈起了松岗土司寨子。他告诉我，那座悬空的碉堡，是“文革”武斗时一个重要的堡垒，进攻的一方曾用迫击炮轰击，却只炸出了下半部分那个巨大的缺口。我说，再轰几炮不就倒了吗？

他笑笑，说："那个时候嘛，也就是摆摆打仗的样子，没有谁特别认真地打。"

看他年纪，应该知道一些末代土司的事情。他果然点头说，见过少土司的。我也多少知道一些这个末世土司的故事。后来，这个土司在 20 世纪 50 年代末从西藏逃去了印度，后来，又移民到了加拿大。80 年代还回到这里，故地重游过。

这也是土司故事中一个有意思的版本，一个末世土司的版本。在百姓传说中风流倜傥的末世土司叫苏希圣。苏本人并不是土司家族出身，他的家族本身只是我家乡梭磨土司属下的黑水头人。后来，梭磨土司日渐式微，黑水头人的势力在国民政府无暇西顾的民国年间大肆扩张，很多时候，其威信与权望已在嘉绒众土司之上。

说起来，事情恐怕也不仅仅像是巧合那么简单，到了土司制度走到其历史尾声的 20 世纪 50 年代，嘉绒境内的众土司们都有些血缘难继的感觉了。松岗土司也不例外。正是土司男性谱系上出现了血缘传递的缺失，一个势力如日中天的头人的儿子，才过继过来，成了这里的少土司。

这些故事听起来，也像是一些末代帝王故事的翻版，所有宫闱戏剧的一种翻版。

而松岗土司家族本身，原来也只是杂谷土司辖下的一方长官。只是到了乾隆十六年，其治所远在几百里外的杂谷土司因侵凌梭磨土司与卓克基土司被清兵镇压，杂谷土司苍旺被诛杀，杂谷土司本部所在辖地改土归流。松岗这块土地则授由梭磨土司之弟泽旺恒周管辖，并授予松岗长官司印。

这是松岗土司之始。据说这首任土司继土司位两年就死去了。后来十二世至土司三郎彭措，因其无恶不作，激起民变，于 1928 年被杀，并被抛尸入河，土司无人继任。土司治下八大头人分为两派，轮流襄助土司太太执政十五年后，方有末代土司苏希圣入掌土司印。七年后，嘉绒全境解放，土司时代的事情，就一天一天地变得越来越遥远了。

那天，在仰望着土司寨子废墟的那个小饭馆的窗台上，我看到一个几页已经没有了封皮的铅印小册子。其中一段像诗歌一样分行排列的文字是歌颂松岗官寨的：

东边似灰虎腾跃，
南边一对青龙上天，
北边长寿乌龟，
东方视线长，
西边山势交错万状，
南山如珍珠宝山，
北山似四根擎天柱，
安心把守天险防地，
飞中耸立着，
松岗日郎木甲牛麦彭措宁！

我曾多次听人说，每个土司官寨造就之时，都有专门的画工绘下全景图，并配以颂词，诗图相配称为形胜图。那么，这段文字就是发掘来的那种颂词吗？在没有找到原文或者是找到可靠的人翻译出来之前，我不敢肯定这段文字就是。但我总以为，这肯定就是那种相传的形胜图中的诗句，只不过，译成汉语的人，可能精通藏文，但在汉语的操作，尤其是关乎诗歌的汉语操作上，却显得生疏了些。因为在讲究藻饰的藏语里，这段文字的韵律会更顺畅一些，而词汇的选择也会更加华美与庄严。

就在同一本小册子上，还记住一些较为有趣的事情，有关于土司衙门的构成及一些司法执行情况，也凭记忆写在这里吧。

每天，土司寨子里除了土司号令领地百姓、决定官寨及领地大小事宜之外，还有下属各寨头人一名在土司官寨里担任轮值头人，除协助土司处理一应日常事务外，更要负责执行催收粮赋，支派差役，有能力又被土司信任的头人，还代土司受理各种民事纠纷与诉讼案件，负责派人发送信件，捕获人犯等等。

值日头人的轮值期一般在半年左右。所起的作用，相当于大管家。在值日头人下面，还有小管家，由二等头人轮流担任，经管寨内柴草米粮，并把握仓库钥匙。

小头人也要到土司官寨轮值。这些本也是一方寨民之首的头人，到了土司寨子中，其主要责任却是服侍土司，端茶送水。

另外，土司还有世袭的文书一名。世袭文书由土司赐给份地，不纳粮赋，不服差役，任职期间，另有薪俸。其地位甚至超过一般的头人。

松岗土司还有藏文老师一名，最后一任土司的藏文老师名叫阿措，除了官寨供给每日饭食外，另有月俸六斗粮食。据说最后一位藏文老师因为土司年轻尚武，只喜好骑马玩枪，最后便改任寨里的管家了。

过去在这里当修电站的民工们，偶尔也从当地人嘴里听到一些土司时代的趣闻轶事，其中一些就有关于土司的司法。就说刑法里最轻也最常用的一种是笞刑。大多数土司那里，此刑都用鞭子施行，在松岗土司领地，老百姓口中的笞刑直译为汉语是打条子。笞刑由平时充任狱吏的叫腊日各娃的专门人员执行。而打人用的条子是一种专门的树条，并由一个叫热足的只有十余户人家的寨子负责供应。当地人说，这种条子一束十根，每根只打十下，每束打完，正好是一百的整数。

据说官寨里还专门辟出一间屋子来专门装这种打人的树条。

我曾多次去过通往大金川公路边的那个叫做热足的寨子，有一次，我问那里的老人有没有全寨人都砍这种树来冲抵土司差役这件事情。大家都笑笑，把酒端到来客面前，而不做出回答。

当然，也没有人告诉过我，这山弯里哪一种树上长出了专门打人的树条，更不会有人告诉我，土司为什么会选择这种树条而不是那一种树条。

而我记得最清楚的是，热足的寨子家家门前的菜园里，一簇簇朝天椒长得火红鲜亮，激人食欲。揉好一碗糌粑，就一小口蘸了盐的辣椒，结果两耳被辣得嗡嗡作响，像是有一大群炸了窝的马蜂绕着脑袋飞翔。

最后，他们没有告诉我什么树条是执行笞刑的树条，而是告诉我什么样的情形下会遭到鞭笞的刑罚。

老人扳下一根手指，第一：不纳粮、不支差役，即被传到官寨下牢，这时如不向土司使钱，便会被鞭笞几束树条，即笞刑数百，并保证以后支差纳粮，才被放回。

老人再扳下一根手指，第二：盗窃犯，笞刑数百后，坐牢。

老人竖起的手指还有很多，但他扳住第三根指头想了想，又放开手，摇摇头说，没有了。而我的感觉依然是意犹未尽，要老人再告诉我一点什么。老人有些四顾茫然的样子，说，讲点什么呢？看他的眼光，我知道他不是在问我，而是问他自己，问他自己的记忆。这时，他的目光落在了枪上。

那是一支挂在墙上的猎枪。

猎枪旁边，挂着的是一些牛角，牛角大的一头装了木头的底子，削尖的那一头，开出一个小小的口子，口子用银皮包裹，口子上有一个软皮做成的塞子。这是猎人盛装火药的器具：为了狩猎时装填火药更为方便，牛角本身从大约四分之三的地方截为两段。连接这两段是一个獐子皮做成的像野鸡颈项一样的皮袋。倒出火药时，只要掐住了那长长的野鸡颈子一样的皮袋，前面那段牛角中，正好是击发一枪所需要的火药。火药如果太多，猎枪的枪膛就会炸开，伤了猎人自己。那截皮颈是一道开关，也是一个调节器，可以使枪膛里的火药有一些适量的调节。打大的猎物时，装药的手稍松一点，枪膛里会多一点火药来增加杀伤力；打一般的猎物，装药的手总是很紧的，即使这样，有时打一只野鸡，枪声响处，只见树上一蓬羽毛炸起，美丽的羽毛四处飘散，捡到手里的猎物的肉却叫铅弹都打飞了。

除了装填火药的牛角，猎枪旁边还有一只烟袋大小的皮袋，里面装着自己从砂石模子里铸出来的圆形铅弹。

这些东西，都跟猎枪一起悬挂在墙上。

老人从墙上取下猎枪，从牛角里倒出一些火药，摊在手里。那些火药本该是青蓝色的，像一粒粒的菜籽，现在都已经板结成团。

老人叹了一口气。我知道，这种火枪，在土司统治时的寓兵于民的时代，是土司武装的主要兵器；在土司制度寂灭之后，这些火枪又成了打猎的武器。就在二十世纪五六十年代，寨子的农民一到秋天，还必须带上猎枪守在庄稼成熟的地头，与猴群，与熊，与野猪争夺一年的收成。而在今天，随着森林的消失，猎枪已经日渐成为一种装饰，一种越来越模糊的回忆了。

10　永远的道班与过去的水运队

梭磨河流到热足这个地方，两岸花岗石骨架的大山，十分陡峭地向着河谷逼迫过来。

一株株的柏树，在岩石缝里深深扎下根子，居然苍翠地蔚然成林，像一个奇迹一般。

走出寨子，站在陡峭的高高河岸上，听到在逼仄的河床中，河水发出如雷的鸣响。很有劲道的河风升上来，让人有着可以凭借这股力道飞腾起来的感觉。但那仅仅只是一种感觉。而我的双脚仍然顺着河岸上的公路行走。

有了公路以后，那个老人在我离开他家时对我说，我们这个叫做热足的寨子已经不叫热足了。送我出门的时候，他还指给我那个被更多人叫做热足的地方。那里，横卧在湍急河流上的花岗石拱桥的桥头上，趴着几座汉式的瓦顶白墙的房子。

老人说："那里才是他们现在的热足，好像我们这里什么都不是了一样。”

这略有不平的话有些含糊不清，但我听得懂他的意思。

其实，这也是时代大的变迁中一些小小的不为人知的变迁。那些建筑，是这个时代才有的地形标志，而且，因为坐落在公路边上，又处于那座重要的桥头而被看成热足这个地名的新的标志物。就在这寂静的山间，一个不为人知的弹丸之地，也有着一种重心的转移。在过去的时代，在孤独的行脚者奔走于驿道上的时代，人们说起热足时，肯定是指那些散落在零星庄稼地中的那群石头寨子；而现在，那些长途汽车司机和上面的乘客，说起这个地名时，想起的却是路边上那几幢毫无生气的瓦顶房子。

现在，我离开了寨子，走出庄稼地边的曲折小路，顺着公路向那几幢灰头土脸的房子走去。

不久，就看到了一面扑满了尘土的地名牌立在我面前。

我又一次想起了老人家颇有怨气的话，不禁独自笑了。

那几幢房子里有一幢毫无疑问是属于养护这条公路的道班。

还有几幢房子却已经被废弃了。废弃的房子周围辟出了一些小小的菜地。瘦弱的绿色里，挂着一些青色的番茄。房子的墙上还写着很祈使的句子。我们把这种句子叫做标语。而在藏语里头，没有一个这样对应的词，如果一定要硬生生地译过去，就只有咒语这个词义与此大致相当。我就曾经在一个村子里听一个村长对一个年轻人说：“你们这些会写汉字的年轻人，往墙上，往岩石上写一些咒语吧，乡里的干部来，看见了会高兴的。”

这些废弃的房子的墙上写的标语是：

“严禁打捞漂木！”

“保护国家财产，打击偷窃漂木行为！”

确确实实，有些漂木搁浅在岸上时，会失去踪迹，被人出卖给过往的长途汽车司机。更多的时候，是巨大的原木在河道里被撞得四分五裂，而沿岸很多地方因为森林的消失，寻找燃料已经越来越困难了。

于是，自然而然地，河道里这些已经没有使用价值的原木碎片就成了人们搜求的东西。背回家里，烧锅做饭。包括水运队自己，也是燃烧这种来自河里的燃料。每到洪水季节，大渡河和岷江流域，那些人口较多的镇子上，河岸两边就站满了男女老幼，打捞河里那些破碎的漂木。

虽然，每一个地方的河岸上，都用浓墨写满了这种标语。但很多镇子上，河里的木头碎片成了唯一的燃料。据说，一棵树在山上伐倒，赶进河里，漂流到四川盆地的打捞点时，剩下的部分可能只有四分之一。也有一种说法，用这种方式运送的木材，最后的利用率大概是三分之一的样子。看到这样估计出来的数字，我们有理由为嘉绒山水中那么多无谓消逝的森林恸声一哭！

关于郑重其事的文字游戏的例子有很多。

就在热足这个小小的地方，就不止一个。比如道班这个词，大家都知道是养护公路的养路工人的定居点。但在 20 世纪 70 年代中，突然有一天，道班前的牌子完全换掉了。“道班”变成了“工班”。比如，现在我的眼前，热足道班的门口就立着一块牌子：热足工班。所以做出这种改动，是领导着众多道班的机构有一天突发奇想，认为人们容易把“道”与“盗”联系起来。

于是，所有的牌子都换上了“某某工班”的字样，但是人们已经改不过口来。

还有眼前这个水运队的称呼，一直以来，任何一条漂流着木头的河上的人们都不是这么叫的。这个名字听起来像是一个搞远程水上运输的船队的名字。在人们的口语中，一直把他们叫做流送队。他们的工人自己也是这么称呼。流送，对于他们是一个更形象、也更贴切的名字。但是，偏偏要在字面上固执地叫做水运队。

过于相信文字的魔力的时候，任何语言都可能成为巫师的咒语。

而今天，我站在热足桥头绝对不是要在这里思考语言问题，我是要在此选择我的行进路线。我在这座花岗石拱桥上徘徊。桥下，是丰水期的河水在奔涌，在咆哮。浊黄的水体上腾起一道道白色的雪浪。就在离桥不远的下游几百米处，另一条水量更为丰沛的足木足河从左岸的两道岩壁中间奔涌而出，与梭磨河水汇合到一起。两水相激，在高高花岗石岩岸下涌起巨浪，巨大的涛声滚雷一般在山涧回响。

公路在这里又一次分开了一条支线。

主线，顺着梭磨河一直往下，过金川，再到已经到过的丹巴。过了桥，顺着足木足河，一条支线伸向更深的山中。而且，又一路生出些分支，最后，都一一地消失在大山深处。我现在考虑的是去不去这条支线，如果去，我将又原路返回到现在这座桥上，再重新选择漫游的路线。

这件事情颇费周章。

最后，一辆中巴开过来，停在我面前。司机叫了我一声老师。

我慢慢回忆，这张脸慢慢变成一个总是洗不干净的差不多是二十年前的学生的脸。我犹犹豫豫地问："沙玛尔甲？"

他摇摇头，说："我是他哥哥。你上车来吧。"

于是，我就上车了。

车子开动起来，公路边的石崖呀，寨子呀，大多都还是二十年前的大致模样。那时，我在距此十五公里的足木足乡中学当过一年的语文老师。刚一上车，他就递给我一个巨大的苹果。我问他弟弟的情况。

他说："弟弟给一个喇嘛当徒弟。"

"你弟弟出家了？"

他摇了摇头，说："只是跟着喇嘛学画画。"

等我小小地睡了一觉，足木足就到了。我迷迷糊糊地跳下车，背上背包，站在那个曾经天天盼望信件的邮电所面前，突然有种不知身在何处的感觉。

那时，这个乡镇上很多房子都是新盖不久的，最新的房子就是这间邮电所和我们新建的中学校。过去，我认为这里是一个非常热闹的地方，但是现在的感觉却变化了，这里成了一个冷清且寂寞的地方。

而且，我发现，自己越来越不喜欢这种介乎于城市与乡村之间的地方。

我去曾经当过一年教师的学校里转了转。

当时是这个镇子上最高大漂亮建筑的教学楼门窗破败，油漆剥落。这所已经撤销建制的中学，只是一个非常短暂的存在，只是一个最终将被淡忘的记忆。一个占地宽广的校园，现在只是一个乡的中心小学校。这个时候正值暑假，校园里空无一人，操场边上都长出了不少的荒草。

我站在操场中间，恍然听到那时一群年轻教师和学生在欢笑。

这时，有人牵了牵我的衣袖。我回过身来，却发现一个十来岁的男孩站在身后，正把背在身上的毛织的口袋取下来。

他有些大模大样地说："嗨，老板。要不要松茸。"

他把口袋打开，用很多树叶与青草，包裹着一朵朵的松茸。我的鼻子里立即就充满了一股奇异的清香。

松茸是这些山林里众多野生蘑菇中的一种。这些年因为发现了这种野生菌类有防癌作用，成了外贸出口的抢手货，价钱一下子蹿至上百元人民币一公斤。

我对这个孩子用藏话说："我不是收购松茸的贩子。"

于是，这个面孔黑里透红、一双眼睛却分外清澈的孩子立即不好意思起来。他吐了吐舌头，飞快地跑掉了。

这种神情让我想起了以前那些调皮的学生。其中就有那个据他开车跑客运的哥哥讲，在跟喇嘛学习藏画的那个学生沙玛尔甲。

我走出校门的时候，又看到了一张熟悉的面孔，这是我当年的一个女学生，她怀里抱着一个婴儿，是她的儿子吧。当她看到当年比自己现在还年轻的老师，立即绯红了脸，吐出舌头，嘴里发出一声低低的吃惊的声音，跑开了。

回到这个地方，我确实有一种物是人非的感觉。

而且，我说不上来，自己是不是喜欢这种感觉。

11 寻访一位藏画师

我因为一个偶然的原因进行这次故地之旅，又因为一个更加偶然的原因来到这里。

离开学校，我把目的地定为从这里遥遥可以望见的那个叫做白杉的村庄。于是，我离开穿过镇子的公路，走上一条印着拖拉机新鲜辙印的大路。大路的下方，是顺着河岸一梯梯拾级而上的果园。我曾经带着学生，在这些地里帮助农民栽过苹果。现在，这些果树已经长大了，枝头上挂满了沉甸甸的果实，再有一两个月，苹果的青色慢慢泛黄或变红，就可以采摘了。而在大路的上方，一片片间杂着正在熟黄的麦子和正在扬花的玉米。麦子和玉米之间，是拉着长长垄沟的洋芋地。洋芋深绿色的叶子中，开出一簇簇白色和蓝色的花朵。

穿过这大片的田野，再转过一个山嘴，就是我要去的那个村庄了。

突然，在麦子地里弯腰收割的女人们都直起腰来，把目光投向故地重游的我。女人们都有些吃惊又有些欢快地尖叫起来。我刚想，她们不至于对我显得如此大惊小怪，就听到背后响起一串噼噼啪啪的脚步声。原来，是刚才抱着孩子不好意思跑开了的那个女学生追了上来。在田野里农妇们的叫声里，她从长衫的怀里掏出几个通红的早熟苹果塞到我手里，又转身跑开了。

这时，田野里的女人中甚至有人吹起了尖利的口哨。

面对这些友好而又有些疯狂的女人，我只能不加理会，继续我的行程。不然的话，这些女人拥上来，难保不出现令人感到尴尬的局面。很多女人在一起的时候，她们会显得非常开放而又大胆。

走出一段，再回头，看到女人们并没有追上来的意思，我又放慢了脚步，边走边眺望着四周的风景。转过这个山弯，走上浅浅的山梁，就是此行的目的地白杉村了。

和许许多多的嘉绒村落一样，白杉村坐落在一个向阳的缓坡上，笼罩着那些石头寨子的，依然是核桃树浓浓的阴凉。从远处望去，可以看到村子中央那个也许比所有寨子都要古老的高高的碉堡，除此之外，还能望见一片闪烁不定的金属光芒，那就是规模不大，但却很有些来头的白杉庙。

我走进这座村子的时候，沙玛尔甲已经等在村口了。

当年的学生已经是一个成年人了。他一直把我领到寨子三楼的楼顶平台上。黄泥夯筑的屋顶上铺着黑色的毛毡，画布绷在画架上，一幅佛像画到了一半。我问他师傅在哪里。他说，他并不跟师傅住在一起，有些时候，师傅过来看他的画，有些时候，他把画拿到师傅那里去听他的评判与指点。

我看看他的画，比例与尺寸都与传统藏画一样。于是，我说："其实，这些尺寸比例都是《度量经》里规定死了的，还用得着跟一个师傅学这么久吗？"

他只是笑笑，给我倒了满碗的奶茶，又盛了一碗新酿的青稞酒放在我面前，才坐了下来告诉我说，跟着师傅，其实学的不是画画。

我说："那是学的什么？"

他的回答是，学了两样东西，一样是藏文。他说，老师你想想，那时候，你们教的都是汉文，除了考上学校当了干部的少数人，汉文对留在乡下的我们是没有什么用处的。我想对他的这种说法予以反驳，但想了半天，也实在无法替一个藏族农民想出来一种特别的用处，于是，只好听他往下说了。他说，老师说得很对，学画其实不必要听老师讲什么，只要照着《度量经》规定的尺寸与色块，用尺子打好了底稿往上铺陈颜色就是了。但是，《度量经》是藏文，而不是汉文。所以，他学画的第一步，其实是跟着师傅学习藏文，以便能够明白经文上的教导。

我问他："再一样呢。"

他没有说话，从屋里端出来一大堆东西，而且，是许多截然不同的东西。比如一些带色的树根，一些矿石，再有就是金粉、银子和珍珠。我一看这些东西就明白了。他是要告诉我，学习画画其实是跟着师傅学习如何制作矿物颜料。

树根与矿石中的颜料需要耐心提炼，银子与珍珠则需要细细研磨。正是这些非化学的颜料使藏画的持久性有了坚实的保证。很多寺庙的壁画就是因为这些颜料的运用，历经上千年的时光，而丝毫也不改变一点颜色。

所有这些，都是特别的技艺，需要师傅精心的指点。

我想见见这位师傅。但沙玛尔甲告诉我，他现在的老师被邻近的一个村子请去念经了，要好几天才能回来。

我问念什么经？

他说是防止冰雹的经。

这个季节确确实实也是一年的收成特别容易毁于冰雹的时候。

夏天，这些山谷里总有力量强劲的热气流不断上升，不断地把积雨的云团顶到高处，一次又一次，细细的雨滴就在高空的冷风吹拂下结成了冰雹，最后，落下来毁坏果园与庄稼。防止冰雹的最好办法是把小型火箭发射到可能形成冰雹的积雨云中，爆炸的震波使雨水及早落下，而不致在高空中结成收成的杀手。

虽然有了这种现代的防雹技术，这些村庄里仍然会请喇嘛念咒作法。现代技术与古老迷信双管齐下，最后的结果，是大家愿意相信两种办法都起到了一定的作用。也有防雹失败的时候，但我也没有看见喇嘛的权威因此受到百姓的质疑。

我们说话的时候，晴空里响起了沉沉的雷声。不一会儿，就见一团浓黑的乌云从天边飘了过来，这正是那种随时可能降下冰雹的云团。他说，这是师傅作法后，从那边村子赶过来的。于是，他又在口里念念有词，还抓起些青稞种子朝着乌云奋力地掷去。接着，豆大的雨点便劈劈啪啪砸了下来。

我问他：“你真正相信自己有了某种法力吗？”

他没有答话，看着我笑了。

我也跟着他笑了。

当我们这小小的一方天地笼罩在豪雨之中时，宽阔的足木足河谷中另外的村寨与田野却依然阳光明亮！

豪雨很快过去，那变得稀薄、失去了力量的乌云也被高处的风给撕成一絮絮的，随风散去了。雨后的阳光更强烈，所有被雨水淋湿的东西，都被照得闪闪发光！

不远处的寺庙那边，出现了一弯美丽的彩虹。虹的一头正好扎在有一线溪水的村边的大山沟里，所以，年轻画师说，那是龙从天上下来喝水来了。我一方面感受着眼前的美景，一面却在心里想，我们十多年正规学校的教育，怎么在他身上已经没有了一点踪迹。

年轻的画师扣下了我的背包，才让我离开。他说，只有这样才能保证我晚上会回到这里来。他送我下楼时说，要让我住在这里，等他画完这幅画，作为献给我的礼物。他说，自己现在是老百姓的画家，一幅画能卖百把十元，而且，很多老百姓都乐于来购买。

走出他家的楼房。我往村子里走去。

这个村子中央有一个小小的广场。广场一边，核桃树撑开巨大的树冠，浓荫匝地；广场的另一边，则是在过去时代护卫着这个村庄的高高的石头碉堡。碉堡至少有十层楼的高，而村子里的其他寨子一般都是两到三层。所以，那高高的石碉给人一种特别鹤立鸡群的感觉。只是进入碉堡的门，开在有两层楼那么高的地方，而在以下的部分，没有一个出入口。需要进入碉堡时，要架起一道高高的楼梯。抽走楼梯后，下面的人无法进入，上面的人也无法下来。我想进碉堡看看，但是村子里的人告诉我，现在已经没有那么好的木头做出那么长的梯子了。

梯子就是在一整根原木上砍出一台台梯级。

我看看开在碉堡半腰上的那道门，想想确实没有见过那么长的木头梯子。

虽然，现在已经远离了战乱频仍的封建割据时代，但有了这么一座碉堡，整个村子便汇聚在了一起。这个碉堡，自然便成了一个中心。所以，碉堡下面，就有了一个小小的广场。广场四周，便是一座座石头寨房。

12　一座与长征史有关的寺庙

隔着一条有溪水潺潺流动的深深的小山沟，对面山坡上是这个村子的另外一半。

这半边村子的中心是一座古代的碉堡。而那半边村子，则是一座只有一个大殿的寺庙。斜阳照耀之下，寺庙薄铁皮的顶子闪烁着灼人眼目的光芒。我只是坐在山沟这边的核桃树下，而不想下到沟底再爬上陡坡，去朝拜那座寺院。

过去，在这里做乡村教师的时候，我无数次去过那座寺庙。只不过，那时的寺庙还是一座没有完全倒塌的废墟。那时，同校的一位美术老师喜欢与我结伴在星期天去看那座废墟。我喜欢这座寺庙，是因为沉迷于一种被摧毁得不很彻底的东西所具有的一种特别的美感。我的同事，每次去都带着一个速写本，因为在一堵堵仍然端端正正耸立着的墙壁上，依然有许多残存的壁画。一些云纹，一些神仙身上灵动的飘带，一些牛头马面画，一些零碎的地狱场景。寺庙不知为什么失去了遮蔽风雨的顶子，所以，一堵堵墙上的壁画，都被雨水剥蚀得七零八落了。

我的同事临摹那些零碎的壁画，我却震慑于废墟给人的特别的美感。

那种美感，使我有了最初的诗歌的冲动，我发表的第一首诗，也是日后回忆这座寺庙废墟时写下的。

那是整个中国都在改正过去错误的时代，所以，有人开始使用政府的拨款与百姓的捐助来修复这座被摧毁的寺庙。毕竟不是寺庙可以集中大地上所有精华的时代了，所以，寺庙的顶子用铁皮来覆盖，也是件十分自然的事情了。

当人们开始修复这座寺庙时，我跟我的同事都失去再去这寺院的兴趣。我是因为不能再欣赏废墟那独特的美感。她则是因为再也不能四处随意走到，任意临摹那些笔法灵运的壁画了。

又过了没有多久，我跟这位画画的同事，都相继离开。

20世纪80年代中后期，嘉绒地区来了一位很有名的美国人，即写了《长征前所未闻的故事》那本书的索尔兹伯里。

我那时已经在文化部门工作。那时，我们一伙年轻人，眼看索尔兹伯里这位美国人，有那么多官员陪同，随意调阅对国人保密的史料，随意访问想访问的任何地方，都有些愤愤不平，同时也为那些得意地为美国人鞍前马后效劳的家伙感到羞耻。其中的一位，陪了一程这位美国作家回来，就曾不止一次得意洋洋地对人描述美国作家如何如何的情状。

更为离奇的是，有一次，这人竟对我们夸耀，说美国作家如何在行走长征路的时候，做出了重大的发现。

我问他是什么发现。

他说，发现了张国焘在长征途中召开分裂中央与红军那次著名会议的地方。

我说，这其实用不着他去发现，因为张国焘开会的那座小庙就在那里，许多知道一点地方史的人都知道，这个小庙就是眼前我所面对的白杉村里的寺庙。当年，一、四两方面军会合后，在嘉绒的河谷地区筹集了粮草，便登上青藏高原的台阶，经过混编的一、四两个方面军分成左、右两路军进入横跨川甘两省的若尔盖大草原。但是，行到半途，兵强马壮的张国焘不愿再受制于实力损伤严重的党中央，命令所部从川甘交界的大草原上重新返回大渡河流域的嘉绒山区，想要打回四川盆地，在天府之国的平畴沃野上建立起一块根据地。

我曾见过张国焘所部留在岩石上的标语，非常直截了当地写着：打到成都吃大米！

从草地返回嘉绒后，张国焘便在白杉村寺庙召开会议，宣布另立中央。

也就是所谓长征途中著名的“卓木碉会议”。

当年，寺院要修复的时候，只是听说，张国焘在大殿里开过很多背盒子枪的人开的大会，但却没有人在寺庙里，或者在周围找到一点能够证明这次会议确实在这里召开过的蛛丝马迹。

后来，张国焘指挥大军拥出大河谷，向四川盆地攻击前进，在现在出产名茶的蒙顶山下，被四川军阀部队顽强阻击，付出了惨重代价，不得已再次穿越雪山草地，北上与毛泽东率领的中央红军一部会合。

当太阳落到山梁背后，那座寺庙顶上的闪烁不定的光芒消失后，我就在晚风中离开了这个村庄。

离开的时候，年轻的画师要我留下地址，他说，要把画好的画给我寄来。我把地址留给了他，但却没有指望他把画给我寄来。

在热足下了车，我想再一次让来往的车辆为我选择去向。往上，回到马尔康，去上溯梭磨河的源头。此行开始的时候，我就下定了决心，在此行之中，必然要去溯一条河流的源头，去登一座山。

往下，则是去过去嘉绒的中心促浸，今天的金川县。

我在热足桥头等了差不多两个小时，来来往往的卡车与小汽车对我扬起的手视而不见，更不要指望他们会看见我竖起的表示乞求之意的拇指了。

最后，一辆长途班车驶来，不等我扬手，便吱一声在我身边刹住了。

我上了车，目的地就是七十多公里外的金川。

上溯一条河流的源头

1　卧龙：熊猫之乡

> 小径通往一条山脊，俯瞰春天的马铃薯田和玉米田，直到皮条河，只有一缕淙淙的水声，山峰四周只见灰蒙蒙的天空。小径两旁是稠密丛生的杂草，我们不时停下脚步欣赏秋牡丹、酢浆草和其他野花，记录盛开的紫色杜鹃花，检视阴影中冒出来的拇指般粗细的竹笋。去年的榛实果荚落在地上。满布尖刺的外形活像一群小刺猬。头上的桦树和枞树间传来喜马拉雅杜鹃鸟甜美的咕咕叫声。

这段话，我抄录自一本叫《最后的熊猫》的书。作者是美国生物学家夏勒。

离开金川一个月后，我回到成都一段时间，又继续我的嘉绒之旅。离开成都不到一百公里，夏勒博士笔下这熟悉的风景便出现在眼前。

这一次，我从一条更为惯常的路线进入嘉绒。

这是一条从岷江进入的路线。过去，进入嘉绒大部分地区的驿道，也是这条路线。从成都出发 55 公里，到闻名天下的都江堰。从这里开始，群山陡然壁立起来，一直进逼到四川盆地的边缘。进入岷江峡口二十多公里的映秀后，通往卧龙保护区的公路离开了国道 213 线，折向右侧的山沟。

夏勒在 20 世纪 80 年代曾在这条山沟里做过多年的熊猫生态研究，回到他的国家后，出版了这本书。这本书出版多年后，终于在 1998 年翻译成中文与中国读者见面。只是卧龙也不似夏勒当年在这里体会到的那种寂静。

因为山里这条铺得非常结实漂亮的水泥公路，已经是旅游手册上一条黄金旅游路线。

这里因了熊猫而得到充分保护的美丽山野，圈养在繁殖基地里的熊猫，使这里成了成都那些旅行社一个重点推荐的项目。更重要的是，通往小金县境内正在积极开发中的四姑娘山自然风景区的公路也经过卧龙，所以，这里的山野再也不能保持住过去的那份寂静也就势在必然了。

隔着涧石累累的卧龙河，保护区的大熊猫繁殖中心出现在眼前。

我坐在一片人工种植的小树林的阴凉里，看一群游客喧喧嚷嚷地在桥头上买了门票，由手里摇着小旗子的导游带着，一路走过小桥。

小桥那边的围墙里，熊猫们在一个一个小房子里睡觉。院子中央，还竖着几根水泥铸成的柱子。那些柱子就像城里的公园里的水泥装饰一样，做成了杉树的样子，鱼鳞状的皮，弯曲的枝。只是枝子上没有青青的针叶。两只熊猫在游客夸张的声音里，爬上水泥树干，把肥大的屁股坐在了粗大结实的水泥枝杈上。

后来，管理员拿着几枝叶子青翠的竹子，逗引着一只胖大的熊猫走到围墙之外。围墙的一边是河，河里雪浪翻腾。饲养场的门开在朝着山坡的方向，山上的植被正像前文所引述的一样。只是将近九月，杜鹃的花期已过，桦树与枫树的叶子开始泛黄发红，山里已经有些浅浅的秋意了。

管理员用一枝翠竹逗引着那头身材笨重的熊猫，一直走到几株桦树下面的草地中间。这时天阴欲雨，草地的绿色便有些伤心的感觉，但这并没有影响到那些出来旅游的红男绿女们的兴致。他们对着蹒跚的熊猫兴奋地大叫，然后，一一挨上去与熊猫照相。

据我所知，这样的做法在过去是不被允许的。

因为好奇，我也走过小桥去看个究竟，结果看到一个管理员在熊猫可能发怒时进行安抚，而在熊猫不大配合兴奋的游客时，又想办法刺激它，使它也像游客一样高兴起来。

另一个管理员从游客们手里收钱。只有付钱的游客才能与熊猫照相。

与熊猫照相还分成两种规格。一种不搂着熊猫，一种搂着。两种规格有不同的价格。我看清了后一种，搂着照相的，是 50 块钱。收钱管理人员脸上并未露出兴奋的表情，差不多跟熊猫的脸一样冷漠。

熊猫黑着眼圈，有点像马戏团里的小丑，少了一点马戏团小丑的滑稽，多出来的却是马戏团小丑那份无奈的悲哀。

我则感到一种作为万物之长的人的悲哀。

于是，我离开了这群欢声笑语的人群，走到桥头上那个出售旅游纪念品的小店。自然，这里的很多东西都与熊猫的造型相关，但我觉得没有任何美感可言。我相信，熊猫，或者任何野兽的风采都只能表现在它们的世界。这个世界就在那些云雾萦绕的丛林中间。

我想在这里买到一两种有关熊猫的书籍。

整整一个玻璃柜台里陈列的书籍画册的封面上都有熊猫那不管世界发生怎样的变化、不管自己物种早已命若悬丝，却永远憨态可掬，永远带着一点稚拙的忧伤的可爱形象。但翻遍这些价格昂贵的画册，却得不到多少有关熊猫的真正知识性的东西。

也许，有的读者已经产生了一种好奇心，说我在一本描写嘉绒的书中，如此沉迷于对熊猫这样一种尽人皆知的濒危动物的描写。

我想，这是出于两个原因。一个原因是，我所在的保护区同时也是一个科研基地，除了得到中国政府的支持之外，还得到世界野生动物基金会的援助。但在这里，我却找不到一本真正给我们一些有关熊猫生存状况或者自然生态方面的适合于公众的读物。再一个原因是，卧龙曾是嘉绒十八土司中最靠近汉区的瓦寺土司的领地。而这条美丽的山沟也曾经是嘉绒人一个繁荣的栖息之地，但在我的眼前，从零落于深山沟岔之间的民居，到人民的语言与穿着，都看不出多少嘉绒藏区的特征。

所以，我才把眼光转向了熊猫。好在，熊猫是一个不错的话题。我本人也喜欢这个话题。

2　土司们的族源传说

我手头有一本由四川省社会科学院编撰的《四川省阿坝州藏族社会历史调查》。其中有一些零落的资料，稍稍地提到了一下卧龙，其中一则是一组 20 世纪 50 年代初的统计数字。

当时的卧龙乡登记的嘉绒藏族人数为 315 人，占到了该乡人口比例的 85％强。也就是说，那时候，几十公里深的卧龙沟全部居民人数不超过 500 人。

今天有多少人口，我没有时间去有关部门进行咨询，而且，也不是这本书的兴趣所在。但我肯定，差不多 50 年后的这条山沟里，永久性的居民翻了十倍还多。但这增加的人口中，嘉绒人口的增长肯定只占一个微不足道的比例。人口比例的下降，加上居于少数后那种增速的同化作用，嘉绒文化的消隐也就是一件必然的事情了。包括旅行社的宣传文字上，说到卧龙时，也没有以异族风情作为号召。

我在一本很早以前进入卧龙寻找熊猫的外国人的记叙中，看到了过去的卧龙一点隐约的影子：

> 一个小山丘上有座寺庙的废墟，房屋是西藏式的，两层楼，下层是石头，上层是木头，大多有阳台，建筑形式跟阿尔卑斯山很接近。此地的妇女穿西藏式的、长及脚踝的藏袍。他们的头饰很特殊，是一块黑色的硬布，折了很多层，上面饰有琥珀、珊瑚、绿松石和银子，用辫子固定在头上。

但是眼前这旧日瓦寺土司的辖地已经无复当年的景象。

在这因了熊猫的存在才免于刀斧之灾的森林地带，我遥想起瓦寺土司的历史。

任何一个土司的历史，因了时间的久远，也因为没有详尽完备的记载，在口口相传的过程中，变得比历史本身具有了更多的传奇色彩。

在嘉绒地区，差不多所有土司的传说中，都认为其先祖产生于大鹏鸟的巨卵。我没有去过瓦寺土司官寨的高山上的旧址，但听去过那里的人说，在官寨土司的大门上首，宽大的门楣上就雕刻着大鹏孵卵的情形。

嘉绒土司们这个共同的传说是这样的：远古之世，天下有人民而无土司。后来，天上降下一道彩虹，降落在奥莫隆仁地方，虹内闪烁出一颗亮星，夺人的光芒直射到嘉绒之地。嘉绒地方有一仙女，名叫嘎莫茹米，感星光而孕，便化为大鹏，飞到西藏琼部山上，产下黑白花三卵。人们将这三枚巨卵视为神物，取回庙里供养。三卵各生一子。三子长大成人，东行至嘉绒地方，各据领地，牧养人民，成为嘉绒土司共同的族源。

嘉绒土司传说中提到的奥莫隆仁，那是嘉绒土司们曾经共同崇奉的本土宗教苯教的起源之地。

至于琼部，传说中指出了它的地理方位是在拉萨西北部，有 18 日马程的地方。传说古时候琼部地方水草丰盛，牛羊成群。阿里高原在其黄金时代人口繁盛，共达到 39 族。后来，其地逐渐贫瘠，人民开始向其他地方迁移。作为世界屋脊的青藏高原制高点上的阿里，开始走向了衰败。一部分阿里人迎着湿润的东风，一路往东，直到现今的嘉绒地方，才停留下来。

再走得远一些，就不是高原的风光与气象了。

在嘉绒土司起源的神化了的传说中那三枚神秘的巨卵，想必是指最后定居于嘉绒地方，并与当地土著逐渐融为一体的是 39 族中的 3 个部族。

这些年，苯教的神秘起源、古象雄文明的突然断代、阿里高原上创造了辉煌文明的古格王朝的突然消亡，都使阿里成了神秘的青藏高原上的最大的神秘。我不是专门的民俗学家，也不是专门的文化人类学者。但是我想，要是有人追溯一下这些传说的流布过程，并把嘉绒文化特征与阿里的文化遗存进行一些比较研究，说不定会有一些新的发现。

但我知道，这仅仅只是我一己的想法而已，而且很可能是一种非常错误的、非常缺少常识的想法。

也许是因为我总是过于浪漫，所以，总觉得嘉绒与阿里的联系，不会仅仅是一些土司家族的起源那么简单。

土司们的先祖从高原顶部自西向东，顺着青藏高原边缘拾群山的阶梯而下，直到这些群山的深处，并不是在同一段历史时期中得以完成的。最早的土司先祖们从唐代即开始迁移。

而领牧了卧龙的瓦寺土司来到嘉绒迟至明代。

据有案可考的典籍，瓦寺土司先祖琼布斯罗本·桑朗纳斯巴于明宣德元年，即 1642 年入京朝贡，表示臣服之意。他得到了皇帝的亲自召见，赏赐丰厚。

明英宗正统六年，即 1441 年，岷江上游部落不服明代统治，明朝出兵，但“屡征不服”。明王朝即采用“以番制番”的策略，命臣服的瓦寺土司先祖率兵东征。桑朗纳斯巴以年老辞，并推荐其弟雍忠罗罗斯率部族兵东征。

雍忠罗罗斯率大小头领 43 位，士兵 3150 人，长途行军一月有余，抵达汶川县境，分兵进剿。战后，“奉诏留驻汶川县之涂禹山，控制西沟北路羌夷”，封宣慰司衔，并授予重48两的银制印信一枚，自此“世袭其职”。雍忠罗罗斯不再西归，成为首任瓦寺土司。因为其领牧之地非常靠近汉区，所以，瓦寺土司建立第一座寺庙时，便一改藏传佛教寺院的一贯风格，顶上覆以青色的汉瓦。有关记载中说：“瓦寺祖籍乌斯藏，居惟土房，寺独以瓦，故名。”

明朝被入关的满人取代后，当时的瓦寺土司将明代所赐印信归缴清朝，以示投诚归顺之意。清政府于1652年授予其安抚司职。

清康熙九年，即1670年，瓦寺十七世土司桑朗温凯奉旨率土兵随清军远征西藏有功，加封宣慰司衔。

乾隆年间，瓦寺土司又先后随清军进剿杂谷土司和大小金川土司，建立战功，赏戴花翎，皇帝并下旨谐土司桑朗雍忠第一个字音，赐瓦寺土司汉姓为“索”。自此，瓦寺土司便以此为姓，世代使用汉名汉姓了。这也是民族同化中一个鲜明的例子。

瓦寺土司兵能征惯战，满清一代，曾多次随大军东征西讨，立下不少战功。

乾隆五十二年（公元1787年），台湾林爽义起兵反清，事发后，总兵袁国璜统领嘉绒土司兵随福康安渡海作战，事平后，各土司领得封赏，各返故里。

乾隆五十六年（公元1791年），廓尔喀人屡犯后藏，攻取后藏重镇日喀则，大掠扎什伦布寺。清王朝征调瓦寺等地嘉绒土兵，会同清军远征西藏，在总督福康安率领下，六战六捷，收复后藏。战斗中，瓦寺土司所属土兵大部英勇战死。

鸦片战争期间，嘉绒各地土司兵马曾奉调到沿海作战。瓦寺土兵由哈克里率领，金川土兵由土千总阿木穰率领。数百嘉绒土兵历经三月长途跋涉，抵达江浙前线的宁波城下，受提督段永福指挥。大宝山一战，瓦寺土兵奋勇赴敌，重创英军，领兵官哈克里战死。宁波一战，金川千总嘉绒人阿木穰奋勇杀敌，英勇战死。嘉绒土兵在江浙前线与英军数次激战，最后大部捐躯异乡的卫国疆场。

1869年，瓦寺土司等领地上开始引种鸦片。

鸦片的引入改变了嘉绒土地上的很多东西。

1890年，辛亥革命期间，四川爆发反对清王朝的保路运动。四川首府成都被保路同志军重重围困。四川总督赵尔丰飞调边城松潘巡防军出岷山解成都之围。在岷江河边的白水驿，瓦寺藏民千余人层层阻击松潘出援清军，予以重创。最后，这支援军在途中宣布反正，加入民军队伍。瓦寺等地藏兵数百进入成都平原，与保路同志军并肩作战，有数百人牺牲于成都平原的大小战斗中。

民国二十八年，即1939年，瓦寺土司传至二十一世的索代赓。这时的瓦寺土司也保持着一贯的传统，再次助国民党二十八军征剿梭磨土司辖下的黑水地方，战死军前。以后，民国政府便未再准予承袭。

瓦寺土司和嘉绒土司们的历史已经日渐为人淡忘。嘉绒文化的繁盛时期也已经式微了。但站在这荒野之间，我的心中涌起一种难以克服的淡淡的惆怅。

惆怅是一种使人受伤的美丽。

惆怅是一种于事无补的个人的情感状况。

时间依然缓缓流逝，依从它自身固有的节拍。上帝设置时间的时候，没有考虑过我们个人的情感因素。有一种观点认为，任何固有的存在都有其内在的合理性。进而言之，我们还可以在文化考察中引进一种社会达尔文主义的观念。从最根本的意义上说，我个人也赞同这种观念。但这并不能阻止我面对某种陨落与消亡而表现出一种有限度的惆怅。

而且，在这必然的消亡之前，我们几乎已经不可能呈现出那已经消亡的东西的真实的完备的面目了。

也许，是因了这种原因，我们才会心生惆怅。而现实的关注，可以克服这种惆怅，于是，我在这样一个地方，把自己的注意力转移到了熊猫的身上。有了全世界的关注，如果熊猫一定要在生物界消亡的话，那么，通过大规模的保护计划，我们就有可能延缓生物界物种消亡的时间表。在这段时间中，我们可以建立起一门有关熊猫的完备详尽的学科。

3　发现熊猫

熊猫是一种非常古老的生物，在生物学家眼中，这是一种活的化石，就像植物界中的苏铁与珙桐。在卧龙保护区中，就有很多后一种植物。但是，如果不是发现了熊猫，保护计划启动，停止了伐木工人的刀斧，那些具有同样生物学意义的植物便难逃灭亡的命运。

中国人对于自然界的认识能力是非常贫弱的，所以，虽然卧龙区内出现人类最初的足迹时，熊猫就已经存在很久很久了。最后，还是西方人出于各种不同的动机，发现了熊猫，并使这种动物的名声响遍了世界。过去中国的象征是虚构于想像中的龙与凤凰，而在今天，熊猫成了世界各地的人们说到中国时最先想到的动物。

熊猫已经成为中国的象征。

在当地嘉绒部落中，人人都相信熊猫的尿液有一种神奇的药用价值。那就是可以化解误吞入肚子里的金属物品。而人们误食金属的时候也不是太多，加上那时卧龙的森林中人口稀少，所以，猎杀这种动物并没有太多的用处。也许正是因为这个原因，熊猫家族那微弱的脉息，才得以艰难地代代相传，直到今天。关于熊猫尿液可以化解金属的传说，其实是来自熊猫一种特殊的习性。在卧龙保护区内，或者别的一些地方，常有熊猫进入到农家，或者保护区工作人员的宿营地，不但吃完锅里的东西，还把铝锅等金属容器啃烂，之后，还拉出包含着无法消化的金属团的粪便。

上世纪之初，一些西方的传教士与探险家开始进入川西北的嘉绒地区，寻找传说中一种珍奇野兽的踪迹。

1869 年 3 月，群山中初春季节，一个猎人送了一张皮给法国传教士爱蒙·大卫，这位神父便以此为据把这种动物介绍给了西方。这也是真正具有科学眼光的科学家们关注熊猫命运的起点。也就是说，熊猫进入科学视野的历史，也不过短短的一百多年。

大卫神父在日记中写道：

> 在这个异教徒家里，我看见著名的黑白熊的毛皮，看起来它体格十分庞大。这是个非比寻常的物种，我听我的猎人告诉我，不久就可以猎到一头这种动物，我感到很高兴。他们说，明天就出发去猎捕这种动物，这会提供新鲜有趣的科学材料。

同样是野蛮的猎杀，一个西方神父想到了科学，想到了物种。而在中国人惯常的思维中间，熊猫毛皮却是用来做成褥子，据说睡在上面可以避邪。甚至还可以做梦，从睡在熊猫皮上做的梦中，往往可以预见未来。

大卫神父果然就得到了一张熊猫皮。那是一头未成年的熊猫。又过了一周，神父又得到一张成年熊猫皮。他因此认定："熊猫一定是熊科动物的一个新品种，它们不仅颜色特殊，脚掌底部多毛，还有其他许多前所未见的特征。"

第一批在野生环境下看到熊猫的西方人是1929年的罗斯福兄弟和1931年的杜兰探险队。他们不仅看见了野生状态下的熊猫，这些文明的西方人，也像当地猎人一样举枪射杀了熊猫。其中包括一名叫做谢弗的德国博物学家，他就亲手把一头不到周岁的熊猫击毙在树下。

1936年，美国人露丝·哈肯丝在野外活捉一头幼年熊猫，将其带回国内向全世界展示，而使自己名声大噪。

这位美国女人在涉足嘉绒地区的熊猫生息地前，从来没有过野外探险的经验。

她的丈夫家境富裕，性喜冒险，1934年，他就在科摩多岛上捕获巨型蜥蜴科摩多龙活体，送给纽约动物学会。当年底，威廉离开新婚两个月的妻子，赴中国捕捉熊猫。他的计划因为红军和国民党军队之间的战争被阻滞，使其迟迟不能抵达熊猫之乡。1936 年，威廉因病死于上海。两个月后，露丝到上海“继承了他的探险”。

露丝和她的探险队员抵达卧龙及其周围地区。她的手下有一位美籍中国人，洋名叫做昆丁。露丝在她的一本叫做“淑女与熊猫”的书中，记录了捕获第一头野生大熊猫时的情形：

> 昆丁突然停住脚步……他专注聆听了一阵，就快步往前冲，我简直跟不上。透过拂动的潮湿树枝，我隐约看见他接近一株枯死的大树。……枯树里传来婴儿的哭声。
>
> 我一定有短暂的失神，因为等我清醒过来，昆丁已经伸出双臂，向我走来。他手掌中捧着一头正在挣扎的熊猫宝宝。
>
> 我不由自主地伸手接过这个小东西。手中毛茸茸的触感，使片刻前的梦想成为真实。

据说，露丝带着她珍贵的猎物出境的时候，遭到了海关的阻挠，但她最终以一张“小狗一只，价值 20 元”的证明书，带着熊猫离开了上海。

露丝为这只熊猫取了一个很中国化、很淑女的名字：书琳。

书琳被带到纽约动物学会，但动物园拒绝出钱购买。因为主管官员认为熊猫天生的弓形腿与内翻的脚趾，是佝偻病所致。

于是，第一头漂洋过海的熊猫书琳辗转到芝加哥动物园。1938 年 4 月，这头熊猫死于肺炎。

曾任纽约动物学会会长的悌梵，详细记述了一位名叫史密斯的动物商人于 1941 年到中国带回两头熊猫的故事：

> 他对当地老百姓大做广告，用很大的招牌公布给当地猎户的悬赏金额。他在所经之处，都设立资讯中心。他还津贴猎户首领，

由他们再付钱给农人、采草药的人、烧炭人以及所有其他有必要深入山林的人。

据有关资料统计，从 1936 年到 1946 年，一共有 14 只熊猫被外国人用各种手段带往国外动物园。

从此，全世界都知道了中国的熊猫，而且世界最有权威的野生动物保护组织——世界自然基金会还把熊猫作为自己的标志。

而在今天，即或是在有保护区庇护的山野之中，熊猫的命运仍然岌岌可危。

人们贩卖熊猫皮，因为这意味着数量巨大的金钱。特别对于深山当中那些仍然身处贫困的农民来说，这个数字是究其一生的劳作都难以想像的。

记得在 20 世纪 80 年代初期，中国人刚做发财梦的时候，万元户是一个非常响亮、非常诱惑的名字。而在那些僻远的深山之中，我就曾听到老百姓直接把熊猫叫做万元户。

盗猎熊猫案一经破获，法律的惩罚是相当严厉的。

而在深山之中困于生计的农民并未真正获得与我们一样的环保视点。他们的疑问是，为什么一种野兽的存在竟然比人的存在更为重要，人的性命也低贱于熊猫的性命呢？

而熊猫所面临的更严重的问题并不是被盗猎，而是活动地区的缩小。随着人口增加，人的活动范围逐渐扩大；熊猫在川西北山区成片的栖息地，在人类无休止的进逼之下，日渐萎缩。最后，熊猫的生息地终于变成了这个大陆上的几座孤岛。

对于每一座生物孤岛上的熊猫来说，因为种群数量稀少，本身就已严重退化的生育能力，便受到了更加严峻的挑战。

严刑峻法的威慑之下，盗猎者举起的手可以放下，但这种生态环境的悲剧，我却想不出什么办法可以避免。至少，在这些群山之中漫游的时候，我没有看到任何生态环境可以在短期之内好转的迹象。

在卧龙的这个晚上下雨，雨中的寒气已经十分浓重了。我知道，这是因为山上已经下雪的缘故。但是烟雨凄迷，我的视线行之不远，便被阻断。我回到招待所的房间，把双脚捂在被子里，看那些刚买到手的宣传资料。

这些印刷精美的画册上，随处都是熊猫在明亮柔和的光线下，憨态可掬的形象。画册上的熊猫就像生活在天国一样。这些东西，也是一些号称热爱自然的人们的杰作，但当所有这些东西在公众视线中，在世界的视线中形成一种巨大的集合体，便有些歌舞升平的味道。

不客气地说，这就是自欺欺人的味道。

这也是中国善于粉饰的知识阶层所散发出来的那种味道。

有一个熊猫专家告诉我说，其实印上画册的很多熊猫，相当一部分都已死亡。死亡是"因为各种各样的原因"。但凡是中国人，听到这样一个短语，都会觉得特别的意味深长。

"因为各种各样的原因"，这些熊猫在画册上天真地望着我们的时候，它们的同类，正在深山里艰难生存。比如，现在，雪线正一天天从高山顶上压下来，一个严寒而又缺少食物的冬天已经来到。

4　阅读地理与自然

我没有去攀登处于卧龙尽头的银装素裹的巴朗山，而是原路折返回到国道213线上的映秀，从这里开始，继续沿岷江上行。

车行差不多一个小时，我从车窗里探出头来，视线里尽是濯濯童山。就在这山上的某一处，就是当年瓦寺土司已经日渐倾圮的官寨。如果我登上这座山头，可能这本书就尽是些历史故事，而使我远离自然了。

此行开始时，我为本章确定的主题就是地理与自然。

地理，是两条河流和一座山。自然，就是这河流两岸与大山顶峰的自然。

在距成都约150公里的汶川县城所在地威州镇，岷江的主流折而向北，直通松潘。循这条通道北上，到著名的黄龙寺风景区，再一路向西北行进，在岷江源头翻过弓杠岭，就进入到另一个水系——嘉陵江流域了。在其中的一条支流白龙江畔，就是进入了世界自然遗产名录的九寨沟风景区。

我也曾用双脚踏勘过这些水流的上游地理。但是，因为这一条路线已经不在嘉绒境内，在这次旅行中，我便予以省略了。

我的路线是从汶川向西，略微偏南，沿岷江的一条重要支流杂谷垴河上行。这条道路两边，曾是强大的杂谷土司的统辖之地，现在几乎就是一个理县全境。当夜准备宿在理县，但县城周遭那种荒凉景象看了使人想闭上自己的眼睛。再说了，理县县城四周，除了一些民居与那种嘉绒特色的石头碉堡，而在出入其中的百姓的生活中，已经无复真正的嘉绒风貌。

已经是夕阳向晚的时分了，我来到公路边上，坐在一个小饭馆门前。

一辆卡车驶来，我要求搭车，司机置之不理。我耐心地等他用完饭，再递上一支烟。他笑了起来，说："你是干什么的？"

我说："反正不是在路上管事的人。"

他这才点了点头。

对于这些长途卡车司机来讲，在路上管事的人是相当多的：交警、林业警察、防疫人员以及别的说不上名目的什么人员。一般来讲，司机们会回避这些公务人员。

车行三十多公里后，我在古尔沟下了车。这回，司机脸上又露出了遗憾的神情，因为他准备长途驱车夜行，希望有一个人能在即将翻越的大山上陪他抽烟说话。那一瞬间，我也有些动摇了。倒不是司机那有些留恋的眼光，而是想到车前强烈的光柱——照亮路边的树林、溪涧和悬崖，又把所有这一切，不断地抛人身后的黑暗，我自己就有点激动了。

但我很想洗一洗这里的温泉。还是跳下车来，向司机说了再见。

古尔沟这个地名，已经是一个藏汉合璧的名字。这也正好代表了此地的民情风貌。

而古尔沟所以著名，是因为这里的一道温泉。

嘉绒藏族是非常相信温泉的治疗作用的。我的家乡远在雪山另一边的梭磨河畔，人们也常到这个地方，长途跋涉，到温泉沐浴。

那是每年的暮春时节，青稞种子和胡豆种子已经下到地里。雪慢慢变成雨水，河岸边的草地刚刚开始泛出淡淡的青绿，种子还在沃土下面温暖潮湿的黑暗中悄悄萌芽。这个季节的农民，除了修补一下地边的栅栏，基本无事可干。

在这一年最为清闲的时间，很多人便从上百里外的地方向温泉进发。

那时候，广阔的乡野间已经有了公路，但嘉绒农民去温泉的时候，还是备好了马匹，马背上驮着帐篷与最好的吃食，比如陈年的腊猪腿、肉肠、鸡蛋、熊肉，还有蜂蜜与自酿的烧酒。老年人特别是老年妇女还会骑上矮小的毛驴。他们在路上短则行走三五天，长则十来天，才能到达温泉。

扎下帐篷，就开始了一年一度的漫长的沐浴。

那时的古尔沟温泉不在现在的公路边上。而是要从一座嘉绒藏区常见的伸臂桥上，走过宽厚的木板铺成的桥面，然后从对岸上山。一条小道穿过一些斜挂在山坡上的庄稼地，穿过一些嘉绒风味浓郁的寨子，最后，小路进入山桦树、松树、杉树与椴木混交而成的森林。我去过那个地方，踏上过森林中土质柔软的崎岖小道，穿行不久，就已经闻到了温泉上常有的那种淡淡的硫磺味道。

然后，一团雾气升起在山谷中间。那就是古尔沟温泉露头的地方了。

嘉绒人一年一度的温泉沐浴，不是休闲似的远足，而是为了祛除疾病与邪祟。在泉眼最大的那个池子里沐浴，可以祛除一年的积劳与风寒。泡在温泉中，体力消耗是非常大的，体质虚弱的人，十多分钟就会头晕目眩。支持不住的，就起来到自家帐篷里坐下来，一边休息，一边饱餐美食。待体力恢复了，又下到热水里，耐心地浸泡。如此循环往返，又是一个崭新的身体，回到家乡的田野中间，又能对付下来一年的生活磨难。

温泉露头处，还有一些小的泉眼。有一眼泉，据说治疗肠胃疾病有神奇功效。治疗的方法非常简单：喝很多温泉水，然后，找一个地方，呕吐净肠胃里的废物，吐干净了，又回到帐篷进食，然后再喝水，直到认为已经洗净了消化系统中积淀的毒素与废物。

还有一眼泉，细细地从一块石头中央向上冒出拇指粗的一小柱水。

这一柱水，用于洗头，特别是偏头痛的病人，经过几天接连不断的沐浴，据说也会大有好转。等到头痛再行复发的时候，又该是下一年的春天，又可以赶赴温泉了。

这眼泉水更多地被人们用来清洗双眼。这种清洗除了治疗各种眼疾，据说还可以避免看见一切不净的东西。这些东西包括一些林子里的精灵，一些亡人的魂灵，以及另一些稀奇古怪、在汉语里找不到对应词汇的神秘存在。

在我出生的那个村庄里，当有人称自己常常看见一些在另外一个世界才会存在的东西时，人们就说，这个人该去温泉洗洗眼睛了。

我去古尔沟温泉是在几年以前，那时，大路上去洗温泉的人差不多已经断了踪迹，人们已经将这眼温泉渐渐遗忘了。

这种遗忘想必持续有十多年时间，然后，这个温泉又被重新发现。这次的发现已经带上了明确的经济眼光。温泉作为当地政府的一个旅游项目，作为米亚罗红叶温泉风景区的一个重要组成部分连片开发。

我来到古尔沟时，正是十月的深秋季节。从山峻岭中，经霜后的红叶在高原阳光下，像是抖动的火苗。

温泉也从露头的半山腰，用埋在地下的引水管下山过河，注入公路边一个个温泉旅馆的游泳池里。

我去了一趟山上。头天夜里，下了一场小雨，高原的秋天经常有冰凉的雨水在夜里不期而至，而且，这种夜里的小雨往往表明第二天是个秋阳明亮的好天气。早晨，一台切诺基吉普车载着我们沿着一条曲折的简易公路过河上山。但是，车行不到两公里地，坡越来越陡，雨后的泥土路面过于松软，车轮在地上刨出两个深坑，再也不能前进一步了。

剩下的路，我步行到温泉。

其实，一切，在过去人们的描述中已经真实地呈现，一切都像来过许多许多次一样熟悉。只是因为高度的缘故，昨夜的雨水在这里变成了滋润的白雪。白雪压在绿的杉树与红的枫树上，构成了一种特别的美感。特别是温泉在溪涧中漫流一阵后，热气散尽，那些铺满青苔的涧石上也堆满了积雪。下面的曲折溪水却青碧冷然。

我坐在溪边，听着融化的积雪一块块从树冠之上坠落在地上，寂静的树林里，四处都是积雪坠落的声音。

回到山下，我还恍然看见那雪地中热气蒸腾的泉眼。

今天，我又来到这个地方。在一间温泉旅馆登了记。在旅馆一楼要了一个单间浴池，泡了一个长久的温泉澡。我不知道这温泉水能否会像传说中一样去除心中积年的尘垢，但沐浴出来，周身皮肤却十分光滑。翻开旅馆里的宣传小册子，也肯定了古尔沟温泉中微量元素所具有的治疗作用。只是在这种宣传品上，温泉的名字已经不是过去那个藏汉合璧的名字，而是叫做神峰温泉了。

5　翻越鹧鸪山口

第二天上路，走到米亚罗时，四周已经是典型的嘉绒藏区的风光了。

我是搭乘一辆农民的手扶拖拉机到达米亚罗的。

一直相伴于左右的杂谷垴河因为失去了一条又一条溪流的汇聚，

水量日益减少。在米亚罗镇上吃完午饭，我搭乘一辆卡车，走了二十多公里，便到了鹧鸪山下。

在阿坝藏区，在嘉绒，在过去古老驿道上，鹧鸪山海拔 3800 米的山口，是一个重要的咽喉。今天连接西南重镇成都和甘肃省会兰州的国道 213 线，也要穿过这个山口，并串联起这条大动脉上众多的支线。

鹧鸪山下的一个叫山脚坝的地方，只有一个小小的道班。柏油公路也在这里中止了。这是为了防滑的需要，因为山上常下大雪，因为一年之中数月之久的封冻期会把冰凌结满路面。所以，为了少出车祸，这山上就一直是坑洼不平的黄土路面。

道班工人在路边的一道溪流上埋设了一些橡皮水管，拿起水管，就有强力的清水喷涌出来，在天空中形成一个美丽的扇面。很多扑满尘土的汽车来到山下，便停了车在溪边冲洗。

这里，杂谷垴河已经变成了一道湍急的溪流，穿行在山谷底部那些沙棘和红柳组成的密实的丛林中间。公路对面的阴坡上，是成林的红桦与冷杉。而我面对着正在攀登的阳坡上，是大片大片的草场。攀缘一阵，我回身下望，公路往山沟更深处延伸而去，最后，会在山沟尾部折回来，在山间画出一个巨大的盘旋。

我的路线是过去的驿道，是从山脚直逼山口的一条直线。而公路最终会在山口那里与我碰面。

这是初秋季节，高山草场上的花期已过，丛丛密密的牧草结出了籽实，一穗穗金色的草穗在微风中轻轻摇晃。草丛中许多的药材。木香肥大的叶片放射状散开，像只海星一样平摊在草丛中。黄芪结出了豆荚般的果实。贝母的灯笼花也开过了季节，一颗颗籽实像一只只铃铛。还有很多的药材，小叶杜鹃丛和伏地柏旁那巨型植物，是一株株大黄。

小路穿过一片阴湿的小树林时，我突然在林子中看到了一种属于春季的花朵：毛杓兰。

这种袋状的紫色花朵勾起了我一些亲切的童年回忆。童年时代，小孩们在山上放羊的时候，总是四处去采摘这种花朵。然后，把揉好的酥油糌粑一点点灌进花朵的袋子里，放在小火上慢慢烧烤。最后，剥掉已经全然变干烧焦的花皮，花朵的馨香全部浸进了小小的一团糌粑里，那是一种童年游戏中烹制出来的美食。

毛杓兰是它的学名，在植物学书本是这样描述这种花朵：

兰科属多年草本，高 20～30 厘米，花单朵顶生，淡紫色或黄绿色，生于海拔 2500～4000 米的云、冷杉林下和灌木丛中。

而在嘉绒藏语中，这种花朵名叫“咕嘟”。咕嘟是一个象声词，模仿的是布谷鸟的叫声。每当春天来到嘉绒，深山之中的绿意一天天深重起来的时候，地里麦苗茁长，布谷鸟就开始鸣叫了。老百姓说，是布谷鸟的叫声使一个个白昼变长，也是布谷鸟的叫声使林间的“咕嘟”开放。于是，这种美丽奇特的花朵就叫做这个名字了。

眼下已是秋天，布谷鸟已经停止了歌唱，但我却看见了这种花朵。想必是海拔高度所造成的一种现象吧。我还想在山林中寻一寻，看还有没有在春天开放的花朵在这时仍在开放。但抬头望望天上的太阳，我感觉到要在今天翻过山口，必须抓紧时间。

于是，便加快了步伐。

两个小时后，我已经能看到阴影处积着白雪的山口了。上山的汽车后面扬起大片的尘土。上山的汽车引擎发出吃力的轰鸣，但行驶速度却非常缓慢。

距山口大约还有半个小时路程的时候，我在一大片刺莓丛中坐了下来。紫红色的刺莓已经成熟了，远远地就闻到一股酒酿的味道，只是这种味道比酒酿更加甘甜。于是，我坐在山坡上拖着屁股，从一丛刺莓转向另一丛刺莓，直到打出的饱嗝都带上了甘甜的酒酿味道，才又继续上路。快爬上公路时，看到陡峭的山坡上，四散开一部卡车的残片。

又一次迈开双腿时，我不再抬头，不然的话，最后这段路会显得特别漫长。

攀上山口的时间是下午 3：50。

很强劲的风吹在背上，公路穿过山的地方，两边土坡上的渗水都在风中结成了薄冰，风吹在耳边，有一种愉快的哨声。快在走进阳光的阴影中时，我回望一下所来的方向，比这座山更高的雪峰静静地耸立在蓝天下面，晶莹耀眼。

雪峰在我的四周构成了一个地形上高高耸起的中央部分。

在这个中央部分的东南方向，烟雾迷蒙处，是曲折的，逐渐敞开的峡谷，和峡谷两侧苍翠的群山。公路，一条灰白的带子伴着阳光下亮光闪闪的河流，冲向群山的外面。从这个高度上，我看清了渐次升高的大地的梯级。

我转过身穿过鹧鸪山口，那短短的几十米坑洼不平的路笼罩在群山阴影中，这是公路两边山坡的阴影，走到山口的另一面时，阳光又落在了我的身上。

这道山脊也是一道重要的分水岭。东面，是岷江流域。而展现在我面前的，那些森林与草地中流出的众多溪流，却是大渡河纷繁的枝蔓了。

这次，再举目远望时，又是另外一番景象了。

东面的山野雄峻峭拔，而西边的群山，每一座都渐渐变得平缓而低矮，就像我现在登上山口时发出的一声浩然的长叹。东面的山坡上满被森林，而西边这些浑圆平缓的山坡却是大片大片的高山牧场。初秋时节，近处的草还绿着，但远远望去，草梢上那一点点黄色便越来越浓重，在云烟将起处变成了一片夺目的金黄。这时，我已经踩着群山的阶梯，真正登上了青藏高原。

我离开山口，离开了从山腰上盘曲而下的公路，直接切入了一条俯冲而下的峡谷。

从山口望去，还可以看见一条隐约的道路。这是荒废了几十年的驿道留下的隐约痕迹。我循着这条荒芜的古驿道走下峡谷，却在峡谷底下一道清浅的溪流边失去了那条道路。

我想，这都是因为那些荒草与丛生的灌木的缘故。

剩下的时间，我都在为突破灌木丛的包围而奋力拼搏。最后，一个猎人出现在我的面前。我想，他看见我出现在这个地方应该感到有些吃惊。但他只是浅浅地笑笑，说："怎么陷到这里头去了。"

我有些气急败坏："路荒了。"

他伸出手，把我从一团纠缠不清的小树中拉出来。这时，已经是夕阳衔山的黄昏时分了，四周森林响起了滚滚的林涛声。好在，这时我已经在猎人的带领下回到了路上。他从一个树洞里掏出了两只野鸡。这是他预先放在这里的猎获物。我看两枪都打在头上。他看着我笑了，说："我看见树林里有东西，还以为是一头熊呢。因为熊才这么不管不顾地四处乱钻。"说完，他还拍了拍手里的枪，并顺手把枪背在了背上。

我说："幸好你没有开枪。"

他说："我是一个好猎人，好猎人要把猎物看得清清楚楚，才会开枪。"

我笑了。

他说："你还不错，好多人，进了城，胆子就变小了。"

转过两个山弯，山路变得平缓起来，路边那些小小的沼泽中浸润出来的泉水，也慢慢汇聚成了一线潺潺的流水。

听着这泉水，看着满天烧得通红的晚霞，我的脚步竟然变得轻快起来了。

溪水两岸开始出现一块一块的平整的草地。草地上结出一穗穗紫色果实的野高粱在风中摇摆。对我的双眼来说，这已经是一个阔别已久的景象了。我贪婪地呼吸着扑入鼻腔的清冷冷的新鲜空气，空气中充满了秋草的芬芳。天黑以前，山谷突然闪开一个巨大的空间，黑压压的杉树林也退行到很远的地方，一块几百亩大的草地出现在眼前。风在草梢上滚动，一波波地在身子的四周回旋，我再也不想走了，我感觉到双脚与内心都在渴望着休息。于是，一屁股坐了下来。风摇动着丛丛密密的草，轻轻地拍打在我的脸上。

猎人说："不想走了。"

我说："走不动了，也不想走了。"

他在我身边坐了一阵，看看天色，说："那你在这里等我，我过一会儿叫你。"

于是，他从我身边走开了。我也没有想他会不会再来叫我，就顺势在草地上躺了下来。这下，秋草从四面八方把我整个包围起来。草的波浪不断拂动，我就像是睡在了大片的海浪中间。

我的脸贴在地上，肥沃的泥土正散发着太阳留下的淡淡的温暖。然后，我感到泪水无声地流了出来。泪水过后，我的全身感到了一种从内到外的畅快。我就那样睡在草地上，看着黑夜降临到这个草地之上，看到星星一颗颗跳上青灰色的天幕。这时，整个世界就是这个草地，每一颗星星都挑在草梢之上。

黑夜降临之后，风便止息下来了，叹息着歌唱的森林也安静下来，舞蹈的草们也安静下来。一种没有来由的幸福之感降临到我的心房，泪水差点又一次涌出了眼眶。

这时，远处响起了那个猎人的喊声。他没有叫我的名字，也不知道我的名字。他的喊声只是一声长长的呼吼。呼吼在山间引起了一串回声。

我站起身来，看到森林边的小木屋里闪出明亮的火光。

木屋在溪流的那一边，溪流上有一道小小的木桥，为了防滑，桥面上铺了一层柔软的草皮。看得出来，这是一个冬季牧场。冬天到来，大雪封山的时候，牧人就会把牛群赶到这里。这一大块草质优良的草地，将提供一个冬天的饲草。而这个猎人，就是在这里割草。打下的草晒干了，堆放在木屋后面的大树底下，于是，这个夜晚里秋草的芬芳便更加浓烈了。

他摆开了晚餐，主菜就是两只野鸡中的一只，与土豆烧在一起，野葱与野茴香的气味在热气中氤氲开来。把土豆与野鸡肉从锅里盛出来以后，他又在汤里煮了一些新鲜的蘑菇。

我正后悔出发时没在背包里放一两瓶白酒，他已经从身后摸了一瓶酒在手里，给我倒了一个满碗。

火塘里的火苗忽忽抖动，木柴上散发着松脂的香味。那天晚上，我大醉了一场。

早上醒来的时候，猎人已经出门干活了。我扶着门框，看见他在草丛深处用力地挥舞着刀。回身，我看见地板上躺着三个酒瓶。

我在清冷冷的溪水中洗脸的时候，他回来了，在火上把蘑菇汤煨好。喝完汤，临别的时候到了，我在背包里摸索半天，最后，只有一把瑞士军刀算得上是对他有用的东西。我便把这东西送给他。

我怕他不接受，便说："留在这里吧，明年我还要来。"

他双眼扫视整个木屋，脸上露出尴尬的神情，他虽然什么话都没有说，但我明白他的意思，是说，没有什么可以送给我。

我走出很远了，他还站在路口。他就那么一动不动地站着，没有挥手，也没有喊再见，直到我转过山弯，再回头时，我们彼此便消失在对方的视线里。

6　最后的行程

我知道，这两三天的路途，将是我此行最后的行程。

在我的预想中，这两三天将全是领略自然的旅程，我将不会再把眼光投向任何一个村庄或庙宇。

但当我在鹧鸪山下的峡谷里，离开那一大片山间草场，顺着溪边的道路走出十多里路，遥遥看见这条山沟尽头处敞开的峡口时，眼前出现的一大片废墟却使我有些目瞪口呆。虽然，我事先就知道会在路上遭遇这片废墟，但当这片废墟真正出现在眼前的时候，还是让我感到非常震撼。

废墟出现之前，是大片大片曾经被开垦、耕种多年后又被抛弃的土地。不知为什么，我从来没有见过抛荒的土地再长成漂亮的草地。好像是为了演绎那个荒字，地里长着齐腰高的一些说不上名目的多刺的非草非树的植物。草丛中奔着许多样子像老鼠、却又没有尾巴的高原鼠兔。

穿过这些荒地，溪流上的一道小桥已经坍塌了。但从留在两岸腐朽的桥柱来看，这座桥曾经相当宽大。然后，一条倾斜的小街出现了。街道上长出的草绒绒的，踩上去却给人一种踩在腐尸之上的感觉。几百米长的一条小街两边，许多石头的建筑都倒塌了，只有这里那里还立着一些经风沐雨的残墙。在过去驿路畅通的时候，这是一个繁荣的小镇，一个远近闻名的商贾云集的驿站。驿站的名字叫做马塘。20 世纪 50 年代，鹧鸪山通了公路，这条驿道便日渐荒芜。镇上的商人们渐渐散去，留下的人家，也三三两两迁到了几里外的公路边上。再聚集起来时，已经不是一个小镇，而是一个无足轻重的村庄。虽然，村庄的名字还是叫做马塘，但其重要的意义已经荡然无存了。

两三年前，我就曾想来看看这个地方，那时，还有人告诉我说，老街上还有两三户人家。但当我走在这个好像是非现实世界的街道上时，却没有看到一座完好的房子，看来，这个古老的小镇已经完全死亡，留在这世上的，仅仅是一种遥远而又模糊的记忆了。

街道两旁残墙逶迤，荒草弥漫。有些人家院子里已经长出了野蔷薇树。更多的残墙朝着街道洞开着窗子与门户。那些洞开的窗户与门户后面，白天与黑夜，曾经有过许多的梦想，许多的故事，许多的爱恨情仇，但这一切，在今天，都已经被时间之手无情洞穿。空洞的门窗后面，只是空荡荡的青山与蓝天。

我注意到，街道两边，还有两道石板嵌出的水渠，水渠上面也铺盖着石板。在商贾云集的时代，这些沟渠肯定把清澈的溪水送到每一户人家门前。我一直想跨过一道残墙，走进过去的一户人家，看看那些乱石朽木下到底掩藏着什么。

但我却没有这样做。

我突然心生畏惧，害怕惊醒里面沉睡的鬼魂，在那一大片废墟中间，我真的相信这个世界上会存在鬼魂。

心里的恐惧使我的脚步不由得快了起来。

直到走出镇子，走上镇子前面的一个小山岗，我才又感觉到阳光的温暖与明亮。我在一大块岩石上坐了下来。岩石旁边，一株野葡萄上结出了豌豆大小的紫色果实。下面的一块荒地里，我还看见了一些油菜，顶上开着黄色的花，中部和下部的荚已经很饱满了。这是过去的居民留下的种子，仍在这里独自生长。周围的一大片黄色的金盏花我相信也是某家花园里飘出的种子蔓生而成的吧。

离开的时候，我没有回头，却感觉到有什么东西跟在后面，在絮絮私语，在叹息，使我背上阵阵发凉。

但我心里已经暗暗决定：我还要选一个时间，带上一两个朋友，再来这个地方；这个地方，将是我下一部有关驿道的小说开始的地方。我要让驿道上这些正被遗忘的镇子，对于这个世界已然成为湮灭的记忆的镇子的故事与人生，在我的文字之间复活过来。而在此之前，我需要在这样的地方感受某种神秘的力量，我觉得这些镇子的魂灵还在什么地方游荡。

这样想着的时候，眼前的峡谷再次敞开，一个更大的河谷展现在眼前，久违了的梭磨河滔滔的水流出现在眼前。从一大片麦地边的栅栏旁走过，看见一眼泉水，从一株柏树下慢慢沁出，泉眼上静静地浮着一只桦皮水瓢。

然后，道路在快接近一个村庄时急转直下，下了高高的河岸，又是一道宽阔的木桥。

村子很小，桥上行走的人也很少。所以，桥面上的木板让雨水洗得干干净净，露出了象牙色的漂亮木纹。这个村庄，就是新马塘，但我不想在此停留太久。过了桥，便又回到从山上盘旋而下的公路上了。

一个小时后，我已经坐在一辆卡车上，司机把我带到刷经寺。

刷经寺是一个 20 世纪 50 年代迅速建立起来的镇子。这里，两边的山已经十分低矮，森林已经非常稀少。那些宽阔的牧场上。已经出现了牧人黑色的牛毛帐篷。我已经接近高原的顶端，这里的河谷，已经是海拔三千多米的高度了。

我在这里就是想租到一辆吉普车，这辆车能让我去到梭磨河的源头，我的此行必须追溯到一条河流的最初的起源。梭磨河对于嘉绒来说，是一条非常重要的河流，所以，这个源头的风声将是本书的最后的乐章。

对我来说，刷经寺不是一个陌生的地方，找到一个朋友，在他家里吃了饭，喝了酒，告辞的时候，他告诉我，车子明天早上 9 点就来接我。

回到旅馆睡下，风就起来了，风扑打着窗户，把广大原野的声音带到了我的枕边，我的梦境边缘。

7 上溯一条河流的源头

早上醒来，我觉得脑袋里在嗡嗡作响，脚步也有些发飘。

我知道，这是海拔高度造成的轻微反应。毕竟，我已经有两三年没有来过这样的地方。打开窗户，冷凛清新的空气一下便涌进了屋子。虽然窗外的马路上尘土飞扬，但停在浑圆山丘上的天空却纤尘不染。

神灵给了我一个好天气。想到这个，我的心情便愉快起来。

当我在楼下的回民饭馆里吃了一大碗热气腾腾的羊杂碎汤，就了两只烧饼，拍拍鼓胀的肚子时，一辆疾驰而来的北京吉普车停在了我的面前。耷眼一看，就知道这已经是一台非常老旧的汽车了。这种车是一些单位淘汰下来的，几千块钱处理给私人。这些偏僻的小镇上，没有什么就业机会，一些无所事事的年轻人，家里掏钱买上这么一辆车，遇上一两个零星的游客，跑一二百公里，赚点租车费，也算是一份正经的职业了。

打开后座门放我的行李包的时候，我看到后座上放着鱼竿和一支猎枪。

当我在司机旁边的座位上落座，引擎发出一声怒吼，车后扬起一阵尘土，我们就上路了。

上路了。

车子驶出镇子不远，另一种风貌的峡谷在我眼前展开。

公路两边的柳树和草地上，都蒙上了一层薄薄的白霜。河流两岸点缀着团团灌木丛的草地越来越宽阔，两边蜿蜒相随的山脉越退越远，而且越来越低矮，越来越浑圆。

河里的水越来越小，越来越平缓，越来越曲折漫漶。

20 世纪 80 年代，我在小说里开始描写这个地带的自然风貌。最初的作品是一个短篇，名字就叫《欢乐行程》。在这篇作品里，我把这个地带叫做群山与草原的过渡地带。这个命名漫长了一些，但却相当准确。在没有发现地理学家为这样的过渡地带取出一个简洁而又更为准确的命名之前，我在这里还是只能沿用十年前自己小说里的命名来称呼这个地带。

这个地带，过去是梭磨土司的辖地，是土司家的牧场，现在已经划归坐落在草原上的红原县管辖。

司机减缓了一点车速，把后座的猎枪递到我手上，意思是说，窗外的草地上随时可能出现猎物，坐在车里就可以随时开枪。

我问："多少钱一枪。"

"二十。"他随即又突然吐出了舌头，说："不，那是对游客，不是你，你是朋友介绍的。"

我笑了："打折?"

他没有回答我，一双眼睛紧盯着前面，慢慢停下了车，然后，伸出手。

顺着他的手看过去，视线里出现了两只野鸡。灰扑扑的野鸡在灌丛中用爪子不停地刨着什么，并不时警惕地用长颈把头支出灌丛，倾听着四周的动静。野鸡的头伸出灌丛的时候，那头颈的转动像是潜艇伸出海面窥探的潜望镜，但我总觉得那不是在看，而是在听。当我从车上跳下来，慢慢向它们靠近时，两只野鸡噗噜噜扑扇着翅膀，奋力跑开了。这些野鸡大多已经失去了飞翔的能力，扑扇一对翅膀，无非是使逃命的双脚负担减轻一点。这些野鸡有时也能展开翅膀在空中摆出一个优美的飞行姿态，但那只是从高处到低处的滑翔。

两只野鸡跑到河边，站住了，又伸出了长长的颈项。我用枪瞄准，准星前已经只有一片虚光，看不见目标了。这些年，视力慢慢下降。野鸡已经在我有把握的射程之外了。

但我还是开了一枪，枪声在宽阔的山谷中，一下就被清冽的空气吸附掉了。没有期待当中的响亮。

我回到路上，再抬眼看去，那对野鸡还站在河边，没有被枪声所惊吓。

我们又上路了。司机按了两声喇叭，这回，野鸡钻进灌木丛，看不见了。

两个小时后，车子已经开到了查真梁子下面。这是从川西平原登上若尔盖草原的最后一级台阶。

登上去，就是海拔 4000 米的茫茫草原。

我没有选取国道 213 线，选取的那条最陡峭但也最为近捷的路线。因为那样的话，我就不能到达这条河流的源头了。而是离开公路，顺着山下的河边在草地上摇摇晃晃地开出十多公里。在这里，河水已经变成了一条溪流。一道迈出大步就可以跨越的溪流。两岸的草地也越渐松软，再往前开，车子就要陷在沼泽里去了。

司机看着我，意思是不能再往前开了。

车子便在山脚下的草原上停了下来。

耀眼的阳光把草原照亮，也把身上照得暖洋洋的。司机走到河边用手试试水，说要等太阳把水晒暖和了，鱼才会出来。那时，才能下竿。我坐在柔软的草地上，瞭望着不远处一头长得肥肥实实的旱獭。旱獭在一个干燥的小丘上晒太阳。和我一样在阳光下取暖的旱獭，一副老练而沉着的模样。它蹲坐在地上，上半身笔直挺立，双掌合于胸前，在笃信佛教的藏族人看来，这是向神佛祈求的姿态，所以，这种动物在有些草原上能够泛滥成灾。

尽管这样，这种看似笨拙无比的动物，却无比灵活，而且狡猾。它们在草原的地下，建立起一个复杂的地下通道。当你想对他有所动作的时候，它立即就会返身钻回地下。当你守候在这个洞口，并准备了足够耐心的时候，它又突然从另一个出口探出了肥胖的身子。

这些年旱獭的数量也开始减少，因为这种大多数时候生活在地下的动物，缝成褥子的皮毛和炖好的肉都有追风祛湿的作用。虽然当地人因为宗教原因不对它们下手，但外地人和城里的干部却持有另一种观点。

司机开始在四周寻找干牛粪，准备生火了。看来，他是对还藏在河里的鱼变成一锅好汤有着充分的信心。

我与旱獭对望一阵，抽了一支烟，然后，背起枪顺着溪流往上游走去。

脚下的草地表面很干燥，一串串的草穗与双脚纠缠着，弄出许多细密的声响。而下面却很松软，每一步下去，都有一次小小的塌陷。又走了一阵，面前再也没有平整的草地，而是多年的枯草与盘曲细密的草根形成的一个又一个的草墩，像一群蘑菇一样浮在沼泽之上。从一个草墩跳到另一个草墩，我的身上很快就出了一身细细的汗水。当这些草墩都不能连续成片时，便被一个又一个淤泥深重的明亮水洼隔离成了一个又一个相距遥远的孤岛。

几对黄鸭在水洼间觅食，这些水禽是这一年里最后的候鸟了。再过几场秋霜，它们就要长途飞行到很远的南方去了。直到来年夏天，才会返回。黄鸭被我惊飞起来，在天空中久久盘旋。

最后，我不得不离开河边，走到贴近山边的地方。双脚又踩到了坚实的地面。

回身望去，天上的黄鸭又落了下来，落在那些明亮的水洼中间。

河水在上午倾斜的强烈阳光下，折射出一线闪烁的银光。

我一直远望着河水。一大片沼泽消失了，宽阔的峡谷给两边的山丘收了一次腰，我又回到了河边。这里，河里的水量更少了，透过清浅的河水，可以看到水底下缓缓流动着细细的沙粒。很多干干净净的草根在水里流苏般飘荡。我喜欢我看到的这种景象。

我想，再往上游走短短的一段，就会看到水流最初的起源了。这是梭磨河的最初起源。但这仅仅只是我的想像。

峡谷再一次敞开了。溪流闪烁着隐身于一片更广大的沼泽。这片沼泽再次把我逼向山边。后来，我发现，河流离我越来越远，我隔沼泽中央那条曲折漫漶但仍然有迹可循的溪流足足有好几公里的距离了。这种距离使我后悔没有把车上的背包带上。

足足两个小时，峡谷再一次收缩，细细的一线溪流又回到我的脚边。这时，两边的山丘差不多已经完全消失了。如果说还有山丘的话，也是两脉隐约而长的起伏了。直到这时，我才真正走到了梭磨河的源头。一个平淡无奇的小小水洼。水慢慢地从草皮底下浸润出来，我甚至看不出它在地面上的流淌。于是，我摘下一小片草叶，放在水面上，才看出细细的一线水上，那片草叶慢慢地顺流而下。我的身心没有出现预想过的那种激动的反映。虽然，我知道，这就是哺育了藏文化中独特的嘉绒文明的一条重要水流的发源，是大渡河，是长江一条支脉的最初的缘起。但我仍然平静得像这荒芜而又壮阔的荒野一样。而在我想像源头的景象，在想像中描画自己到达源头的情景时，曾经写下不止一首激情充沛的诗章。

也许，生命中有了这样的经历，面对人生的坎坷与磨难时，就能够从容面对了。

我俯下身去，慢慢地啜饮梭磨河源头的溪水。

清清的水有一种透骨的冰凉。

我登上浅浅的山丘，这是我要攀登的大地阶梯的最后一级。

这是一个地理的制高点，也是我人生经历中的一个制高点。回望身后，河水曲折，越来越宽，一直没入越发崎岖的群山之中。那是长江水系的群山，一列列地向着东南方向。东南风不断顺着峡谷吹送，那是来自大海的气流给这片高地带来雨云的方向，也是我家乡的方向。

我现在也是站在一个地理的分界点上，只要原地转一个圈子，把脸朝向西北方向，像一声浩叹一样，就展开了秋风中金黄的草原。草原上游牧的藏民们，已经是另外一种语言，另外一种风习，是传统上称为安木多的游牧文化区了。

山丘西北这一面的草原沼泽，也是另外一条水量丰沛的河流的源头，藏语叫做“嘎曲”，意思是白河。白色河流是高原阳光下的银光闪烁之河，是天堂里的牛奶之河。这条河向北流淌，注入了中华大地的另一条重要河流——黄河。

我的嘉绒之旅就此结束。

德格：湖山之间，故事流传

1　总摄大地的雪山

我在小说《格萨尔王》中，如此描写了康巴这片大荒之野：

> 康巴，每一片草原都犹如一只大鼓，四周平坦如砥，腹部微微隆起，那中央的里面，仿佛涌动着鼓点的节奏，也仿佛有一颗巨大的心脏在咚咚跳动。而草原四周，被说唱人形容为栅栏的参差雪山，像猛兽列队奔驰在天边。

躺在一片草原中央，周围流云飘浮，心跳与大地的起伏契合了，因此，由于共同节律而产生出某种让人自感伟大的幻觉。站起身来，准备继续深入时，刚才还自感伟岸的人立时就四顾茫然。往前是宽广的草原，往后是来路，往左是某一条河和河岸边宽阔的沼泽带，往右，草原的边缘出现了一个峡口，大地俯冲而下。来到峡口边缘，看见河流曲折穿行于森林与草甸之间。河流迅速壮大，峡谷越发幽深开阔，从游牧的草原上，看到了峡谷中的人烟，看到农耕的田野与村庄渐次出现。

这是我在青藏高原无休止的旅行中常常出现的情形：身后是那顶过了一夜还未及收拾的帐篷。风在吹，筑巢于浅草丛中的云雀乘风把小小的身子和尖厉的叫声直射向天空。其实，要重新拾回方向感很简单，只需回到山下，回到停在某一公路边的汽车旁，取出一本地图，公路就是地图上纵横曲折的红色线条。

但除了这种抽象的方位感，我需要来自大地的切实的指引。

因此，要去寻找一座巍然挺立的雪山。

康巴大地，唯有一座雪山能将周围的大地汇集起来，成为一个具有召唤性的高地。作为这片大地宿命的跋涉者，向着雪山靠近的本能是无从拒绝的。于是，从海拔三千多米的草原逆一条溪流而上。四千米左右是各色杜鹃盛开的夏天。再往上，山势越发陡峭，流石滩闪耀着刺眼的金属光泽，风毛菊属和景天属的植物在最短暂的东南季风中绽放。巨大的砾石滩下面，看不见的水在大声喧哗。由此知道，更高处的峭壁上，冰川与积雪在融化。从来没想要做登山家，也不想跟身体为难，只想上到五千多米的高度，去极目四望。在好些地区，这就是总揽四方的最高处。但在康巴，那些有名的雪山都是大家伙，海拔往往在六千米以上，仅在我追踪格萨尔踪迹的路上，从东南向西北，就一路耸立着木雅贡嘎、雅拉、措拉（雀儿山），再往西北而去，视野尽头，是黄河萦绕的阿尼玛卿。那我就上到相当于这些高峰的肩头那个位置。地图上标注的海拔总是这些山的最高处，而从古到今，不要说是人，就是高飞的鹰，也并不总是从最高处翻越。后来，总要发明什么的人发明了登山，才使很多人有了登顶的欲望。古往今来，路人只是从两峰之间的山口，或者从山峰的肩头越过某一座山。

在我，靠近一座雪山，不仅是路过，更是为了切实感受康巴大地的地理。特别是当我进行重述英雄史诗《格萨尔王》的写作时，更需要熟悉其中一些雪山。因为这神话传奇产生的时候，大地上还没有地图所标示的那些道路，甚至也没有地图。在藏族人传统的表述中，康巴地区是“四水六岗”。“六岗”就是高原上六座雪山所总领的更高地，是奔涌大地的汇集，人们瞩望的中心，更是上古时代就已经出现在人心灵之中的山神的居所。英雄格萨尔的故事产生的时候，古代的人们就这样感知大地。

因此，我必须要靠近这些雪山。

追寻格萨尔故事的踪迹，真正要靠近的就是措拉（雀儿山）。但到真的进入这个故事，真实的地理就显得虚幻迷离了。

2　光影变幻的高原湖：玉隆拉措

从成都西行，走国道318线，过康定，越折多山口，川藏线分为南北两路。

我上北路——国道317线，一路上可以遥望两座有出世之美的晶莹雪峰。一座是号称蜀山之王的木雅贡嘎，一座是四周环绕着如今丹巴、康定和道孚三县上万平方公里峡谷与草原的雅拉雪山。要在过去的旅行中，我早已停留下来了。但现在，我紧踩油门，只是从车窗里向外瞭望几眼。近三年来的目的地还在几百公里之外，是格萨尔的故事流传最盛，也是史诗中主人公诞生的地方——德格，被措拉雪山总摄的德格。

一天半后，终于到达了德格的门户，海拔3880米的小镇玛尼干戈。在加油站旁边的小饭馆吃完午餐，就可以遥望那座雪山了。这里，道路再次分岔，往西北，是格萨尔的出生地阿须草原。我并不急着就去故事的起始之地，我要在外围地带徘徊一番，多感受些气氛。一个寻找故事的人想体验一番被故事所撩拨的感觉。

而心绪真的就被撩拨了。

如果说神山是雄性的，那么总是出现在雪山下方，由冰川融水所滋养的湖泊就是阴性的。出玛尼干戈镇几公里，刚刚望见雪山晶莹的峰顶和飞悬在峭壁上的冰川，那面名叫玉隆拉措的湖就出现了。“措”在藏语里是阴性的，是湖泊的意思，也是女人名字里常用的一个词。这个湖还有一个汉语的名字：新路海（新道路边的海子）。春夏时节，湖水并不十分清澈，融雪水带来的矿物质使湖水显出淡淡的天青色。湖岸上站立着柏树与云杉，云影停在湖中如在沉思。如果起一阵微风，花香荡漾起来，波光立时让一切明晰的影像失去轮廓。安静的湖顷刻间就纷乱起来，显出魅惑的一面。

故事里，这个湖是和格萨尔的爱妻珠牡联系在一起的，珠牡，据说是整个岭国最美丽的女子。故事里的男主人公刚刚出生，她就是令岭国众英雄垂涎的姑娘了。后来，格萨尔经历诸多磨难登上岭国王位，珠牡姑娘依然保持着青春，这才和另外十二个美女同时嫁给了年轻的国王。故事里，美丽的女人往往也是善良的。自古到今，传说故事的人们会无视现实中外在的美貌与内在的心灵之美常常相互分离的事实，总给漂亮的女人以美丽的心灵，或者说，给善良的女人以美丽的外貌。这或者是出于对美丽女人的崇拜，我则以为可能出于对心灵美好却容貌平凡的女子们的慈悲。

仅仅是这样的话，故事里的女主角还不够生动。

为了让故事生动，从古到今，讲故事的人已经发展出很多套路。在措拉雪山的冰川还很低很低、冰舌可能直接就伸入湖中的时候，那些讲故事的人们就知道这些伎俩了。于是，故事里那个常在这个漂亮湖泊里沐浴的珠牡，就常常面临着种种诱惑而抗拒着，也动摇着，身不由己。她曾亲自动身前去迎接格萨尔回来参加赛马大会和叔父争夺岭国王位。就在这样严肃的时刻，在去完成重要使命的路上，她就被路遇的印度王子弄得芳心激荡，因为“王子的眼窝仿佛幽深的水潭”。

这种软弱让故事中的女人复杂起来。

珠牡也常常被嫉妒所折磨。如果不是这样，她的姐妹王妃梅萨不会被魔王掳去。珠牡自己也不会被出卖给北方霍尔国的白帐王。在有些格萨尔故事的版本里，珠牡被掳后被白帐王强做夫妻的一幕真是活色生香。珠牡不从，但不是誓死不从，只是千方百计逃避被白帐王强占身体。这个有些神通的女人千变万化，化成种种动物与物件。但万物相生相克，那白帐王神通更胜一筹，自然就能变幻成能降伏珠牡的动物或物件。不觉间，带着悲愤之气的故事变成了男女征逐的游戏，而且这游戏还颇具情色意味。珠牡最后变幻成一枚针，便于藏匿，锋利扎人又不伤性命。好个白帐王，摇身一变，成了一根线，一根逶迤婉转的线。线要穿过针，针要躲避线。缠绕，跳跃，躲闪，磕碰……终于那根坚硬的针却被柔软的线所穿过了。

岭国王后珠牡成了霍尔国王的妻子。九年之后，格萨尔才杀掉白帐王，把她夺回身边。

好多人问我，说一个国王怎么还会把这样的女人留在身边，而且继续给她万千宠爱。我想，他们的意思是说，一个国王怎么可以容忍别的男人占有自己女人的身体？这是我无从回答的问题。珠牡也没有让这样的问题困扰过自己，回到岭国很多年后，故事里的她似乎仍然没有老去，其美貌依然沉鱼落雁。珠牡唯一一次为国出征，是和梅萨一起去木雅国盗取通过雪山的法宝。就在这样的重要时刻，她经不住另一面湖水的诱惑：一定要下去裸泳一番。弄不清楚讲故事的人是要写她爱个人卫生，还是想展示一下她美丽的胴体。故事总是要包含些教训的，因此珠牡王后的这番身体展示让王妃梅萨被拘，使格萨尔这个妻子二度成了别国国王的爱宠。

在为了重述《格萨尔王》这部史诗而奔波于康巴高原的将近三年时间里，每一次，当我经过如今被更多人叫作新路海的玉隆拉措时，我都会在湖边凝视一番，想一想这个湖，更是想一想故事里那个因为有过错、有缺点反而因此生动起来的叫作珠牡的女人，这个被今天的藏族人所深爱的女人。

湖边，长得仿佛某种杜鹃的瑞香正在开花，浓烈到浑浊的香味使眼前的一切都有一种迷幻般色彩。英雄故事的阳刚部分还未显现，其阴柔的部分就已在眼前。

每次都是这样，都是先遭逢这个柔美的女性的湖，然后，才攀登上男性的有骁勇山神居住的措拉雪山。

3 德格：土司传奇

措拉（雀儿山）其实不是一座，而是一群雪山，5000 米以上的山峰就有 17 座，主峰绒麦峨扎海拔 6168 米，耸立于尚未汇流东南向的金沙江与雅砻江两大峡谷之间。

国道 317 线从 5000 米出头一点的山口穿过。

东面的冰川造就了那个光影变幻的玉隆拉措，越过山口向西，大地带着一股凌厉之气急剧地俯冲而下，冰川与融雪哺育了一条河：濯曲。“曲”是藏语里又一个基本的地理名词，即汉语中的河。濯曲迅即下降，壮大，十几公里的距离内，汇集了高山草甸区伏地柏、红柳和鲜卑花灌丛纠结地带的众多溪流，很快就变成了一条白浪喧腾的河。有了力量的水，更迅疾地造出下降的地势，在坚硬的岩石中切出幽深的峡谷。桦树与杉树的峡谷，花楸树和栎树遮天蔽日的峡谷。快到德格县城更庆镇时，就二十公里左右，已经陡然下降了两千来米，河道和沿河公路两边壁立着万仞悬崖，按住头上的帽子仰面才能看到青天一线。冲出谷口，地势骤然平缓开敞，耕地、村落和寺庙依次出现。

藏学家任乃强先生 20 世纪 20、30 年代曾到此游历考察，著有《德格土司世谱》，其中记载了这段峡谷的人文史。说在格萨尔王建立岭国几百年后，有一个岭国勇士，名叫洛珠刀登，“有女美而才，岭王求以为妃，许给一日犁地的聘礼。乃率其仆，沿濯曲南犁，暮达龚垭之年达，得长七十里之河谷。岭王因赐之。遂，得为有土地之独立小部落……唯此段河谷，有三十余里为石灰岩之绝峡，仅半段为可耕地，亦甚促狭……当时民户，不超过三十家。”

到清朝中叶，奉格萨尔为祖先的岭部落日益衰落，洛珠刀登于濯曲弹丸之地起始的德格家族的势力却日益壮大，雍正年间，被清廷招抚，授安抚司衔。其辖地最盛时曾经领有金沙江两岸今四川与两藏德格、白玉、江达、石渠等县数万平方公里的土地和人民。

“洛珠刀登既受七十里之河谷封邑，卜宅于今德格县治所在。卜宅之初，曾筑渺小之花教寺庙……其后此寺发展为德格更庆寺，为康区一大花教（萨迦派）中心。”后更依托此寺，创建了德格印经院。

登巴泽仁土司执政时期：于筹建印经院建筑的同时，筹划印版的刻制工作。从清雍正七年（1729 年）至乾隆三年（1738 年）的近十年间，较大规模的刻版工作全面铺开，完成了《甘珠尔经》的编校、刻版和《丹珠尔经》的印版刻制。同时还完成了一些其他典籍的印版刻制工作，印版总数近十万块。此后，历代土司家族又主持编辑和刻制的重要文献数十部，共计 340 多函，使德格印经院印版数超过 20 万块。

到今天，德格印经院已有 270 多年的历史，院藏各类典籍 830 余部，木刻印版 29 万余块。院中浩瀚的印版、典籍对研究藏族历史、政治、经济、宗教、医学、科技、文学、艺术等具有极高的学术价值，引起海内外学界瞩目，成为一个保存并传布藏族传统文化的中心。

因了印经院的文化传播之需，德格地区的雕版术、手工制纸和印刷术得以保存发扬，成为当地引以为傲的非物质文化遗产。

颇有意思的一个现象是，德格土司家族崛起的历史，也是将格萨尔王奉为祖先并将格萨尔王所开创的岭国视为基业的林葱土司家族逐渐衰亡的历史。这种此消彼长的关系应该包含着强烈的敌对因素。但在德格土司统辖的土地上，却依然将岭部落的祖先格萨尔视为一个伟大的英雄，像自己的祖宗一样引以为傲。

在德格印经院中，就珍藏有格萨尔画像的精美雕版，常有崇拜英雄的百姓去那里印刷，请回供奉，或作为珍贵礼物馈赠亲友。一位 20 世纪 30 年代进藏区学佛求法的汉族人也到过德格，他写道：“西康有一种风俗，印经的人要自备纸墨，另外还要付给印刷工人工资，这样就可以挑选自己喜欢的经版进行印刷。”

4　龚垭：千年城堡的废墟

离开德格县城沿濯曲（德格河）向西南方而下，在国道 317 线 962 公里处，一个地名叫作龚垭的地方，在河谷旁边山坡上一座规模不大的寺庙四周和寺庙的基础上，有遥远时代遗留的许多土夯残墙。民间都相信，这里曾经是格萨尔同父异母的兄长——嘉察协噶当年镇守岭国南部的城堡残留。在寺院对面的山冈上，一道城墙的残迹宛然在目，顺山坡蜿蜒而上，连接着冈顶上一座四方形的破败城堡。看起来，这座还颇具形态的小城堡应该是主城堡的拱卫。嘉察协噶是格萨尔的父亲和其汉人妻子所生。在故事里，他也是一个善妒的角色，但这个汉藏混血的儿子，在岭国三十大将中最是正直勇猛、内心洁净而气度宽广。当年轻的国王沉迷于女色的魅惑，王妃珠牡被掳，身为重臣的叔父晁通背叛国王。在这样的危局下，嘉察协噶率军与霍尔大军抗衡，以少抗多，殒命沙场，留得忠烈之名世世传扬。庙里的喇嘛骄傲地向我展示两样东西。一只可以并列五支利箭的箭匣（称匣而不称袋，因为盛箭之物确是一个木雕的长方形盒子），说是嘉察的遗物。这种遗存，凡是格萨尔故事流传地区，到处皆有，我更相信其中纪念英雄的强烈情感。

另一个遗存，却使我吃惊。喇嘛指给我看护法神殿围墙上几块赭红色的石头，说那是嘉察协噶筑此城堡时的墙基。拿下一块来：沉甸甸的，却见赭红的带气泡的物质中包裹着大小不一的碎石。陪我寻访的当地专家泽尔多吉老师说，嘉察协噶城堡的墙基用熔化的铁矿石浇铸而成，发掘出来就是眼前这赭红而坚硬的东西，如石如铁。看来那个时代，熔铁的温度并不太高，所以这些含铁的矿石只是处于半熔解的状态，将其倾入挖好的地基，也足以牢牢地黏合在一起，在冷兵器时代牢不可破。

在外人的概念中，一到康定便算是进入了西藏，但本地人自古便不自称西藏，而称这片雪山耸峙、农耕的峡谷与游牧的草原相间的地方叫康巴。离开龚垭，沿濯曲往西南，就到了金沙江边。隔江望见一孤立的临江巨石上，两个用红漆描过的大字：西藏。金沙江在行政区划上，正是四川与西藏之间的界江。过去的牛皮船渡口，如今有一座岗托大桥相连。

濯曲（德格河）从此地汇入金沙江。

故事里的格萨尔远比实在的岭国国王勇武百倍，其疆域西接大食，南到印度，北接霍尔蒙古，东邻汉地，至少是整个青藏高原，甚至比之于青藏高原还要广大。而历史上作为故事底本的那个岭国实际疆域却要小很多。那时候，因为交通不便，空间封闭，人们居住在一个小小的国中也会以为疆域广大。从原岭国疆域中崛起的德格土司占有如今几个县几万平方公里的土地后，也自诩为“天德格，地德格”，意思就是天地之间都是德格。

无论格萨尔还是后起的德格土司的伟业，同样都变成了日益遥远的故事，带着神秘与缥缈的美感。实实在在的是，河岸边的台地上，即将收割的麦子一片金黄。

5　金沙江边的兵器部落

没有过江的计划，便沿江岸而下，目的地是金沙江东岸的河坡乡。那里，家户生产的“白玉藏刀”享誉藏区。传说这个峡谷中原本没有人烟只有鸟迹兽踪，森林蔽日，瘴气弥漫。因为岭国有了冶铁之术，并在峡谷中发现了铁矿和铜矿，格萨尔便从西北部的黄河边草原上迁来整个部落，让他们在这里冶炼矿石，打造金属兵器。之后，岭国军队兵锋到处，所向披靡。

第一次到达这里，已是黄昏。

那些堡垒般的民居中，传来叮叮当当敲打铜铁的声音。在拜访的第一户人家天台上，摆放的不是兵器，而是寺院定制的金顶构件：铜瓦脊，铜经幢。

第三户人家在打造各型刀具。

我把拜访兵器部落的经过写在了小说《格萨尔王》里。只是我已经成了小说里的说唱人晋美：

> 那天，长者带他来到山谷里一个村庄。长者的家也在这个村庄。金沙江就在窗外的山崖下奔流，房子四周的庄稼地里，土豆与蚕豆正在开花。这是个被江声与花香包围的村庄。长者一家正在休息。三个小孩面孔脏污而眼睛明亮，一个沉稳的中年男子，一个略显憔悴的中年妇女。他们脸上都露出了平静的笑容。晋美想，这是和睦的一家三代。长者看看他，猜出了他的心思，说："我的弟弟，我们共同的妻子，我们共同的孩子，大儿子出家当了喇嘛。"长者又说："哦，你又不是外族人，为什么对此感到这般惊奇?"
>
> 说唱人不好意思了，在自己出生的村庄，也有这种兄弟共妻的家庭，但他还是露出了惊奇的神情。好在长者没有继续这个话题，他打开一扇门。一个铁器作坊展现在眼前：炼铁炉、羊皮鼓风袋、厚重的木头案子、夹具、锤子、锉刀。屋子里充溢着成形的铁器淬火时水汽蒸腾的味道，还有用砂轮打磨刀剑的刃口时四处飞溅的火星的味道。未成形的铁、半成品的铁散落在整个房间，而在面向窗口的木架上，成形的刀剑从大到小，依次排列，闪烁着寒光。长者没等他说话就看出了他的心思，说："是的，我们一代一代人都还干着这个营生，从格萨尔时代就开始了，不是我们一家，是整个村子所有的人家，不是我们一个村子，是沿着江岸所有的村庄。"长者眼中有了某种失落的神情，"但是，现在我们不造箭了，刀也不用在战场了。伟大的兵器部落变成了农民和牧民的铁匠。我们也是给旅游局打造定制产品的铁匠。"长者送了他一把短刀，略为弯曲的刀把，比一个人中指略长的刀身，说这保

留了格萨尔水晶刀的模样。

我是在去往河坡的路上遇到这个老者的。我也将路遇这个老者的情形搬演到了小说里：

在路上，说唱人遇到了一个和颜悦色的长者，他的水晶眼镜片模糊了，就坐在那里细细研磨。长者问他：“看来你正苦恼不堪。”“我不行了。”他的意思是，听到的好多故事把自己搞糊涂了。

长者从泉眼边起身说：“不行了，不行了。”他把说唱人带到大路旁的一堵石崖边，“我没戴眼镜看不清楚，你的眼睛好使，看看这像什么。”那是一个手臂粗的圆柱体在坚硬的山崖上开出的一个沟槽，像一个男性生殖器的形状。但他没有直接说出来，他只说：“这话说出来太粗鲁了。”

长者大笑，说：“粗鲁？神天天听文雅的话，就想听点粗鲁的，看，这是一个大鸡巴留下来！一根非凡的大鸡巴！”

长者给他讲了一个故事，当年格萨尔在魔国滞留多年，在回到岭国的路上，他想自己那么多年日日弦歌，夜夜酒色，可能那话儿已经失去威猛了，当下掏出东西试试，就在岩石上留下了这鲜明的印痕。长者拉过他的手，把那惟妙惟肖的痕迹细细抚摸。那地方，被人抚摸了千遍万遍，圆润而又光滑。然后，长者说：“现在回家去，你会像头种马一样威猛无比。”

后来，我向老者表达过我的疑问——格萨尔征服了霍尔回来不可能经过这个地方。因为霍尔在北方，岭国的王城也在北方。这里却差不多是南方边界，是嘉察协噶镇守过的边疆。

老者不说话，看着我，直到我和他分手，离开他的民间知识视野所覆盖的地盘，他才开口问我：“为什么非要故事就发生在真正发生的地方?”

我当然无从回答，但对一个写小说的人来说，这句话给了我很大的启发。

从河坡继续沿金沙江而下可到白玉。从白玉沿金沙江继续南下可到川藏南路的巴塘。从白玉转向东北，可以到甘孜。在白玉和甘孜界山南坡，有一大自然奇观，古代冰川退缩后，留下的巨大的冰川漂砾滩。浅草长在成阵的巨石之间，质地坚硬的褐色苔藓覆盖了石头的表面。高原的风劲吹，天空低垂，一派地老天荒之感。

6　格萨尔故乡：阿须草原

但我不走这两条道路，我退回德格。由西向东翻越措拉山口，回玛尼干戈镇，离开国道，上省道217线，再次从措拉左肩翻越去西北方向。

我喜欢感觉到雪山总摄了大地。德格在措拉的西南，而我现在要去的地方是在雪山的西北：龙胆科和飞燕草花期的草甸、雪山、冰川。就在冰川舌尖下面，是远近闻名的宁玛派名刹竹庆寺。

旅游指南上说：“寺院所在的雪山上下布满成就者的修行山洞与道场，是极具加持力的修行圣地。”还看到一则材料，说这个寺院僧人并不多，但因为在藏传佛教各教派中，这个寺院不热心参与政治，所以喇嘛们潜心修持，有成就者不在少数，他们利乐众生，其影响远在藏区之外。我就曾在某年八月，躬逢法会，数万信众聚集而来，聆听佛音，信众中有许多是远道而来的港台信徒。在格鲁派寺院中禁止僧人念诵格萨尔这个本土神人故事的时候，这个寺院却创作了一出格萨尔戏剧，不时排演。我没有遇到过大戏上演，但看见过寺院演剧用的格萨尔与其手下三十大将的面具，各见性情，做工精良。

说德格是格萨尔故乡，一来是指格萨尔似乎真的出生于此，更重要的，此领域内对这个神化了的英雄人物百般崇奉。一次，我们停下车来远眺雪山，路边一个康巴汉子猛然就向汽车扑来。同车人大惊，以为有人劫道，结果那条康巴大汉扑到车上只是为了用额头碰触贴在车窗上的格萨尔画像。

现在，我们到了措拉西北方。道路在下降，这下降是缓缓地盘旋而下。从山口下降1000米左右，然后，草原与河谷两边的浑圆山丘幅面宽阔地铺展开去，仿佛一声浩叹，深沉又辽远。

这就是阿须草原，史诗中主人公的生身之地。

丛生的红柳和沙棘林，掩映着东南向的浩荡雅砻江水。每次来到这里，都是这个月份，草原上正是蓝色花的季节：翠雀、乌头、勿忘草。但纯粹是“拈花惹草”，并不需要如此深入康巴的腹地。高原边缘那些正迎着东南季风的地带，多种多样的植物往往带来更多的变化与惊喜。我三到阿须，都是为了追寻英雄故事的遗迹。

第一次到阿须是一个下午，岔岔寺的巴伽活佛在格萨尔庙前搭了迎客的帐房，僧人们脱去袈裟，换上色彩强烈的戏服，为我们搬演格萨尔降魔的戏剧。那次我没有主动去与活佛认识，而急于央人带我去寻找格萨尔降生时在这片草原上留下的种种神迹。

牧区的妇女都不在家中分娩，看来是古风遗传。在阿须，格萨尔作为神子下界投胎时，其落地处就在阿须草原一块青蛙状的岩石下面。这个地方，在千年之后还在享受百姓的香火。

还有一个遗迹当地百姓也深信不疑，草原上一块岩石上有一个光滑的坑洼，正好能容下一个小孩的身躯。人们说，那是格萨尔刚刚出生不久，其叔父晁通要置将来的国王于死地，把那孩子在岩石上死命摔打，结果，格萨尔有神灵护佑，毫发无伤，倒是柔软的身躯在岩石上留下了等身的印痕。直到今天，这还是格萨尔具有神力的一个明证。

如此长存于岩石上的还有一个格萨尔屁股的印痕。他刚刚出生三天，有巨大的魔鸟来此作恶，神变小子背倚岩石弯弓搭箭，射死了魔鸟，也许是用力过度，将此印痕长留人间。

英雄故事的悠长余韵留给后人不断回味，功业却不能持久保留。

所谓霸业江山比之于地理要经历更多的沧海桑田。

学者们差不多一致推断，格萨尔生活在一千多年前。到了清道光年间，将格萨尔奉为祖先的林葱家族只是清朝册封的一介小土司了。作为英雄之后，回味一下祖先的荣光也是一种合理的精神需求。土司家族便在有上述遗迹的河滩草地上建起了一座家庙，供奉祖先和手下诸多英雄的塑像。据说庙中曾珍藏有格萨尔的象牙印章，以及格萨尔与手下英雄使过的宝剑和铠甲等一应兵器。老庙毁于“文化大革命”，林葱家族也更加衰败。直到 1999 年，由附近的岔岔寺巴伽活佛主其事，得政府和社会资助，这座土司家族的家庙以格萨尔纪念堂的名义恢复重建。加上纪念堂前格萨尔身跨战马的高大塑像，成为当地政府力推的一个重要景点。前不久，我还在成都见了巴伽活佛，在一家名叫祖母厨房的西餐馆里就着牛排感慨一番那个后继乏人的英雄家族。

还曾在那座塑像前听说唱艺人演唱格萨尔故事的片段。

第三次去阿须，小说《格萨尔王》即将出版。我第一次走进了那座安静的小庙。在院中柳树荫下，安卧着一只藏羚羊，它面对快门咔嚓作响的相机不惊不诧。护院人说，这野物受了伤被人送到庙里，现在伤好得差不多了，该放其归山了，但看样子，它倒不大想离开了。

这是我第一次走进这座小庙，在格萨尔塑像前献了一条哈达，我没有祈祷，我只是默念：王啊，今天我要把你的故事还给你，我要走出你的故事了。这是一个小说家的宿命，从一个故事向另一个故事漂泊。完成一个故事，就意味着你要离开了。借用艺人们比兴丰沛的唱词吧：

雪山老狮要远走，
是小狮的爪牙已锋利了。
十五的月亮将西沉，
是东方的太阳升起来了。

在小说的结尾，我也让回到天上继续为神的格萨尔把说唱人的故事收走了，因为那个说唱人已经很累了。

说唱人把故事还给神，也让我设计在了这个地方。

失去故事的说唱人从此留在了这个地方，他经常去摸索着打扫那个陈列着岭国君臣塑像的大殿，就这样一天天老去，有人参观时，庙里会播放他那最后的唱段。这时，他会仰起脸来凝神倾听，脸上浮现出茫然的笑颜。没人的时候，他会抚摸那支箭，那真是一支铁箭，有着铁的冰凉，有着铁粗重的质感。

病榻杂记

被机器所审视

病人中间有一句常人不会心自然也不觉得好笑的笑话：看中医是看医生，而看西医是看机器。由此可见，病人发明的笑话多半不好笑，病人只要不怨天尤人，表现出对幽默感的追求就很不错了。至于幽默感能否发挥出来，发挥到怎样一个程度就不必苛求了。

况且，这句话还是说出了看病的人面临的部分实际情形。譬如去看西医，你连医生面容都未及熟悉，他就埋下头往电脑上敲几个字，然后机器把这几个字吐在一张纸上，有经验的病人都知道，这是一张前去拜会某台机器的通行证。我也算是个有经验的病人，如果在电脑里玩偷菜，这些经验可以升级获得再开一块荒地的资格了。上周四，去看朋友介绍的一个新医生。寒暄毕，他就开出了这么一张新单子。

我知道，又要去拜会某种机器了。

这张单子在由众多分科——诊断室、检查室和电梯、楼层、廊道构成的迷宫般的构成中标示出一种肯定的去向。我到达的是放射科碘造影室。造影室？反正我不会误以为是有人要替我画一幅素描或漫画。就像从手术室出来，右腹部那条蜈蚣状的伤疤我不会误认为是精心绘刺的文身，虽然心情好时瞧上去的确也像个精致的文身。

好了，回到医院里来，进入规定的流程吧。把单子递进某一间半开着门的屋子，里面活动着一些面目不清的人，他们都穿着白衣服，我认为他们就是我将要拜会的那台机器与我之间的翻译，或信使。信使给我一个号码，如果有人呼叫这个号码就是告诉我终于轮到与机器约会了。

我忘记自己的名字，记住这个号码，警醒着等待自己被呼叫。等到上面闪烁着一盏红灯的厚重的门打开，让我进去拜会那机器。更准确地说，是去被机器审视，被冷冰冰的机器任意审视。

不对，那不是一些机器，简直就是科幻电影中的智能机器人。不然，它们怎么能把你的五脏六腑看得一清二楚？这些机器看上去冷冰冰的，却自有一种扬扬自得的味道。坐在放射科幽深走廊的某条长椅上，等待被机器扫描的时段，想起了拜会过的那些机器。B超啊、X光机都不屑去说了，是前科幻电影时代和宇航时代以前的低级发明，这些机器至多带着一点稍嫌落伍的时代感。我所说的起码是CT，那才是具有未来感的机器。虽然这类机器还是由人来操纵，但这人让你躺在一张硬邦邦的床上就消失了，让你独自面对一台巨大的、看起来比身下这张床更硬更冰凉的机器。其实，这张床也是这台巨大机器的一部分，是这台机器有力的下腭，如果它想活吞了你，只消稍稍抬一抬下腭就可以了。只消把下腭和同样坚硬的上腭合在一起，轻轻错动一下，“咕吱”一声，一个人就香消玉殒了。但是，CT机没有这么做，它只是俯下身来，嗡嗡作响，提示你它开始工作了——开始扫描你，开始审视你了。某个地方，还有一盏灯闪烁着，同时嘟嘟作响。这让人有点害怕，害怕发生科幻电影中出现过太多次的场景：这台显然有着某种程序性智慧的机器突然获得自主意识，那个在你胸腹上来回观测的镜头中突然伸出一双锋利的剪刀手。

相对于CT来说，做核磁共振的机器更具科幻感。它也有一张床。如果说这床在CT像下腭，这台机器则相当于一条舌头，当你脱去太多的衣服——科幻电影中的人通常都穿得很少——躺到那张床上，它就把舌头缩回口中，你也就随之滑入了一个灰白色的穹窿里。先是头，其次是上半身，再其次是下半身。不知道这穹窿算是这机器的大口，还是它的腹腔？好在这台机器并不疯狂，只是按规定的程序在运行。穹窿顶上灯光闪烁，让人有强烈的被审视感，从里到外无一遗漏地都被看见。于是想起昨晚淋浴时某个角落没有太仔细打扫。与我的沮丧相比，机器简直是得意扬扬，得意地发出某些磁力与光波在宇宙中穿梭时那种规律的声响，并不断改换着节拍。照理说，我们的耳朵听不到这些光啊波啊的声响，但电影让我们听到了这样的声响，所以现在我才有了这样的联想。现在，一些无所不至的光或波正在穿越身体。那么庞大的机器，那么好的穿透性。你的身体被一台机器一览无余，以至于你不相信它只是一台机器。

差点忘了交代一个细节，进到这个穹隆之前，被扫描的人还要戴上一副耳罩。你被告知是为了防备机器发出的那些声音太过刺激。此时耳机里却传来指令：呼气—吸气—吸气—屏气！直到你感觉到下一秒钟就要憋死，耳机里才传来新指令：呼吸！两三分钟后，这个过程再循环一次。在那样一个逼仄的空间里，或者说在一台所有地方都坚硬冰冷的机器里面（口里？肚子里?)，机器再次启动，再次嘀嘀、噼噼、叽叽、嘟嘟地响起来……躺在那个地方，我想起了那本叫做《1984》的小说，觉得这机器就是一个权威无从质疑的“老大哥”：呼气—吸气—再吸气—屏气！那指令本来是在另一间屋子里操作机器的人发出的，但这命令经过一些线路，在耳边响起，已经是非人的“老大哥”的声音了。

列位，这些就是我在放射科等待被另一台机器审视时唤醒的记忆。

现在一个声音把我唤醒。白衣服飘过来，把我领到另一台机器前。宽衣解带，在一张床上躺下，那种氛围叫你明白接下来不是巫山云雨，而是伸出右胳膊，静脉注射碘，便于机器给某些器官或通道造影，也就是便于机器清楚地看见。注射完毕，人就消失了。只剩下我仰天躺着，整间房子和那台机器陷入了颇具威胁性的沉默。我想，不能叫机器吓住。我决定用观察来克服莫名的恐惧。“我决定用观察来克服莫名的恐惧”，这是某个哲人说过的话吗？或者我自己想出这么一句话，证明我也有些哲人的潜质。就像苏格拉底临死还叫人记得还别人的鸡。他也是用这样的方式让自己忘掉恐惧吗？虽然背上凉飕飕的，正是可以加深恐惧所需的那种效果，但我既然作出了这个富于哲学意味的决定，就能稍微忽视一下这种不舒服的感觉，正式开始观察这台第一次谋面的新机器。首先是它灰中泛白的颜色，是世界上任何自然的景物所不具备的颜色，但越是先进的机器就越带这样的颜色。这种颜色成为机器当中一种高级别的标志：是新材料的，有功能强大的电脑芯片的。然后是质感，是一种多种金属混合的质感，甚至还混合了塑料的质感。对化学和物理学甚至是生物学为基础的未来的材料学来说，总的趋向就是把所有可以混合的东西和不可以混合的东西都混合到一起，用这种方式来证明尼采所说“上帝死了”的话不是疯话。我躺着，那台机器悬在上方，准确地说用什么东西吸附在水泥天花板的两条钢铁轨道上。机器身量庞大、沉重，从上方把身体悬垂下来，完全是一个对蝙蝠一类喜欢倒悬感的动物的仿生学设计。还有一根粗大的有着整齐环节的塑料管盘旋于坚硬的机身上，使这架机器柔中有刚，从而更具生命感。好像它不只是通上电就能运转，还要通过这根防毒面具上的管子一样的塑料管来呼吸点什么。机器通电了，运转了，慢慢降下来，它的光学镜片的独眼中间有一个黑色的十字。了解狙击枪的人都知道这是什么意思。也许是开始观察后，身心都放松了，所以我没有因为这个帮助精确瞄准的东西的出现而让我的后背更加冰凉。反倒觉得这台机器好玩，有幽默感。它悄无声息地从我跟天花板之间的半空中降下来，带十字的玻璃独眼在我胸腹之间来回游移，最初的姿态不像是来观察，来透视，而是像狗鼻子一样在嗅闻什么。我身上会有什么味道？今天早上灌进肚子的清粥小菜的味道？昨天晚上洗脚水中所加精油的味道？或者刚才注入身体的碘的味道？这只鼻子，不，这只超级眼只是小小试探一下又缩回到原来的高度。这时，一只马达开始呜呜旋转，我注意到机器上还有一台给自己散热的小风扇，但我不能确定这声音是由风扇发出来的。我们还不能很直接地描述机器，所以，不但机器的设计依据了仿生学的原理，我们对机器的描述也只得遵从这种原理。当这台机器发出呜呜声，就像是一台汽车在起步前加油，更像一头准备冲刺的公牛在蓄积即将爆发的力量。它会猛然向我撞击，撞击我刚刚经过手术的下腹部？但这种猛然冲刺的情形没有发生，接着是塑料管子做出了吞咽动作，然后发出了泄气的声音。我想问它，是什么地方憋破了。但是，我想它这样做，只是为了比过于一本正经的 CT 机、核磁共振机显得好玩一点。好像它也知道自己所置身的是一个一切都要好玩、都要具有娱乐性的时代。这个时代，如果法国大革命时期的断头台还要使用，可能需要装上一个讲段子的装置，让临刑的犯人哑然一笑时才落下快刀。算了，还是停止对这个时代的抱怨，继续来跟这台机器相互窥测吧。当它“扑哧”两声泄了气，可不要认为它就要休息了，不，它这才正式开始工作，前面只是热身运动。机器那只独眼变红了，默默和我对视片刻便慢慢凑近了我的肚子。此时那些碘已经进入了脏器和一些特别的通道，这个大红眼通过看见那些碘来看见我的脏器和连接脏器的管道。它看了一阵，红光消失了，缩起脖子，退回到半空中，一声不响，好像在思考，在分析，在评判。它当然不会把这些结果直接告诉我，而是通过一些我不了解的途径，告诉给屋子外面那个往我静脉里注射了碘液的人。我想，我该起来了。但是，马达又一次呜呜作响，机器在准备冲刺的时候又“扑哧”两声泄了气，红眼睛又凑拢来了。还有什么没看清楚吗？据我对机器的有限了解，就是它们不像人看一遍没看清楚，揉揉眼或擦擦眼镜再看几眼。它们是一看一个准的。这便是机器冷酷的精确性。当然，它们与我们更大的不同，就是从不试图去看它们看不清楚的东西。

如是者三四次，操作机器的人才进来，解开了压在我肚子上的扣带，我坐起身来，从一种随时可能被一台发疯的机器所攻击的窘境中解脱出来，现在却只想知道那机器看见了什么。我看着那个白衣服的操作手，现在，他是这台机器派来的信使，要宣读某种确切的判词。但这个白衣信使和气地说，明天，24小时后来取报告。

走出这幢有很多这种密室的大楼时，我一直在努力记住走廊所有的拐弯，为了明天，24小时后准时得到那份判词。同时，我听见自己有点神经质在默念：“被机器审视，被机器审视，被机器审视。”好像这是一句神奇的咒语，可以把人从某种窘迫的情境中解脱出来。一直到出了大楼，还能看见院子里那株树冠巨大的榕树上披拂着明亮的阳光。

我又想，要是要写一篇文章，刚才念叨的那句话可以做文章的标题，但要加上一个字，就是“被机器所审视”。

以为麻醉剂能让我飞起来

做胃镜前夜有点紧张，担心查出什么不好的东西，其实如果没有什么不好的东西，又做什么胃镜呢？

更多的却是兴奋，因为要使用麻醉剂。

问了医生又问了护士，都很肯定地告诉说，用了药后会完全昏迷过去。一直就在想，怎么样子的昏迷过去呢，跟平常的睡过去应该很不一样？那么，是飞起来，又慢慢坠落吗？飘飘悠悠地像电影《阿甘正传》中那片羽毛。那时，灵魂跟肉体是分开的吗？沉重的往下陷落，轻盈的却往上飞升。那种短暂的分离不是撕裂，而是展开一个新的平时无从意识的空间？

不知道。

但想知道。

输完液出去散步，顺便逛逛华西医大附近的新知书店。显眼的当然都是大路货，径直就往僻静处走。在一个角落，找到一套新译的法国诗歌丛书。有我在法国布列塔尼乡村旅行时随身带着的雅姆。还有亨利·米肖，二十年前吧，读过他的几首诗，从一本法国诗歌选本里。现在见一本他的小书竖在那里，不由得心生喜欢，当下就买了，躺在医院床上读起来。这是一本适合在身上有些痛楚时读的书，一本简洁的诗体游记。作者也是一个病人，带着一颗不适合旅行的心脏作长途旅行。徒步、骑马、乘独木舟，在南美洲的厄瓜多尔作长达数月的旅行。这本诗体游记就叫做《厄瓜多尔》。

这个人甚至为在旅行中折磨他的心脏写诗：

啊！我的灵魂，
是走还是留，
你要赶紧决定，
不要这样测试我的器官，
有时那么关注，有时又心不在焉。

我想一个病人，应该有这样的坦然。这时，已然忘记对明天使用麻醉剂时感受的想象了。

一本好书就该是这样，让人忘记一些东西，同时又唤醒一些东西，比如对病变器官的一点幽默感。

但这不是最好的阅读，最好的阅读会产生奇异的相遇感。

这个有些难眠的夜晚，奇异的相遇真的发生了。我放下了随身带到病房的书，读起了这本刚刚买来的书，竟然在三分之一还多的地方，在 126 页上，读到作者写于 1928 年 3 月 30 日的诗体日记。他用麻醉剂让自己致幻，并把这种感觉记录下来：

我吸了醚。仿佛一下子被抛到了空中！多么宽广的景象！

醚的效果飞快，同时让吸它的人变得伟大，变得难以把握。吸它的人就是我。并在空间中将此人延伸，延伸，毫不吝啬，没有任何可比性。

醚以一种火车的速度到来，而且是跳跃着，跨越着到来的：就像一把以悬崖峭壁为台阶的梯子。

该死的，我对被麻醉的想象又被强烈地唤起了。这是在盼望着一次合法的致幻的体验。就像尼采所说：“你当超脱于自身之外，并且要走得更远，登得更高，直到看到群星已在你脚下。”一个被病痛困住的人容易产生这样的渴望。更多的人暂时没有病痛，也会有被生活困住的感觉，这样的渴望也在内心深处潜藏。

一觉醒来就是第二天了。

已经空腹十几小时了。饥饿让人有一种飘浮感。在去给胃造影的路上，这种飘浮感让人感觉已在致幻的边缘。手背上扎上了一支静脉注射器，里面那些透明的液体在灯下闪烁着很诱惑的光，就是它会把人带入一种特别的状态，一个从未去过的地方。

排号等候。

所有手上绑了一支静脉注射器，注射器中贮满麻醉剂的人们在排号等候。

有的人惊惧，像要入地狱；有的人沉静，听天由命；也有我这样的，忐忑而又兴奋，好像进入了一个目的地不明的始发站。

不断有麻醉后肠胃系统被内窥过的人躺在床上，躺在蓝色垫子上被推出来，大多数人昏睡不醒，被扣上一只氧气面罩后，他们慢慢睁开的眼睛里全是不知身在何处的茫然。穿蓝衣服的医生（护士?）拿着病历夹，叫着表格上的名字，把他们进一步唤醒。然后，这些从麻醉中半醒过来的人从床上下来，跌跌撞撞出门去了。一点不像去过天堂的样子。当然，也不是从地狱归来的样子。他们在门口坐下来，等待检查结果，那一纸对肉身某一部位的判词。

身体有毛病的人真多，自然，在医院的等待总是漫长。漫长的等待在销蚀我对致幻的想象。

终于我也躺到了床上。一个“蓝衣服”让我吞下一管药水，整条喉咙当即就麻木了。但我没有机会试试还能不能发声，人就被推到了有显示屏、有接在长管子上的内窥镜的机器前。一只塑料面罩来到了面前，面罩嗞嗞有声。我想麻醉开始了。我想，我至少要知道自己是怎么昏过去的。我还想，最好醒来后还记得昏过去的过程与体验：肉体里那个东西是飞升还是坠落。管子和管子挡住了我大部分视线。我看不到医生的脸，但能看到她脖颈上一串珍珠项链。我想，也许一切就从那些珍珠开始失去实体感、开始虚化的。

于是我决定盯紧这串珍珠。

再睁开眼睛，珍珠不见了，穿白衣服的医生不见了。“蓝衣服”在耳边叫：“醒了！醒了！”

我还在想：珍珠。

“醒了，醒了。”

我慢慢坐起身，说道：“完了？”

“完了！”

检查真的做完了。

“回病房吧，报告会送过去，不用自己来取！”

我看了看手上，那管药不知什么时候给推进了身体里，只剩下一支空针管用胶布贴在手背上。真的完了。那些头上有灯、有镜头的管子已经钻到胃里巡视过了。而麻醉剂只是让我迅速地昏睡过去，迅速到连怎么睡过去都没有感觉，迅速到连科幻电影中那些超时空飞行器突然加速时的那种感觉也没有出现。

没有飞升，也没有下坠。也未曾有片刻体会到灵肉分离，所体会到的无非一个器官有毛病的人在医院照例的际遇而已。回病房时穿过院中的花园，看到一块石碑上刻写着希波克拉底的誓言。上面也只说医生要为病人解除痛苦，而并未声言要在麻醉时给病人特别的、宗教式的体验。所以作为一个病人没有什么好抱怨的。

但失望总是难免。于是，在病床上挂上输液瓶，又打开那本小书，读诗人关于致幻的体验：

> 然而，我的脚与腿，仿佛在那里一滴一滴地留下了我的物质重量，开始远离我，在我身体的另一端渐渐变成橡胶。

而在我的嘴巴上，出现了另外一张冰冻的嘴。

冰冻的嘴，我想，并咂咂自己的嘴唇，尝到了药物微苦的余味。

善的简单与恶的复杂

——病中读书记二

总体上说，多丽丝·莱辛算是一个温情的作家，正是这种温情，使她部分写作显得单纯而清晰。英国女作家有单纯的传统，比如曼斯菲尔德——应该是二十年前读过，一个个短篇具体的情节已经淡忘了，但那氤氲的温情与惆怅却仿佛成都冬天的雾霭，随时都可以降临身边。英国女作家更有复杂的传统，比如伍尔芙，但这个复杂并不是历史、政治或当下世相的复杂交织，而是女性主义写作所唤醒的，更有弗洛伊德以来的现代心理学对这种自我分析或者说自我深究所提供的方法。莱辛作为一个英国的女性作家，自然也不能自外于这个传统——或者说“潮流”兴许更为恰切一些。

准确地说，多丽丝·莱辛有时候明晰简单，有时也复杂纠缠。

作为女性作家，当她用女性主义的方式写作，潜入主人公内心进行开掘时，她是复杂的，甚至是夹缠不清的。

可是当她的视野与笔触转向外部世界，特别是转向她度过了青少年时代的前英国殖民地南罗得西亚——今天的独立国家津巴布韦时，处理这种想来应该更加复杂的题材时，她倒变得清晰简单了。

我个人喜欢这个简单明晰的莱辛。

从对她作品的阅读，我相信文本的简单不一定是作家才华或风格所致，而是出于信念的原因——坚定的信念使复杂的世相在其眼中和笔下变得简单。

当年，多丽丝·莱辛离开因民族独立运动而动荡不已的南部非洲，带着书写英属非洲殖民地的长篇小说《野草在歌唱》回到英国时，就因为清新、同情与明晰受到了广泛欢迎。我在十几年前读过这部作品。但是，清新的作家，明晰的作家，信念坚定的作家，不一定就是一个伟大的作家，不一定就能引爆潜在写作者强烈的创造力，所以，我们已经将这个人淡忘了。

多丽丝·莱辛是英国人，在大英帝国殖民地遍布全球的时代出生于伊朗，后来，又随全家移民到非洲的南罗得西亚。生长于土地肥沃的白人农场。成人以后，作为殖民主义的既得利益者，她却同情当地黑人的独立运动和对土地的要求，离开了白人种族主义者统治下的国家。她离开的是自己视为故乡的国家，回到了英国，她父亲的故乡，她文化上的母国。

这样一种看起来足够复杂的经历，不由得给人一种期盼，期盼出现一种对反殖民主义浪潮下复杂世相与人性的动荡书写。但《野草在歌唱》并没有充分满足我这种期望。看这本书，某种程度上像是看一个文字版的《走出非洲》，且还没有电影那么深致的低回与缠绵。那时候，我们多么喜欢复杂甚至夹缠的文体啊！——福克纳式、乔伊斯式、王尔德式、艾略特式、“新小说派”式、杜拉斯式，虽然有些时候，一些看似单纯天真的方式却又在不经意间就牢牢地抓住了我们，但我们还是将这个人慢慢淡忘了。直到 2007 年，她才以诺贝尔文学奖获奖者的身份再一次回到中国读者视野中间。

这时，我依然没有读她。

因为所有媒体和随着大流读书的人们轰轰然传说一本书（说她，当然是以说比较夹缠的《金色笔记》为多）的时候，我甚至有些刻意地去回避，而读着一些被流行阅读冷落的文字。直到生病住院时，有朋友送了几百块钱购书券来，输完液就去医院近处的人民南路书店。先买了几本海外学者研究中国的书，之后是奈保尔的一本新书《自由国度》。再在书架间巡行下去，就遇到莱辛了。通常介绍她的创作成就时都没有提到过的书，而且还跟非洲有关，就买了下来——《非洲的笑声》和《这原是老酋长的国度》。准备手术时，就把她和奈保尔定为术前与术后要读的书了。《这原是老酋长的国度》是一个短篇小说集，并有一个副标题叫“非洲故事一集”。为此又跑了一趟书店，怕自己遗漏了二集或更多集。读了作者曾于 1964 年和 1973 年两次再版时的自序，知道这本书原来是两个小说集的合集，也隐约知道，以后并没有再写下去。于是，就读她的短篇。第一篇是白人农场主家一个天真少女和一个非洲土著酋长的故事《木施朗加老酋长》。

> 同大部分白人农场一样，父亲的农场也只散布着几小块耕地，大块儿的地都闲置着。
>
> 故事中的少女就是这个父亲的女儿。从她出生以来一切就是这样，所以一切都天经地义：肥沃的土地，野生动物出没其间的荒野，众多的黑人仆役……农场上的黑人也和那些树木岩石一样，让人无法亲近。他们像一群蝌蚪，黑黑的一团，不断变换着形状，聚拢，散开，又结成团，他们没名没姓，活着就是帮人干活，说着“是，老板”，拿工钱，走人。

荒野是这个少女学习狩猎的地方。不上学的很多日子里，这个少女不是像电影《飘》里的那些农场姑娘在有很多镜子的房间里整理各种蕾丝花边，而是这样子行动着：“臂弯里托着一支枪，带两条狗做伴”，“一天逛出去好几英里”。这是殖民者尚武传统的一种自然流露。

荒野对一个有着敏感情怀的少女来说，就是奇花异木的国度，对一个身体中流淌着征服者血液的少女来说，森林是一个狩猎的场所，更是家庭农场中众多仆役所来自的地方。

少女携枪带狗在森林中穿行，如果遇到黑人，他们会悄无声息把路让开，尽管这个黑人不是他们家的仆役，但一样会露出对主子的顺从表情。但是，某一天，她遇到了一个不肯主动让路的黑人。她因此知道，除了在白人家充当仆役，在农场用劳动力换取一点微薄工钱的低贱的黑人，在她所不知道的更广阔的荒野里，还有着拥有自己的完整社会，有着自己的生产生活方式，有着自己的尊严的黑人。现在，她所遇到的三个黑人中就有一个是这片荒野的真正首脑——一个酋长。少女家由白人政府划给的广大土地，过去曾属于酋长的部落。

这次相遇，在少女眼前打开了另一扇世界之门。

那年她 14 岁。“这是个万籁俱寂的时刻，侧耳倾听的时刻”，“我看到有三个非洲人正绕过一个大蚁丘朝这边走来。我吹了声口哨，把我的狗唤到裙边，晃荡着手里的枪朝前走，想着他们会让到路旁，等我先过。”

他们没有给白人小姑娘让路。老黑人的两个随从告诉她路遇的是木施朗加酋长。

姑娘被黑人的自尊所震动，受震动之后，回到家里看书了。她看到了初到此地的白人留下了这样的文字：“我们的目的地是木施朗加酋长国，它位于大河北边。我们希望能够获得他的允许，在他的领地上勘察金矿。”于是，“这句话……在我心中慢慢发酵。”于是，“我阅读了更多关于非洲这个部分开发时代的书。”谁的开发时代？显然是白人来到这块土地探矿的时代，从欧洲来到这里定居，在原先酋长的领地上建起一个个农场的时代。

“那一年，在农场那块土著南来北往经常穿越的地方，我碰上他（酋长）好几次。”“或许，我之所以常去那条路上游荡，就是希望遇上他。他回答我的招呼，我们互相以礼相待，这都似乎在回答那些困扰我的问题。”

小姑娘有什么问题呢？一句话，这土地到底是谁的？很显然，白人农场的土地本来是酋长们的。但在她出生长大以前，这土地就已经属于自己家了。对她来说，这个现实无从改变。但让她难解的是，为什么反倒是后来者高人一等，土地原先的主人反倒要过着穷困而且没有尊严的生活。小说中写道，木施朗加酋长的儿子，也就是土著部落未来的酋长就在白人农场主家里充当仆役（厨子）。

她不想也不能改变眼下的现实，但这并不妨碍内心中对失去土地同时还失去尊严的黑人产生了深深的同情。

小姑娘当然不能解决这些问题，这个世界也没有什么人很好地解决过这个问题。但因为是问题盘旋在心头，她独自上路了，要去看看酋长残留的未被白人势力深入的国度。后来她勇敢地去到了那里，“那是林间空地上搭建的一带茅草棚屋群落”。在那里，她见到了被族人拥戴的酋长。但她想对酋长表示友好的话都没有说出来。刚刚抵达，她就对欢迎她的酋长说了再见。酋长自然也没有挽留。

再后来，故事就到了尾声，因为老酋长控制的村庄，被代表政府的警察宣布为非法的存在，一年以后，“我又去了那个村庄一次，那里什么都没有了”，“听说木施朗加酋长和他的族人被勒令向东移二百英里，搬到一个法定的土著保留地去了。那块政府所有土地不久将被开发，供白人定居”。

据作家在自序中说，小说集是她的第二本书。写于 20 世纪 50 年代。那是个什么年代呢？作家说，在那个年代，种族问题对身处南部非洲现实中的人来说是熟视无睹，但在这个小世界之外的大世界之中，对种族隔离制度的愤慨也还没有成为进步人士的共识——“进步人士良心的常规构成”——但她已经在小说中涉入这样的现实了。作家也无非是这样，关注到某种被大多数人有意无意视而不见的现实，表示出自己的情感（在莱辛就是一种深深的同情）。如果公众、媒体与社会对此保持沉默，那么，对一个作家来说，也就仅仅是写下了这么一些文字。用我们语境里的话说，叫“对得起自己的良心”。很多高蹈的批评家经常号召作家干预生活，与社会保持一种“紧张的关系”，却没有深究过身边到底有没有这样的作品出现而自己和读者与媒体一起陷入了暧昧的沉默；并且进而研究一下，在一种什么样的社会心态下，大家未曾预约却像预约好的一样陷入了这种沉默。作家写作如果有什么目的，我深信，其目的之一，就是要唤醒人们基本的道德感。批评家应该多研究一点这种唤醒机制和唤不醒的原因，倒比自己爬到道德的制高点宣读空洞的判词要对这个世界有用许多。用道德评判来代替文学批评是批评家给自己营造的一个万全的堡垒，又安全，还可以不断往外放枪。唯一的缺点，里面空气不太好。因为道德这个东西也需要小心对待，一不小心，自身就腐烂了，使空气污染。

在我看来，道德感在作家的故事中潜伏着，比在批评家的判词中直接出现要好很多。就像在多丽丝·莱辛的非洲故事里所起的作用一样。

手术后第四天，举得起硬面精装、五百多页的书了，就开始读了《非洲的笑声》。这本书当然让人看到了南部非洲的某种现实，更让我看到了一个有良心、有道德的作家在这个复杂世界上的尴尬处境。

前面说过，多丽丝·莱辛离开了白人统治的黑非洲国家南罗得西亚。

这个国家历史很短，“1900 年，南罗得西亚成为国家，举国上下一片明艳的粉红色”。

在此之前，远征那里的白人遇到了世居的黑人，“对英国人来说，必须把他们看成一无所知的野蛮人，惟其如此，才能把他们的一切归于他们的征服者”。由于这个原因，“从 50 年代开始，抵抗运动开始形成”。后来，战争爆发。“像许多战争一样，南罗得西亚独立战争本不必爆发。这里的白人至多也就 25 万，我相信他们大多数会愿意妥协，同黑人分享权力”，但这种理想的情形没有发生，黑人反抗了，战争爆发了，“战前，白人远非团结一心，可战争的激情让他们联成一体”。我想，黑人阵营也未尝不是如此。而像多丽丝·莱辛这样意识到战争是一个错误的少数人，则要面对自己人的仇恨、诬蔑甚至迫害。

而在另一边，“年轻男女只要够了岁数就逃离村庄，加入游击队”。

"整整一代黑人青年，其中相当一部分都在游击队接受了教育，有时他们也学几句马克思主义口号，可真正把他们联系在一起的始终是对白人的仇恨"。1980 年，黑人反殖民主义的解放战争取得胜利，一个新的国家津巴布韦诞生了。

多丽丝·莱辛在被白人统治的南罗得西亚禁止入境许多年后，于 1982 年立即动身前往这个换了主人也换了名字的新国家，并用非虚构的形式记录自己的见闻。她一定对这个新的国家怀有美好的想象。虽然很多此前就已独立的黑非洲国家的残酷现实对她肯定有一种警示的作用，但是情感压倒了一切。人们总是希望有例外，总是希望自己的故乡在这个残酷的世界上是一个温柔的例外。如果上帝是一个常常疏于管理的农夫，自己所在的这一国度应该是他精心佑护的示范田。当然，更重要的是，对人类最基本的道德感来说，在这片古老的土地上，失去了自己的土地与自由的人们从不义的白人手中夺回对这块土地的支配权是一件天经地义的事情。虽然说道德有些时候被道德家们弄得很复杂，但归结到每一个人内心道德感的生发，却总是依从于人类生活初始时就产生出来的那种最简单、也最天经地义的逻辑。

所以，复杂的我们总是一面嘲笑简单，同时感动我们的又总是那些没有太复杂动机的人与事。

多丽丝·莱辛也是这样感动我的。

作为一个始终对无偿地强力地占有黑人土地怀着负疚感的白人，当那个黑人国家一旦获得独立，她就奔向了那里。在书中她没有告诉我们她是否做好了面对失望的准备。但是那里的现实显然让她失望。或者说，那里的现实肯定要让她失望。

我们亲爱的女作家回到了这个新国家，却走不进黑人的世界，就像早年，那个少女去到木施郎加酋长的村庄，却无从交流，只寒暄几句就踏上归程。除了不顾别人的警告，偶尔让徒步的黑人搭搭顺风车，去书店买几本当地黑人作家的书来读，她依然和早年熟悉的那些经营着农场的白人们待在一起，回忆过去，或者和他们因为新社会，对新国家、对新领导、对黑人的不同看法而争论不休。

她看到，不是所有黑人都成了主人，没有掌握政权的当年的不同派系的游击队成了恐怖分子，在劫持人质，以达到经济或政治上的种种要求。

她看到，“报纸上也不会说实话”。旧日邻居请她往伦敦打电话，是想知道在自己的国家刚刚发生了什么事情。

她看到，“野生动物几乎消失了，森林鸦雀无声”。

她看到，物资匮乏。

她看到，那些这片土地的解放者成为大小官僚，办事效率低下。这些大小官僚俨然是这个国家的新主人，而大多数黑人，仍然生活在原来的位置上。所不同的是，原来他们还可以将贫苦无助归咎于罪恶的白人，现在，他们却找不到理由反抗和自己同样肤色的新主子，而是眼睁睁看着“出现了一个被平民百姓称为‘头儿’的新阶层”。

更重要的是，新政权并没有致力于民族和解。白人失去了政权，于是白人的世界对黑人封闭起来。黑人则在同一国度构筑别一个世界。不同族群的人，在精神与文化上完全分开，在同一平面上构成互不交叉的平行世界。

她离开的时候一定是非常失望的吧。作家没有写出她的情绪，而是继续怀着温情写她离开的时候，又怎么停下车，打开门，捎上两个黑人妇女，半道上又搭上了一个黑人青年。这是她在机场登机前做的最后一件事。这是她在不到两百页的篇幅中好几次写自己不顾别的白人警告而让黑人搭车的事了。她正是通过这种方式与不同的黑人接触来管窥与揣测这个新国家中黑人的状况。

流动的轿车是她观察一个国家、观察另一种肤色的族群生存状态的取样点。

有良心的人总是善解人意，总是往好的方向去想问题，而掌握大权者行为乖张的程度总是超过人们最坏的想象。即便到了 2007 年，在诺贝尔奖的获奖演说中，她还在说着有些天真的充满理解的话：“我站在门口望着满天滚滚的沙尘暴，我被告知说，那里依然有没有被砍伐的原始森林。……1956年，那里有着我所看到的最美的原始森林，如今全被毁灭。”但她迅速找到了原谅这种状况、对这种状况表示理解的理由：“人们得吃饭呀，要有燃料呀。”

我自己也出生在原始森林曾经密布的地区，以我的经验，敢保证森林的消失绝不是因为当地土著吃饭取暖那点有限的采伐。但有农场生活经验的她是这么说的。

六年之后，她又一次回来了。

她看到了什么？看到了所有坏的东西往更坏处去。她尽量在这个国家四处行走，想发现可以使人感到鼓舞的新东西。但她没有发现。新的国度上演的政治戏剧其实从来都很古老。所以，她发了感慨：“爱上一个国家，或者一个政权，实在是一桩危险的事，你的心几乎肯定会因爱而破碎，甚至会丢了性命。”她说得很好，问题是从来就不存在一个抽象的国家。国家从来都是由一个政权来代表的。

她看到，“状况很危险，是革命之后的典型”，“大批青年得到许诺，将拥有一切。为了那些许诺，他们作出牺牲，可到头来却是一场空”。

她看到，或者是人们不断告诉她，这个“国家腐败成风”，但她还在辩解，说：“穆加贝也在努力。”

这次，她到了黑人的农村。她看到了童年时代的白人农场模式以外的农业。白人农场是具有规模效应的、技术含量很高的方式。而在黑人农村，穆加贝同志部分兑现了承诺的地方，白人农场的地被抢过来，划成一小块一小块分给了黑人。这样的农业运作方式，或许可以使耕作者温饱，但不可能有进一步的发展。南罗得西亚时代的农业是成功的。但是，津巴布韦的当政者没有借鉴这种成功的经验。

更重要的是，这种现实不会被真实呈现出来，因为在这个国家流行着两套语言：“一种是官方场合公开使用的语言，是一种自我保护；另一种是活生生的语言，承认第一种语言的虚假。”“要是你能私下接触某位部长，你就会发现他们对实际局势都很了解。可当他和别的部长们出席内阁会议时，或者出任某个委员会时，他不敢把自己的真实想法说出来。”另一个英国移民作家的话可能更精辟，萨尔曼·拉什迪说：“有两个国家，真实的和虚构的，占据着同一个空间。”

离开这个国家前，她回到了自己长大的“老农场”。“我被带到这里，从五岁起生活在这里，直到十三年后永远离开它。”

1988 年，她再次离开，依然没有告诉我们离开时的心情。但是，1989 年，她又回来了。是怕自己看错了什么吗？

这个在非洲算是自然条件和基础设施最好的国家，“从东到西，人们到处在谈论腐败”。

艾滋病开始流行了。“人人都意识到这个问题”，但它只是一个人们私下里的话题，“它悬浮在谈话的边缘，刚冒个头，又自行沉了下去，它让人感到不舒服，仿佛谈起它就是在散布谣言，害怕为此而受到惩戒”。同时，在左派政治神话中说，“艾滋病毒是 CIA 制造出来的，目的是削弱第三世界国家”。

1992 年，她第四次回来。

在这本书中，第一次回来时笔墨最多，然后，越来越简短。这一次，她回来，在五百页的书中只写了二十页。因为现状依旧，只是程度加深，更加匮乏，拥有特权者更加高高在上，更加腐败……书写这些现实，不过是让人更加绝望。多丽丝·莱辛在这本书中从不直接讲出自己的心情，这一次，她引用了别人给她的信中的话：“每当我想到独立时那些梦想，我就想为津巴布韦放声大哭。”也许，这也是她想说的话吧。

这次，她结束得很匆忙，确实也不必写得太多了。她终于在最后一个小节里谈到了农业（是想探讨一下穆加贝的革命事业失败的原因吗?)，许多国家的立国之本。她谈到农场和农场主的存在本是津巴布韦农业成功的主要原因，但是革命者们总是如此——尤其是游击战出身的革命者更是如此，不愿意依凭前人成功的经验，特别是当这种经验是来自自己的革命对象。正是这样的思路导致了津巴布韦农业的失败。须知这是一个未曾工业化的农业国，农业的失败就是这个国家全面的失败。

于是，“货币贬值了，现在津巴布韦元只值过去的四分之一，这让业已贫困交加的人更加走投无路”。那是 1992 年，到了 2009 年，“津巴布韦中央银行已发行单张面额 1000 亿津元的钞票，以对付失控的通货膨胀。目前，津巴布韦官方公布的年通货膨胀率高达 2200000%。但独立的经济学家认为实际数字更高”。

到作家去斯德哥尔摩领奖时，那里的情形就更糟糕了。看到一则访问，津巴布韦出租车司机希卡姆巴无奈地说：“是的，我是一个百万富翁，一个什么也买不起的百万富翁。津巴布韦现在遍地都是百万富翁。我们是一个盛产百万富翁的国家，但是同时我们也一无所有。”但她在获奖演说中没有再议论那个国家所有方面的情况，也许是不忍心，也许是真的感到议论对那里情况的改变毫无作用。一般而言，知识分子的议论对改善某些方面的情况会产生一些作用时，这个社会是一个比较正常的社会。但在一些极端的情况下，当国家政权被某些利益集团所把持时，议论是无足轻重的，也无助于情形改善。历史上曾经存在的极权政体与她所关心的那个国家的现实情形，都会让她明了这一点。在这种情形下，还有些行动自由的人会选择做一点在局部会产生些积极作用的事情。所以，作家在获奖演说中反倒只谈她正在参与做着的事情，“我属于一个组织，它起始于把书籍送到非洲村庄里去的想法”，“我自费去津巴布韦做了一个小小的调查，发现津巴布韦人想要读书”。她只说了这么一句委婉地表达不满的话，她说：“人们拥护值得拥护的政府，但是我不认为这符合津巴布韦的情况。”

读多丽丝·莱辛的那些日子，我整天躺在病床上，脑子里被激活的问题有足够的时间久久盘桓。在许多批评家那里，作家介入社会生活好像始终是单向的，仿佛那是一个巫师的祷神仪式，只需完成，而不需回应。但在我看来，一个正常的社会中，且不说文学介入的途径与形式的多样，作家介入社会生活更依赖于来自社会与公众的反响。即便是拉什迪那样被某个国家所通缉，在奈保尔看来，也是“最极端的文学批评形式”。但是，如果一个社会对这样的作品就像根本不曾出现一样不作出任何反应呢？就多丽丝·莱辛这个例子来说，我想她前一部作品肯定是在当时的社会中有所反应的，所以她才有热情去写《非洲的笑声》。但我想，非洲真的发出了笑声，用沉默——如果沉默也可以理解为一种讥讽的无动于衷的狂笑的话。我想，一个作家写下一部关于南部非洲某个国家的书，并不是为了给远在万里之外的我这样的读者提供一个关于远方的读本——客观上它当然有这样的作用。更进一步说，当作家表达了一种现实，即便其中充满了遗憾与抗议，也是希望这种现状得到改善。但作家无法亲自去改善这些现实，只是诉诸人们的良知，唤醒人们昏睡中的正常的情感，以期某些恶化的症候得到舒缓，病变的部分被关注，被清除。文学是让人正常，然后让正常的人去建设一个正常的社会。

她获奖的一半理由是“用怀疑、热情、构想的力量来审视一个分裂的文明”，而面对绝望的现实，始终保持着一份热情去关注、去审视是一件非常了不起的事情。所以，尽管她关于非洲的文字，关于种族问题，关于新生国家治理的文字都显得简单，但直到登上诺贝尔奖的领奖台，她的获奖演说，一直喋喋不休的还是那个国家的人与事。所以，我想，简单明晰的作家也可以是一个伟大的作家，换句话说，成为伟大的作家不一定要非常复杂。更直接一点说，小说的文体与文字，其实不必因现实夹缠而夹缠，因现实丑恶而丑恶，而中国的许多小说就是这样。因为美好，因为善本来就是极其单纯的，当有人要把一件事或者一些事弄得过于复杂的时候，我们就可以怀疑其动机了。

复杂，还是简单？这对作家来说是个哈姆雷特式的问题。很多人未曾动笔就先被问住了，而多丽丝·莱辛用作品作了很好的回答。

背离，是新可能 不是解构，不是

——病中读书记三

一直想谈谈奈保尔，这位诺贝尔奖得主。但我不是因为这个而谈他。那么，是作为一个优秀的作家来谈他？如果是这样，不是还有更多的被谈论过很多的优秀的作家吗？被谈过的作家总是更好谈一些，甚至连作品都不必看，就可以根据那些谈论来谈。而拉什迪被翻译得够多，但至少在汉语当中，对他的谈论是很少很少的。想必是因为根据我们惯常的路数，这个人和他的作品是很难进行讨论的。但我想谈这个人已经很久了，只是总在犹疑，不能确定到底从何入手。这跟很多批评家不一样，甚至跟在网文后跟帖发表评论的一些网友不一样。他们都太肯定，太不是此就是彼。但我发现，当你认真思索，真想解决自己内心的问题，而不是简单表示立场与态度的时候，可能就会不断对自己提出疑问。

读过奈保尔很久了。

先是读他的短篇小说集《米格尔大街》。

继而读到台湾繁体字版的《大河湾》。后来译林出版社出版了该书的简体字版，除译文有些区别外，书名也少了一个字，译成《河湾》。

再后来，相继读他的“印度三部曲”。

那时就想谈他了，但一直没有谈，没有找到头绪。

年初病中，又重新把上述这些作品都集中起来，重读了一遍。而且，还增加了三种：《奈保尔家书》、小说集《自由国度》、《作家看人》，准确地说是奈保尔这个人怎么看一些作家。

这更坚定了我的看法：这个人是有着独特的前所未有的认知价值的，他和诸如拉什迪这样的作家提供了一种全新的文学经验，但这个价值到底是什么，我并不确切地知道。也就是说，在脑海中搜索已经储存起来的现成的文学经验与理论，都不能对这种价值进行命名或归纳。

直到今天，在重庆开一个文学方面的会议，在这样的讲坛上，差不多全部关于文学的讨论都是基于现成的文学经验与理论。听到不太想听的话题时，我就借故短暂离开一下会场。其间某次，我打算去外面呼吸几口新鲜空气。揿下按钮，电梯降下来，降下来，一声“叮咚”的提示音响起，光滑的金属门无声洞开的那一瞬间，脑子里猛然一亮堂，做了这篇文章标题的那句话清晰地出现在脑海：“不是解构，不是背离，是新的可能!”

我知道，终于可以谈论他了。

我们如今的文学理论，先自把所有作家分成了两类。最大多数那一类，在祖国、母族文化、母语中间处之泰然。比较少的一类，或不在祖国，或不在母族文化，或不在母语中安身立命，竟或者几处同时不在，处境自然就微妙敏感。我属于后一类。三不在中就占了两处，常惹来无端的同情或指责。就在博客中，就有匿名的大概是身在母族文化又自以为母语水准高超者，潜隐而来，留言，提醒，教训。我的态度呢，不感动，也不惊诧。人家同情我流离失所，在外面的世界有种种精神风险。我呢，作为一个至少敢在不同世界里闯荡的人，对依然生活于某种精神茧子中而毫不自觉的人反而有深刻同情。这是闲话，打住。虽然如此，文章之道还在于多少要讲些闲话，但还是回到正题上来吧。

不想说前一类作家，关于他们已经谈得太多太多了。文学史以他们来建构，文学理论以他们来形成，当我们评述今天日益复杂的文学现状，所援引的尺度也全由他们的经验来标识。后一类作家是少数，但他们的数量在不断增加。不因为其他，只是因为时势的变化。全球性的交流不断增加，这个世界有越来越多的人脱离原先的环境（祖国、母族文化和母语），起初，这样的离开多是出于被动，比如非洲的黑种人来到美洲，比如二战前后的犹太人逃离纳粹的迫害，以及冷战时期昆德拉们的流亡。但这种情形渐渐有了变化。这种离开渐渐成为人们主动的选择。他们主动去到一个陌生的世界——寄托了更多理想与希望的世界，重新生根，长叶。如果他们中的一些人开始写作，还会时时回首故国，但这种回首，与其说是一种文化怀乡，还不如说成是对生命之流的回溯。这样的作家已经越来越多，其中许多已经具有世界性的影响，比如奈保尔。而且，这还只是一个开始，这样的作家将会更好更多。而我们对这一类作家的意义认识不仅不够，甚至有方向性的错误。这种错误就在于，我们始终认为，一个人，一个个体，天然地而且将不可更改地要属于偶然产生于（至少从生物学的意义上）其间的那个国家、种族、母语和文化，否则，终其一生，都将是一个悲苦的被放逐者，一个游魂，时刻等待被召回。在这样一种思维定式下，无论命运使人到达世界的哪一个角落，如果要书写，乡愁就将是一个永恒的题目。但我时常怀疑在这样的表达中，至少在某些书写者身上，是一种虚伪的、为写作而写作的无病呻吟。我不相信提着公文包不断做洲际穿梭旅行、皓发红颜精力充沛的四处作文化演说的人有那么深刻真实的乡愁。真有那么深重的去国流离的悲苦，那么回来就是嘛。要么，就像帕斯捷尔纳克，就是外面给了诺贝尔奖也怕再不能回到祖国而选择放弃。我不是道德家，不会对人提这样的要求，也反感对人提这样的要求。我只是把不同的人两相对照后，生出些怀疑。无时不在文字中思念故国者去国悠游，偶尔回来说点不着四六的爱国话就被待如上宾，反倒是那些对母国现实与母族文化保留着热爱同时保持着自己批评权利者瘐死故乡。20 世纪的西藏，就出过这么一位叫更敦群培的。本来从西藏南部去了异国，在那里接触到封闭的经院之外的语言，并从那异族的语言中感到思想的冲击，回头来自然对经院哲学中的僵死保守的东西有所批判，而且，还要回到西藏，在那个封闭的世界里去实行继续的批判，结果遭受牢狱之灾，毁坏了身体，继而以佯狂放浪的方式，半是声讨，半是自保，结果身体更加不堪。西藏近代史上一位稀有的思想者，正当思想者的壮年，却因以身试法，在贫病交加中离开了这个他欲加以改造、希望有所变化的世界。

奈保尔则溢出了这样的轨道。

他的父辈就带着全家离开了印度。他出生时，和他家庭一样的印度裔的人，已经在那个名叫特立尼达和多巴哥的国家，在那个国家的首都西班牙港形成了自己的社区。他的表达精妙的小说集《米格尔大街》就是他多年后身居英国而回望自己的成长岁月时对那个社区生活与人物的叙写。这本小说是我最喜欢的小说之一。笔调活泼幽默，描写简练传神，有豁达的命运感叹。但没有通常我们以为一个离开母国的作家笔下泛滥的乡愁，也没有作为一个弱势族群作家常常要表演给别人的特别的风习与文化元素。因此之故，我就爱上了他。

他在《作家看人》中品评一个印度作家的时候，写道："在自传性的写作中，个人偏见会让人读来有趣。"这有趣是他颇为幽默的说法。而他真实的想法是"我感觉他困于网中"。为什么呢？"在关于加尔各答生活的近乎民族志学研究的那一章中，乔杜里利用这点取得了极佳的写作效果"。我没有读过乔杜里的作品，这么引用并不是赞同奈保尔对这个作家的评判，因为我个人的写作，有时也有这种民族志的眼光。但这种引证可以证明一点，《米格尔大街》中回避文化与故国之思，是一种有意的安排。后来，读到他回忆写作这本书的文字，更印证了我的看法。

他说："那本书写的是那条街的'平面'景象。在我所写的内容中，我跟那条街凑得很近，跟我小时候一样，摒弃了外界。"

诺贝尔奖以这样的理由授予他：

“其著作将极具洞察力的叙述与不为世俗左右的探索融为一体，是驱策我们从扭曲的历史中探寻真实的动力。”

到他的长篇小说《河湾》和小说集《自由国度》，他的眼光已经转向了更广阔的世界。《河湾》起初还写了一点印度裔的人，在白人和数量众多的黑肤色非洲人之间的那种飘零感（因为小说的背景是非洲），但很快，小说的重点就转入了对后殖民时代非洲动荡局面的观察与剖析。这是一种新的超越种族的世界性眼光，而不是基于一种流民的心态。这种方式在《自由国度》中表现得更加自由舒展。作为小说集重心的故事，就是一对男女驾车穿行一个马上就要爆发动乱的非洲国度的过程与心态。如果小说中有所倾向，那也是人类共同的关于自由与民主的渴求的理念。在我们习见的经典文学表述中，作家都是基于国家民族和文化而有一个明确的立场。但在《自由国度》中，主人公在这种习见的基点上，与黑非洲并无关联，因此，我们习以为会毁掉一部作品的主人公与那些概念的疏离反倒提供了更多样观察的角度与更丰富的感受。套用苏珊·桑塔格的话，是新的时代造成了新的人，这些新的生存状况的人带来了新的感受方式。桑塔格把这叫做“新感受力”。当然，桑塔格所命名的这种“新感受力”指的不是我说的这种东西，但借用一下这个说辞也是基于表达的方便，也更说明，在全球化的背景下，时移势迁，“新感受力”的出现也是多种多样，而不止是她在纽约所指的当代艺术方式嬗变的那一个方面。

而在不大愿意承认这种“新感受力”出现的地方，这样的作家就会变得难以言说。还是借用桑塔格的说法，如果你要用旧方式去评说他，他就会“拒绝阐释”。

这个人的父亲离开了一次故国，他又从所谓第二故乡再次离开，却为什么没有那么多乡愁呢？如果我们希望他有，或者责难他没有，是他的错，还是我们过于“乡愿”的错？为什么我们不能对奈保尔们在自己处境中创造出来的新东西有“同情之理解”？为什么我们一定以为去国之后就一定更加爱国怀乡？为什么一定以为离开母族与母语之人一定悲苦无依？奈保尔在英国用英语写作，其实，很多身在印度的印度作家一样用英语写作，至少在泰戈尔的时代，情形就是如此了。

更离谱的是，这个人数次回到印度，用游记的体裁写了三本关于母国的书“印度三部曲”。大多数的时候，他的语调都暗含讥讽，而且批评远远多于表彰和颂扬，绝望的情绪多于希望。爱国家爱民族的人们要愤怒了。听听这个人是怎么说的吧：

“独立的印度，是个早已被挫败的国家。纯粹的印度历史在很早前就结束了。”

“印度于我是一个难以表述的国家。它不是我的家也不可能成为我的家。”

“印度，这个我 1962 年第一次访问的国度，对我来说是一块十分陌生的土地。一百年的时间足以洗净我许多印度式的宗教的态度。……同时，也明白了，像我这样一个来自微小而遥远的新世界社区的人，其‘印度式’的态度，与那些仍然认为印度是一个整体的人的态度会有多么大的差异。”

这是他到达印度时候说的话。离开的时候他这么写道：“一个衰败中的文明的危机，其唯一的希望就在于更迅速的衰败。”

在人类文明史上，这样的人，这样的言行无数次被判决过了：背叛！卖国者！大刑伺候！用大批判肃清流毒！对这一切，任何人都可以预见，所以他事先就发出了疑问：“一个人如果从婴儿时期就习惯于集体安全，习惯于一种生活被细致规范化了的安全，他怎么有可能成为一个个体、一个有着自我的人？”

是的，我们非常习惯于那种道德的安全，而且时时刻刻躲在这个掩体后面窥测世界，甚至攻击别人。与此同时，在那个看上去庞大坚固的掩体后面，很多人正在以加强这种安全性的名义来不断解构。不是一些艺术家所声称的小打小闹的解构，而是以热爱的名义、坚守立场的名义，使人们对国族与文化的理解更僵死，更民粹，更保守，更肤浅，更少回旋余地，因此也更容易集体性地歇斯底里。相较而言，奈保尔们的工作倒有些全新的意义，显示了一种新的有超越性的文化知识的成长。

就在两天前，我作为华语文学传媒大奖的前一届得主陪新得主苏童去某大学演讲，规定的题目就叫“个人史与民族史”。我就结合奈保尔的介绍谈到个人史在现今社会有时会溢出民族史，这时就有年轻人起来诘问，那些挟带着一个个有力问号的句式，一听就知道其自以为占着某种道德的优越感。我不忍用同样的语气回驳一个求学时期的年轻人，耐心回答的同时，在心里暗想，他从教材里学到的是多么正确而又渐渐远离了现实的东西啊！

奈保尔还说过这样的话：“我这一辈子，时时不得不考虑各种观察方式，以及这些方式如何改变了世界的格局。”

我们得承认，这个世界真的出现了一些新的“格局”。在这些新格局之下，不用解构什么，也不用背离什么，自然而然，就会生长出新的人。新的人多了，以他们为土壤，就生长出了新的文化，或者，有了成长出新的文化的可能性。

道德的还是理想的

——关于故乡，而且不只是关于故乡

我有个日渐加深的疑问，中国人心目中的故乡是一个怎样的存在？

这个疑问还有别的设问方式：这个故乡是虚饰的，还是一种经过反思还原的真实？是抽象的道德象征，还是具象的地理与人文存在？

的确，我对汉语的文艺性表达中关于故乡的言说有着愈益深重的怀疑。当有需要讲一讲故乡时，我会四顾茫然，顿生孤独惆怅之感。当下很多抒情性的文字——散文、诗歌、歌词，甚至别的样式的艺术作品，但凡关涉到故乡这样一个主题，我们一定会听到同样甜腻而矫饰的腔调。在这种腔调的吟咏中，国人的故乡都具有相同的特征：风俗古老淳厚，乡人朴拙善良；花是解语花，水是含情水。在吾国大多数无论是人文还是自然都并不美好的地方旅行，我会突然意识到，这就是被某一首诗吟过，被某一首歌唱过，被某一幅图画过的某一个文化人的美丽的家乡。但真实的情况总是，那情形并不见得就那么美好。带着这样的困惑，有一天，在某地一条污水河上坐旅游船，听接待方安排的导游机械地背诵着本地文化人所写的歌唱这条河流美景的诗句时，我不禁闭上了眼睛，陷入了自己一个荒诞的想象：假如我们的文化发达到每一地都出了文化名人，都写了描绘故乡美景的篇章，我们再把这些篇章像做拼图游戏一样拼合起来，那么，吾国每一条河流都不会有污染，每一座山峦都披满了绿装，没有沙漠进逼城市与村庄，四处都是天堂般的风和日丽，鸟语花香。城镇的每一个角落都被彩虹般的灯光照亮，没有波德莱尔笔下那样的“恶之花”从卑污处绽放。

由此，不得不得出一个结论，在中国绝大多数文艺性的表述中，那个关于故乡的言说都是虚饰的，出自于一种胆怯乏力的想象。关于人类最初与最终居住地的美好图景，最美妙的那一些，已经被各种宗教和各种主义很完整、很大胆地以一种不容置疑的气度描述过了。当我们描绘那些多半并不存在的家乡美景时，气度上却缺乏那样大气磅礴的支撑，不过是在局部性地复述一些前人的言说。于是，一种虚饰的故乡图景在文字表述中四处泛滥。故乡——村庄、镇子、胡同、大院，所有这些存在或者说记忆到底是应该作为一种客观对象还是主观的意象，已经不是一个如何写作的问题，而早就是一个道德伦理问题。用句套话说来，不是存在决定一切，而是态度决定一切。

帕慕克说：“我们一生当中至少都有一次反思，带领我们检视自己出生的环境。”但大多数时候，我们文字里的故乡，不是经过反思的环境，而是一种胆怯的想象所造就的虚构的图景。

没有查书，但大致记得亚里士多德说过，人都会通过文字或思考来使对象“净化”，但是，这个“净化”是“通过怜悯与恐惧达到”，而不是通过虚饰与滥情来达到。想想我本人的写作，或者是就在实际的生活中间，一直以来就有意无意回避对故乡进行直接简单的表述，我也从来没有自欺地说过，有多么热爱自己的故乡。

不愿虚饰，可又无力怜悯。

少年时代，我曾想象过自己是一个孤儿，在路上，永远在穿越不同的村子与城镇，无休止地流浪。幸福，而且自由。自由不是为了无拘无束去天马行空，而是除了自己之外，与别的人没有任何牵扯与挂碍。幸福也不是为了丰衣足食，但至少不必为不够丰衣足食而生活在愁烦焦灼的氛围之中，生活在为了生存而动物般的竞争里。那是一个川西北高原上的僻静村庄，阳光是透明的，河水是清澈的，鲜花是应时开放的，村后高山上的积雪随季节转换堆积或融化。但人们的生活，如果只是为了生存而挣扎，那人之为之，又有什么意义呢？可在中国乡村，特别是我们这一代人青少年时期生活的乡村，使旧乡村有些意味的士绅与文化人物已经消失殆尽，几乎所有人都堕入动物般的生存。树木与花草没有感官与思想，只是顺应着季节的变化枯荣有定。但人，发展出来那么丰富的感受能力，却又只为嘴巴与胃囊而奔忙，而兴奋与悲愁，这样的故乡，我想，但凡是一个正常的人，恐怕是无法热爱的。何况，那时使故乡美丽的森林正被大规模地砍伐。上世纪六七十年代，伐木工人的数量早就超过了我们这些当地土著的数量。跟很多很多中国人一样，我青少年时代的许多努力，就是为了逃离家乡。

但是，当我们在学校学习，或者通过阅读自学，在汉语的语境之中，好像已经有一个约定俗成的规矩，那就是，一个人必须爱自己的故乡。如果不是这样，那么，这个人在道德上就已经失去了立身之地。这处境有点像我们在某些需要举行表决的场合，虽然规则说可以投反对票，但所有人都知道，要么你不举手，要举手就是投赞成票，否则，就是一个离经叛道的另类，一个不识时务的傻瓜了。

其实，故乡只是一个地理性存在，美好与否，自然条件就有先天的决定，本来那只是地图上的一个点，一个人总归要非常偶然地降生在一个地方，于是，这个地方就有了强烈的感情色彩，叫做了故乡。从此开始，衍生出一连串宏大的命名，最为宏大而前定的两个命名就是民族与国家，“人生签牌分派给我们的国家”。故乡之不能被正面注视，不能客观书写，也是因为这两个伟大的命名下诞生出来的特殊情感。因为从家到族到国的概念连接，家乡的神圣性再也无可动摇。再从国到族到家，这样反过来一想，老家所在的那块土地，也就神化成一个坛，只好安置我们对理想家园梦境般的美好想象。幸福家园的图景总是那么相似，故乡的描述终于也就毫无新意，就像彼此抄袭互相拷贝的一样。

我们生活在一个动荡的但总还有些人情温暖的时代，旧传统被无情打破，但新的人文环境并未按革命者的理想成形。在所有宏大的命名下，只有“人”这个概念，被整体遗忘。在家乡，你是家族中的一分子，你的身份是按血缘纽带中的一环来命名与确认的，就像我们在整个社会机器中，你不是作为一个独立的人，而是按你在整部机器的运行中所起的作用大小来得以确认。于是，人就只好知趣地自己消失了，人在故乡的真实感受与经历也就真的消失了。

我们虚饰了故乡，其实就是拒绝了一种真实的记忆，拒绝真实的记忆，就等于失去记忆。

失忆当然是因为缺少反省的习惯与反思的勇气。

于是，失忆从一个小小的地方开始，日渐扩散，在意识中水渍一样慢慢晕染，终于阴云一样遮蔽了理性的天空，使我们这些人看起来变成了诗意的、感性的、深情的一群，在一个颇能自洽的语境中沉溺，面对观想出来的假象自我陶醉。而失忆症也从一个小小的故乡，扩展到民族，扩展到国家历史，使我们的文化成为一种虚伪的文化。当我们放弃了对故乡真实存在的理性观照与反思，久而久之，我们也就整体性地失去了对文化与历史，对当下现实的反思的能力。

文学的教义

随风远走

——茅盾文学奖颁奖礼上的答词

又听见了杜鹃的声音：悠长，遥远，宁静。

1994 年 5 月，我坐在窗前，面对着不远处山坡上一片嫩绿的白桦林，听见了从林子里传来的杜鹃的啼鸣声。那时，身后的音响低低回荡着的是贝多芬《春天》与莫扎特《鳟鱼》优美的旋律。那个时候，音乐是每天的功课。那片白桦林也与我有了十几年的厮守，我早在不同时间与情景中，为她的四季美景而深浅不一地感动过了。杜鹃也是每年杜鹃花开的季节都要叫起来的，不同的只是，在那个 5 月的某一天，我打开了电脑。而且，多年以来在对地方史的关注中积累起来的点点滴滴，忽然在那一刻呈现出一种隐约而又生机勃勃、含义丰富的面貌。于是，《尘埃落定》的第一行字便落在屏幕上了。小说所以从冬天开始，应当是我想起历史时，心里定有的一种萧疏肃杀之感，但是因为那丰沛的激情与预感中的很多可能性，所以，便先来一场丰润的大雪。我必须承认，这都是我自己面对自己创建的文本所作的揣摩与分析，而不是出于当时刻意的苦思。我必须说，那时的一切都是一种自然而然的流淌。

《尘埃落定》就这样开始了它生命的诞生过程。

今天，我已经很难回想起具体过程中的每一个细节了。眼前却永远浮现着那片白桦林富有意蕴的变化。每天上午，打开电脑，我都会抬眼看一看她。不同的天气里，她呈现出不同的质感与情愫。

马尔康的春天来得晚。初夏的 5 月才是春天。7 月，盛大的夏天来到，春天清新的翠绿日渐加深，就像一个新生的湖泊被不断注入一样（我有两行诗可以描摹那种情境：“日益就丰盈了/日益就显出忧伤与蔚蓝”）。那种浓重的绿，加上高原明亮阳光的照耀，真是一种特别美丽的蓝。10 月，那金黄嘹亮而高亢，有一种颂歌般的庄严。然后，冬天来到了。白桦林一天天掉光了叶子。霜下来了，雪下来了。茂密的树林重新变得稀疏，露出了林子下面的岩石、泥土与斑驳的残雪。这时，小说里的世界像那片白桦林一样，已经历了所有生命的冲动与喧嚣，复归于寂静。世界又变回到什么都未曾发生也未曾经历过的那种样子。但是，那一片树林的荣枯，已经成了这本书本身，这本身的诞生过程，以及创造这个故事的那个人在创造这个故事时情感与思想状态的一个形象而绝妙的况喻。

直到今天，我都会为了这个况喻里那些潜伏的富于象征性的因子不断感动。

写完最后一行字，面对那片萧疏的林子，那片在睡了一个漫长冬季后，必然又会开始新一轮荣枯的林子，我差不多被一种巨大的幸福击倒。对我而言，这是一次创造，也是一次隆重的精神洗礼。然而这一切，都在 1994 年最后几天里结束了。

故事从我的脑子里走出来，走到了电脑磁盘里，又经过打印机一行行流淌到纸上。从此，这本书便不再属于阿来了。她开始了自己的历程，踏上了自己的命运之旅。我不知道别的作家同行有没有这样的感觉。但我却深深感到，我对她将来的际遇已经无能为力了。

一个人有自己的命运，一本书也是一样。她走向世界，流布于人群中的故事再不是由我来操控把握了，而是很多人，特别是很多的社会因素参与进来，共同地创造着。大家知道，她的出版过程有过三四年的曲折期。后来就有朋友说，那曲折其实是一种等待，等待一个特别适合面世的机会。找到最合适机会出声的角色，总会迎面便撞上剧场里大面积的喝彩。

之后的一切，就是大家都熟悉的一个故事了。幸福的家庭都是相似的，幸运的书的命运也都是相似的。读者的欢迎，批评界的好评，各种奖项与传媒的炒作。这本书的命运进展到这样一个模式里，我与之倒有了一种生分的感觉。我不能说这一切不是我所期望的。我只是要说，这些成功的喜悦与当初创作这本书时的快乐以及刚结束时体会的那种巨大的幸福感确乎是无法比较的。

我说过了，这本书离开我的打印机，开始其命运旅途之后，她的故事里便加入了很多人的创造。在此，对每一个看重她，善待她的有关机构、领导、师长、朋友表示衷心的谢意，感谢你们在我力所不及的地方，推进了这本书的故事的进展。如果要为施惠于这本书的人开一个名单，那将会非常漫长。同时，每一本书走向公众之后，每一个读者都在阅读过程中不断参与和创造。在此，我也要向每一位读者表示我的谢意。

今天，当《尘埃落定》与我的名字联系在一起，频频出现在报端时，我确乎感到，它是离我远去了。是的，她正在顺风而去。而对我来说，另一个需要从混沌的背景中剥离出来的故事，又在什么地方等待着了。

文学表达的民间资源

——在中央民大等高校的演讲

很长一段时间了，我必须不断地谈《尘埃落定》，这个来自越来越遥远的时间的一个部族集体记忆深处的故事。谈主题，谈文本，谈语言，谈作为背景的社会与政治，谈有些哗众取宠的趣闻逸事。这是我被引导着进入自己作品的规定角度，也是在大多数情况下，我们试图进入一部作品时最方便的门径。但这种方便法门，并不总能让我们顺利地登堂入室。与此同时，一些特别的门径完全被忽略了。对某些作家来讲，这种忽略可能致使其不能完全地进入真正的文学状态。这种错误的另一个结果可能是，一部作品找到了很多读者，却找不到一个能作出恰当诠释的批评家。

在我看来，好些非常有名的，被很多人诠释过的作品，都面临着这样的尴尬。最著名的两本书，是两个得诺贝尔奖的作家的代表作。一本当然是马尔克斯的《百年孤独》，一本是莫瑞森的《宝贝》。我不知道这两本书在西班牙语和英语的语境中是怎样被批评的。但我知道，这两本译为中文已经很长时间的书，在中文的语境中是被怎样批评与言说的。这些批评与言说，如果只是批评圈子里的自说自话倒也罢了，但这些批评的结论与得出结论的方式，往往影响到很多读者的阅读方式，也影响到许多写作者的路径取向。

比如莫瑞森小说中的差不多无处不在的鬼魂，它是怎么在这部小说中出现的？它为什么会出现？仅仅是作家有意设置的烘托气氛的手段，或是赋予了特别意义的象征性符号？它最初的来源是否就是作家灵感突至的结果？至少在我看到的批评中，这些可能真正让人感兴趣的问题却在有意无意之中被忽略了。一些批评忙于揭示其中可能包含的美国社会矛盾和美国民主政治的虚伪，这其实和很多美国人诠释中国文学的方式如出一辙。也有一些批评则断章取义，把一部完整的作品为我所用，支持我论点的东西，便加以呈现，否则便让其永远沉陷在那束理论之光永远光照不到的黑暗之中。我们看到过在黑夜的世界里，一束光如何照亮很小的一片地方，而舍弃了真正广大存在的景象。当今的批评中，这种景象实在是十分普遍。

莫瑞森是一个非常杰出的作家，但在中国批评界与创作界中，她的名声远比马尔克斯要小。《宝贝》这部杰作也常常被忽略。而人人都能够谈的是《百年孤独》。从小说开头的那一句话，到书中那些光怪陆离的场景，再到纯政治性的对殖民主义的揭露与抗议等。而且，大家也都因此知道了一个词：魔幻现实主义。这个主义代表了一个喧闹的、多彩的、差不多随心所欲的、无所不能的文体。魔幻在这里的意思差不多与魔术相当。魔术可以引领我们逃避真实。

自《百年孤独》登陆并风靡了中国以后，所有富于想象的作品，都面临被贴上一个魔幻标签的危险。我特别担心，那个遥远的、曾经十分喧闹的、匪夷所思的、已经重新陷落于记忆与雨林深处日渐朽腐的马孔多镇，会被中国文学当成所有超凡想象的唯一源头。

在当年的魔幻热潮中，我便开始琢磨马尔克斯和马尔克斯们是怎么开始魔幻起来的。于是读鲁尔弗、卡彭铁尔、阿斯图里亚斯、富恩斯特等一系列的拉美作家。看这群人的想象为什么会发生集体性的爆发。在此之前，拉美大陆的作家只是用西班牙语写着一些西班牙式的小说。终于，这些急于摆脱旧大陆影响的人们，建立了自己独立的诗歌帝国。这个帝国的核心是聂鲁达，聂鲁达的诗歌王国的制高点《巴克楚比克楚》，便是美洲大陆本土的印第安文化最辉煌高峻的圣殿。

这首诗也为我们解读整个拉美的文学爆炸提供了两条重要的线索：一条，来自欧陆的超现实主义文学的影响；一条，拉美本土印第安文化传统在西班牙语的拉美文学中的复活。

在拉美，这样两条在时空上相距遥远的意识之流奇妙地汇集到一起，产生出一条新的河流。这条河流在一个新大陆上，激情四溢地四处流淌，随时随地开辟出新的河床。我们应该看到，这样一种文学大潮的出现，既与来自外部世界的最新的艺术观念与技术试验有很大关系，更与复活本土文化意识的努力密切相关。但在大多数情况下，我们是把马尔克斯们当成一个孤立的事件来看待的。至少，从众多的评介文字中，我们只能得出这样的印象。拉美的文学爆炸就像关于宇宙起源的大爆炸假说一样，没有任何先决的条件。魔幻现实主义所受的超现实主义的影响被忽略了，而作家们发掘印第安神话与传说，复活其中一些审美与认知方式的努力则更是被这种或那种方法论圈定了界限的批评排除在视野之外。

从此，魔幻现实主义这样一个未必明了的概念便常常用来指称所有具有超现实因素的作品。这种简单化的方式，把整个拉美的爆炸文学等同于魔幻现实主义，魔幻现实主义又等同于马尔克斯一个作家，马尔克斯一个作家又等同于《百年孤独》这一部作品。就其从把复杂纷纭的事物变得简单与绝对这一点来说，我们的很多批评家应该改行去做“数学家”了。

当然，如果这仅仅是用以评介那些作品，我们也无话可说，但这种批评方式很快又蔓延到对中国当代文学的评介之中。新时期的中国文学从技术到观念，受了很多不同流派、不同风格、不同思想作家的影响。这种影响往往是以重叠而交叉的方式发生的，这样复杂的影响方式在成功的作家的成功作品中体现得特别明显。这句话用另一种方式来表达就是，一个只会模仿的作家绝对不会是一个好的作家。当今的批评往往用剖析模仿性作品的方式来对待那些富有创造性的作品。

即便我们要把中国作家所有的创新努力都算到模仿外国作家的账上，那么，一些具有异质感，有些超常想象与超现实场景的作品，也绝非对一个魔幻现实主义、一个马尔克斯的反复模仿那么简单。前面我已经提到了一张与马尔克斯同道的拉美作家的名单。虽然我见识不多，也还读过许多富于幻想性的作品。比如法国人埃梅，比如意大利人卡尔维诺，还有前面提到的莫瑞森（就读读《所罗门之歌》那富于超现实意味的开头吧）。如果说到一些单篇的作品，我们至少可以提到卡夫卡的《变形记》，尤瑟纳尔的《王佛的保命之道》。所以，我不知道是中国批评家偷懒只读了马尔克斯，还是如此一致地崇拜着马尔克斯。

也许，我们认为文学的想象到马尔克斯为止。所以，任何作家的作品出现超现实的场景都是在马尔克斯的香蕉园里“跳舞”。也许，我们认为超现实的现象、诗意的想象是魔幻现实主义的专利，所以，中国作家在这方面的任何建树，都侵犯了人家的专利权。

文学源流的梳理，自从有文学批评、有文学史以来，就开始进行了，而且积累了很多各有所长的方法。但是，中国当代文学得到的对待往往过于简单了。在这样一个境况下，如果有谁还盼望对另一个源头，即本族文化的源头与基因进行一些梳理与考量，那也会成为一个超现实的想象。刚才说过，马尔克斯们那种多彩多姿、喧闹不已的文体，有很大一部分，来自他们对印第安神话与传说的研究，其中包含了他们复活已经日渐湮灭的印第安文化意识的共同努力。在我看来，当下的一些中国作家也在做着同样的努力。

这里，我想谈谈自己的书《尘埃落定》。关于这本书的真正批评不多，但就我看到的而言，多是作了一些源流上的大致梳理。所以，我就想避开这个路数，来谈谈这本书的民间文化来源。

这本书取材于藏民族中的嘉绒部族的历史，与藏民族民间的集体记忆与表述方式之间有着必然的渊源。当然我只能作一些感性的陈述，而不是理性的归纳。这一方面是由于我个人缺乏作理性归纳的系统的学术训练，同时，我也担心，过于理性阐释会损伤感性表述的能力。

我也常常问自己一个别人常来问我的问题。这个故事是怎么来的，这个故事中的人物是怎么来的，为什么用这样的方式讲述这样一个故事。恰好借近段时间为人民文学出版社编辑文集的机会，检点旧作，重新梳理一遍自己近二十年的文学创作道路，也就从其中发现了一些端倪。

最近的一个例证，是一篇发表于1987年《西藏文学》上的短篇小说《阿古顿巴》(长江文艺出版社“跨世纪文丛”《月光下的银匠》收录)。阿古顿巴，是的，就是那个差不多每个藏族人都能讲几个有关他的故事的那个阿古顿巴。我不知道是哪个伟大的无名的民间艺术家最先创造了这个人物，但我知道，在漫长的历史进程中，在不同的地区，在不同的藏语方言中，有无数的老百姓不断地添加着，丰富着这个人物的故事，使之成为一个代表了大多数人心愿与理想的人物，一个平凡的英雄，一个与占统治地位的强势群体相对抗的平民英雄。更有意思的是，在所有这些故事中，都没有关于阿古顿巴形象的正面描写。这一切促使我开始想象他是什么样子，什么样的出身，什么样的经历，什么样的性格，更主要的是，他因为什么获得了那种觉悟。于是，我在好奇心的驱使下写出了那个短篇小说。从最浅的层面上来说，是想为这样一个伟大的民间英雄造像，给他制作一份情感与思想档案，一份生活履历。在那篇小说中，阿古顿巴是较之居住于宏伟辉煌的寺院中许多职业僧侣具有更多的佛性的人，一个更加敏感的人，一个经常思考的人，也是一个常常不得不随波逐流的人。在我的想象中，他有点像佛教的创始人，也是自己所出身的贵族阶级的叛徒。他背弃了握有巨大世俗权力与话语权力的贵族阶级，背弃了巨大的财富，走向了贫困的民间、失语的民间，走到了自感卑贱的黑头藏民中间，用质朴的方式思想、用民间的智慧反抗。

或者，在写作《阿古顿巴》这个故事的时候，傻子的形象就呼之欲出了："阿古顿巴一生下来，就不大受当领主的父亲的宠爱……阿古顿巴从小就在富裕的庄园里过着孤独的生活。冬天，在高大的寨楼前面，坐在光滑的石阶上享受太阳的温暖；夏日，在院子里一株株苹果树、核桃树的树荫下陷入沉思。他的脑袋很大，宽广的额头下是一双忧郁的眼睛，正是这双沉静的、早慧的眼睛真正看到了四季的开始与结束，以及人们早以为熟知的生活。……'他就那样坐在自己脑袋下面，悄无声息。'"

在故事中，阿古顿巴四处漫游，他每到一个地区，"他的故事已经先期抵达"，"部落里已经有人梦见阿古顿巴要来拯救他们"。

他告诉人们，自己是阿古顿巴。

"人们看着这个状貌滑稽、形容枯槁的人说：'你不是阿古顿巴。'"

故事里的阿古顿巴甚至有可能成为先知式的人物，但他这个百姓的代言人最终却受困于百姓无止境的要求，也受困于绝望的爱情，最终还是成了一个孤独的、有些异禀的俗人。

这个故事是把民间流传的许多阿古顿巴的故事串联了几个而写成的。

《尘埃落定》出版以后，许多专业人士从西方文学传统中，从汉语言文学传统中，追溯傻子少爷这个形象的缘起。是的，不管我们属于中国这个民族大家庭中的哪一个民族，只要你用汉语进行创作，你就必须遵从汉语言的深厚绵远的传统，自然而然地，就要从这个传统中寻求启示和滋养。而从20世纪开始，又有许许多多的西方文学经典被翻译为汉语，于是，通过汉语这种伟大的语言，我们的文学视野扩展到了整个世界。我们说这是个资源共享的时代，我想绝不仅仅是指物质资源的共享，更为重要的是文化资源的共享。所以，我非常乐于承认自己通过汉语受到的汉语文学的滋养，也非常乐于承认自己受到的世界文学的影响。

一个令人遗憾的情况是，一方面西藏的自然界和藏文化被视为世界性的话题，但在具体的研究中，真正的民族民间文化却很难进入批评界的视野。所以，阿古顿巴这个民间传说中的人物与《尘埃落定》中的傻子之间，那种若有若无的联系之不被人注意，好像就成了一个命定的事情。

我曾经坚定地认为，作为一个写作者，不应该出来对自己的作品进行诠释与说明。但是，面临目前的情况，我不得不违背自己的原则，出来对这个故事、对故事里的人物的民间文化来源作一些说明。因为这不仅关涉着我的某一部作品的诠释，而且中国很多少数民族文学的作家作品都可能遭逢到这样一个情形。至少，在我所接触到的有关藏族的作家作品的评说中，对民间文化影响的忽略应该说是一种广泛的存在。好像我们的知识之树越壮大，学科的分支越来越多，民间文化资源的开掘、整理与严格的文学批评之间的鸿沟就越发巨大。两个学科的研究人员可能就工作生活在同一个机构，但在学问上完全可能老死不相往来。而创作实践中的我们，或者是我自己，却不能依据学科的分野来规划自己所创造的那个世界的疆界。我们可能就在这些学科之间的边疆地带获得很好的成长。

回到《尘埃落定》这部小说，在塑造傻子少爷这个形象时，我并没有很理性地告诉自己，为了一个生动的故事，为了一个能够超越一般历史真实与生活真实层面的故事，我需要一个既能置身一切进程之中，同时又能随时随地超然物外的这样一个人物。但当写作开始，小说的意义空间与情感空间逐渐敞开，我意识到了这样一种需要。这时，我想到了多年以前在短篇小说中描绘过的那个民间的智者阿古顿巴，憨厚而又聪明的阿古顿巴，面目庸常而身上时时有灵光闪现的阿古顿巴。在他一系列的故事中，他从来没有复杂的计谋和深奥的盘算，他用聪明人最始料不及的简单破解一切复杂的机关。

于是，我大致找到了塑造傻子少爷的方法，那就是与老百姓塑造阿古顿巴这个民间智者一样的大致方法。

我说大致，是我自信自己完全不必照搬这个模式，而应该有所创造与发展。

我的傻子少爷大部分时候随波逐流，生活在习俗与历史的巨大惯性中间，他只是偶尔灵光闪现，从最简单的地方提出最本质最致命的问题。因为人们习惯于复杂的思考，而在那些最简单的地方，却从未有人发言，所以，他的那些话便几乎成了真理。是的，情形就是这样。所以，我知道民间文化的精华是怎样被忽视、被遗忘的。而我生于民间，长于民间，知道在藏民族的日常生活中，强大的官方话语、宗教话语并没有淹没一切。在这里，我必须说，不是我开掘了这个宝库，而是命运给了我这个无比丰厚的馈赠。

至于说，从一个古老民间传说的人物到一个现代小说中的人物，在这个奇妙的过程中，发生了怎样的流变，怎样幻化，又怎样重新定型，这是一个复杂的理论问题，我相信在文学史上也应该存在着与之类似的现象，也有很多批评家进行过多方专门的探讨，并且希望这种有益的探讨能够继续下去。

《尘埃落定》引人注目，其中的一个重要因素，当然是因为傻子这个特别的形象，除此之外，这本小说的文体，准确地说，它讲述故事的方式也引起了较多的关注。我在文体上的成功，许多眼界开阔的批评家都正确而敏锐地指出了写作者从世界各国的书面文学中所受到的影响，也指出了我有此前的诗歌写作中所受到的比较纯粹的语言训练。但是，这种文体创造中所受到的民间文化的影响同样被忽略了。

这种忽略不是一种公正的现象。这不是对我的不公正，我从这本书中得到的好评与奖励与市场回报，早已超出了我的预期。这种不公正是对民间文化的不公正。所以，我觉得自己有义务来说明这种渊源。这种说明，既是对一种文体的来源作一个补充说明，也是对哺育我成长的母族文化表达深切的谢意。

在藏族普通百姓的生活中，书面文学的影响是极其微弱的，在漫长的历史过程中，书面文学深藏于寺院红墙之中，作为宗教传播的一种手段，被人为地神秘化了，远远地脱离了老百姓的日常生活。于是，一切需要传承的集体记忆，比如部族的历史，村落的历史，家族的历史，只是永不休止地在口头传递。一个少年，坐在冬日温暖的火塘旁出神地聆听。

我在一首《庞大家庭》的诗歌中对此情景有过描绘：

祖父的额头日渐光滑明亮
和祖母的手臂一样，和
紫檀木雕成的一样，回声犹如黄铜
家人团聚的日子，在中央
多皱纹的父母承上启下
传递奶罐、茶、辣椒、盐
盐闪烁像奉在门楣的白色石英
我的同辈，兄弟姊妹
这个说，饼，那个说，奶
每一张脸都彼此相似，都像
树上被晒出紫红的果实
悬在空中是很长的时间很宽的空间
现在，听哪
茶在大家庭的血脉中声音细软
酒在大家庭的血脉中声音粗放
血脉贯通，同一种血抵达
一张张坚定固执的脸，声如铜缶

就这样，日子一天天过去，这个少年终于老去。

于是，在自己高大坚固的家屋里，在火塘旁，他又向这个家族新一代的少年人传递这些故事。每一个人都在传递，更重要的是，口头传说一个最重要的特性就是，每一个人在传递这个文本的时候，都会进行一些有意无意的加工。增加一个细节，修改一句对话，特别是其中一些近乎奇迹的东西，被不断地放大。最后，现实的面目一点点地模糊，因为众多的奇迹，传说一天比一天具有更多浪漫的美感，更加具有震撼人心的情感力量。于是，历史变成了传奇。

是的，民间传说总是更多诉诸情感而不是理性。有了这些传说作为依托，我讲述这个故事的时候，就不必刻意区分哪些是曾经真实的存在，哪些地方留下了超越现实的传奇飘逸的影子。在我的小说中，只有不可能的情感，而没有不可能的事情。于是，我在写作这个故事的时候，便获得了空前的自由。我知道，很多作家同行会因为所谓的“真实”这个文学命题的不断困扰，而在写作过程中感到举步维艰，感到想象力的束缚。我也曾经受到过同样的困扰，是民间传说那种在现实世界与幻想世界之间自由穿越的方式，给了我启发，给了我自由，给了我无限的表达空间。

今天，我所以在这里从人物形象与文体两个方面指出《尘埃落定》所受到的民间文化的影响，是因为这种影响被长久地忽略了。但是，我又特别担心，会有人觉得有了民间文化便有了一切，然后，又把我这一番话当成对书面文学影响的变相否认。所以，我必须说，这部小说的成功，还有很多方面的因素。比如我在地方史、宗教史方面积累的知识，比如能通过汉语言从各国优秀文学中吸取的丰厚的营养，比如，我把我的故乡放在世界文化这个大格局和整个人类历史规律中进行的考量与思想。一本书的完成，是很多因素综合作用的结果，片面地夸大某个方面，将其视为决定性的因素，都不是一个科学的考量方法。

最后我想说的是，汉语言文学自有其深厚的幻想传统，但是，自从有了源自苏联的文学观念以后，我们好像忘记了自己产生过《搜神记》《西游记》和《聊斋志异》这样一个优美自由的文学传统。当中国的汉语作家开始有意无意地接续上这个传统时，我们千万不要妄自菲薄，只从外国去寻找其遗传来源。

落不定的尘埃

——《尘埃落定》后记

差不多是两年前秋天的一个日子，我写完了这本小说最后一个字，并回到开头的地方，回到第一个小标题《野画眉》前，写下了大标题《尘埃落定》。直到今天，我还认为这是一个好题目。小说里曾经那样喧嚣与张扬的一切，随着必然的毁弃与遗忘趋于平静。

就我本身而言，在长达八个月的写作过程中，许多情愫，许多意绪，所有抽象的感悟和具体的捕捉能力，许多在写作过程中才产生出来的对人生与世界的更为深刻的体验，都曾在内心里动荡激扬，就像马队与人群在干燥的山谷里奔驰时留下的高高尘土，像炎热夏天里突兀而起的旋风在湖面上搅起高高的水柱。现在，小说完成了，所有曾经被唤醒、被激发的一切，都从升得最高最飘的空中慢慢落下来，落入晦暗的意识深处，重新归于了平静。当然，这个过程也不是一种突然的终止，巨大的尘埃落下很快，有点像一个交响乐队，随着一个统一的休止符，指挥一个有力的收束的手势，戛然而止。

但好的音乐必然会有余音绕梁，一些细小的尘埃仍然会在空中飘浮一段时间。

于是，我又用了长篇中的银匠与那个有些古怪的行刑人家族的故事，写成了两个中篇《月光下的银匠》与《行刑人尔依》，差不多有十二万字。写银匠是将小说里未能充分展开的部分进行了充分的表达。而写行刑人的八万字，对我来说更有意思一些，因为，行刑人在这个新的故事里，成了中心，因为这个中心而使故事、使人产生了新的可能性。从而也显示出一篇小说的多种可能性。这两个中篇小说分别发表在《人民文学》与《花城》杂志上，喜欢这部小说的人，有兴趣可以参看一下。

两个中篇完成已是冬天，我是坐在火炉边写完这些故事的。此时，尘埃才算完全落定了。窗外不远的山坡上，疏朗的桦林间是斑驳的积雪。涤尽了浮尘的积雪在阳光下闪烁着幽微的光芒。

每当想起马尔克斯写完《百年孤独》时的情景，总有一种特别的感动。作家走下幽闭的小阁楼，妻子用一种不带问号的口吻问他：克雷地亚上校死了。加西亚·马尔克斯哭了。我想这是一种至美至大的境界。写完这部小说后，我走出家门，把作为这部作品背景的地区重走了一遭，我需要从地理上重新将其感觉一遍。不然，它真要变成小说里那种样子了。眼下，我最需要的是使一切回复到正常的状态。小说是具有超越性的，因而世界的面貌在现实中完全可能是另外一种样子。

一种更能为人所接受的说法应该是，历史与现实本身的面貌，更加广阔，更加深远，同样一段现实，一种空间，的确具有成为多种故事的可能性。所以，这部小说，只是写出了我肉体与精神原乡的一个方面，只是写出了它的一种状态，或者说是我对它某一方面的理解。我不能设想自己写一种全景式的鸿篇巨制，写一种幅面很宽的东西，那样的话，可能会过于拘泥于历史与现实，可能在很大程度上被营造真实感耗散精力，很难有自己的理想与生发。我相信，作家在长篇小说中从过去那种上帝般的全知全能到今天更个性化、更加置身其中的叙述，这不只是小说观念的变化，作家的才能也发生了一些变化。或者说，这个时代选择了另一类才具的人来担任作家这个职业。

如果真的承认一个时代有一个时代的小说，那么也就应该承认一个时代有一个时代的作家。

这个时代的作家应该在处理特别的题材时，也有一种普遍的眼光，普遍的历史感，普遍的人性指向。特别的题材，特别的视角，特别的手法，都不是为了特别而特别。在这一点上，我绝不无条件地同意越是民族的便越是世界的这种笼统的说法。我会在写作过程中，努力追求一种普遍的意义，追求一点寓言般的效果。

因为我的族别，我的生活经历，这个看似独特的题材的选取是一种必然。如果呈现在大家面前的这部小说真还有一些特别之处，那只是为了一种更为酣畅、更为写意、从而更深刻的表达。今天重读这部小说，我很难说自己在这方面取得了多大的成功，但我清楚地看到了自己在其中所作的努力。我至少相信自己贡献出了一些铭心刻骨的东西。正像米兰·昆德拉喜欢引用胡塞尔的那句话："因为人被认识的激情抓住了。"

至少在我想到下一部作品的时候，我看到了继续努力的方向，而不会像刚在电脑上打出这部小说的第一行字句时，那样游移不定，那样迷茫。

在这部作品诞生的时候，我就生活在小说里的乡土所包围的偏僻的小城，非常汉化的一座小城。走在小城的街上，抬头就可以看见笔下正在描绘的那些看起来毫无变化的石头寨子，看到虽然被严重摧残、但仍然雄伟旷远的景色。但我知道，自己的写作过程其实是身在故乡而深刻地怀乡。这不仅是因为小城里已经是另一种生活，就是在那些乡野里，群山深谷中间，生活已是另外一番模样。故乡已然失去了它原来的面貌。血性刚烈的英雄时代，蛮勇过人的浪漫时代早已结束。像空谷回声一样，渐行渐远。在一种形态到另一种形态的过渡时期，社会总是显得卑俗；从一种文明过渡到另一种文明，人心猥琐而浑浊。所以，这部小说，是我作为一个原乡人在精神上寻找真正故乡的一种努力。我没有力量在一部小说里像政治家一样为人们描述明天的社会图景，尽管我十分愿意这样。现在我已生活在远离故乡的城市，但这部小说，可以帮助我时时怀乡。

在我怀念或者根据某种激情臆造的故乡中，人是主体。抑或将其当成一种文化符号来看待，也显得相当简洁有力。而在现代社会，人的内心更多的隐秘与曲折，却避免不了被一些更大的力量超越与充斥的命运。如果考虑到这些技术的、政治的力量是多么强大，那么，人的具体价值被忽略不计，也就不难理解了。其实，许多人性灵上的东西，在此前就已经被自身所遗忘。

这样的小说当然不会采用目下的畅销书的写法。

我也不期望自己的小说雅俗共赏。

我相信，真正描绘出了自己心灵图景的小说会挑选读者。

前些天，一个朋友打开了我的电脑，开始从第一章往下看，我很高兴地看到她一边移动光标，一边发出了心领神会的微笑。我十分珍视她所具有的幽默感与感悟能力。她正是我需要的那种读者。一定的文学素养，一双人性的眼睛，一个智慧的头脑，一个健康活泼的心灵，而且很少先入为主的理念。至少我可以斗胆地说，我更希望是这样的读者来阅读我的小说，就像读者有权利随意表示自己喜欢哪一种小说一样。

在我们国家，在这个象形表意的方块文字统治的国度里，人们在阅读这种异族题材的作品时，会更多地对里面一些奇特的风习感到一种特别的兴趣。作为这本书的作者，我并不反对大家这样做，但同时也希望大家注意到在我前面提到过的那种普遍性。因为这种普遍性才是我在作品中着力追寻的东西。这本书从构思到现在，我都尽了最大的力量，不把异族的生活写成一种牧歌式的东西。很长时间以来，一种流行的异族题材写法使严酷生活中张扬的生命力，在一种有意无意的粉饰中，被软化于无形之中。

异族人过的并不是另类人生。欢乐与悲伤，幸福与痛苦，获得与失落，所有这些需要，从它们让感情承载的重荷来看，生活在此处与别处，生活在此时与彼时，并没有什么太大的区别。所以，我为这部小说呼唤没有偏见的，或者说愿意克服自己偏见的读者。因为故事里面的角色与我们大家有同样的名字：人。

当然，这部小说肯定不会，也不能只显示出思想与时间的特质，它同时也服从了昆德拉所说的那种游戏的召唤。虚构是一种游戏，巧妙谐和的文字也是一种游戏，如果我们愿意承认这一点的话，严肃的小说里也有一个巨大的游戏空间。至少，对富于智慧与健康心智的人来说，会是这样。

想想当有一天，又一种尘埃落定，这个时代成为一个怀旧的题材，我们自己在其中，又以什么样的风范垂示于久远呢？

而当某种神秘的风从某个特定的方向吹来，落定的尘埃又泛起，那时，我的手指不得不像一个舞蹈症患者，在电脑键盘上疯狂地跳动了。下一部小说，我想变换一个主题，关于肉体与精神上的双重流浪。看哪，落定的尘埃又微微泛起，山间的大路上，细小的石英沙尘在阳光下闪烁出耀眼的光芒。我的人本来就在路上，现在是多么好，我的心也在路上了。

唉，一路都是落不定的尘埃。你是谁？你看，一柱光线穿过那些寂静而幽暗的空间，便照见了许多细小的微尘飘浮，像茫茫宇宙中那些星球在运转。

音乐与诗歌，我的早年

——《阿来文集·诗集》后记

很偶然的一个场合，跟一个朋友谈起了贝多芬。当时，他回想起跟当年指挥过的一个大学合唱团的女领唱同台表演多声部时此起彼伏且丝丝入扣的情景。今天，女领唱在大学里做着我认为最没意思的工作：教授中文。指挥却已做了老板，出了一套很精致的合唱唱片。我很喜欢，于是，他每出一张，便请一次饭，并送一张唱片。我当年的音乐生活很孤独，没有合唱团，更没有漂亮的女团员。我的音乐是一台双喇叭的红灯牌收音机接着一只电唱机。

那时在遥远的马尔康县中学教书，一天按部就班的课程曲终人散后，傍在山边的校园便空空荡荡了。

有周围寨子上的人家的牛踱进校园里来，伸出舌头，把贴在墙上的标语公告之类的纸张撕扯下来，为的是舔舐纸背上稀薄的糨糊。山岚淡淡地弥漫在窗外的桦树林间，这时，便是我的音乐时间。打开唱机，放上一张塑料薄膜唱片，超越时空的声音便在四壁间回响起来。桦树林间残雪斑驳，四野萧然。于是，贝多芬的交响曲声便轰响起来，在四壁间左冲右突。那是我的青春时期，出身贫寒，经济窘迫，身患痼疾，除了上课铃响时你必须出现在讲台上外，在这个世界大多数人的眼里，并没有你的存在。就在那样的时候，我沉溺于阅读，沉溺于音乐，愤怒有力的贝多芬，忧郁敏感的舒伯特。现在，当我回忆起这一切，更愿意回想的就是那些黄昏里的音乐生活。音乐声中，学校山下马尔康镇上的灯火一盏盏亮起来，我也打开台灯，开始阅读，遭逢一个个伟大而自由的灵魂。应该是一个晚春的星期天，山上的桦树林已经一派翠绿，高山杜鹃盛开，我得到一张新的红色唱片，上面两首曲子，一首是柴可夫斯基《意大利随想》，一首是贝多芬的奏鸣曲《春天》。先来的是小提琴，多么奇妙，悠扬的琴声像是春风拂面，像是溪水明亮地潺湲。然后，钢琴出现，铿锵的音符像是水上精灵跳动似的一粒粒光斑。然后，便一路各自吟唱着，应和着，展开了异国与我窗外同样质地的春天。我发现了另一个贝多芬，一个柔声吟咏，而不是震雷一样轰响着的贝多芬！这个新发现的贝多芬，在那一刻，让我突然泪流满面！那个深情描画的人其实也是很寂寞很孤独的吧，那个热切倾吐着的人其实有很真很深的东西无人可以言说的吧，包括他发现的那种美也是沉寂千载，除他之外便无人发现的吧。

从那些年，直到今天，我都这样地热爱着音乐。后来，经历了音响装置的几次革命，我便永远地失去了贝多芬的《春天》。这一分别，竟然是十五六年！每当看到春日美景，脑海里便有一张唱片旋转，《春天》的旋律便又恣意地流淌了。这些年，我都把这份记忆掩在最深的地方。直到这天晚上，在成都一间茶楼，坐在几株常绿的巴西木与竹葵之间，听两个朋友谈当年的合唱，我第一次对别人谈起了我的音乐往事，这份深远的怀想。程永宁兄——当年的合唱队指挥，当即便哼出了那段熟悉的旋律，然后，掏出手机打了个电话。因为他的属下照看着一家颇有档次的音响器材店，而且店里也卖正版的古典音乐唱片。他很快收了线，告诉我，这张CD很快就会来到我的手上。

今天所以要在这里回忆以往的音乐生活，不是要自诩自己有修养，或者有品位，而是回想过去是什么东西把我导向了文学时，觉得除了生活的触发，最最重要的就是孤独时的音乐。因为在我提笔写作之前，已经有了二十多年的生活，而且是因为艰难困窘、缺少尊严而显得无比漫长的二十多年。在那样的生活中，人不是麻木就是敏感。我没有麻木，但也没有想要表达的那种敏感。于是我在爱上文学之前，便爱上了音乐。或者说，在我刚刚开始有能力接触文学的时候，便爱上了音乐。我在音乐声中，开始欣赏，然后，有一天，好像是从乌云裂开的一道缝隙中，看到了天启式的光芒，从中看到了表达的可能，并立即行动，开始了分行的表达。

是的，我的表达是从诗歌开始，我的阅读，我从文字中得到的感动也是从诗歌开始。

那次茶楼里与两个当年的合唱团员的交谈很快就成了一个多月前的往事了。当然，这不是那种随即就会被忘记的往事。一天下午，程永宁突然打来一个电话，说那张唱片找到了，店里已经没有这张唱片，是一个朋友的珍藏，但那位未曾谋面的朋友愿意割爱把这张唱片转送于我。而且，此刻程兄已把唱片送到了我上班的楼下。这段日子，我正用下班时间编辑着读者手里这本小书。平时，因为同时担任着两份杂志的主编，不能每天准时离开办公室。但是，这一天，2001 年 3 月 15 日，星期四，我却盼着下班，而且准点下班。急急回到家里，便打开了音响。瞬间等待后，那熟悉的旋律一下便涌入了心坎。于是，我身陷在沙发里，人又回到了十多年前。想起了早年听着这样的音乐时遭逢的那些作家与作品。

现在，很多人都知道，阿来的写作是从诗开始的。

那时，有这样的音乐做着背景，我在阅读中的感动，感动之余也有想自由抒发的冲动，都是从诗歌开始的。我很有幸，当大多数人都在听邓丽君们的时候，我遭逢了贝多芬们；我也很庆幸，在当时中国很畅销的中国诗歌杂志在为朦胧诗之类争论得面红耳赤的时候，我从辛弃疾、从聂鲁达、从惠特曼开始，由这些诗人打开了诗歌王国金色的大门。

是的，聂鲁达！那时，看过很多照片，都是一些各国著名诗人与之并肩而立的照片。他访问过包括中国在内的很多国家，我不知道那些国家的诗人与之有没有过灵魂的交流，与之并肩而立的合影却是一定会留下的。但是，非常对不起，那些影子似的存在正在被遗忘，但我仍然记得，他怎样带着我，用诗歌的方式，漫游了由雄伟的安第斯山统摄的南美大地，被独裁的大地，因此反抗也无处不在的大地。被西班牙殖民者毁灭了的印第安文化英魂不散，在革命者身上附体，在最伟大的诗人身上附体。那时，还有一首凄凉的歌叫《山鹰》，我常常听着这首歌，读诗人的《马克楚比克楚高峰》，领略一个伟大而敏感的灵魂如何与大地与历史交融为一个整体。这种交融，在诗歌艺术里，就是上帝显灵一样的伟大奇迹。

是的，惠特曼，无所不能的惠特曼，无比宽广的惠特曼。今天，我听了三遍久违的《春天》后，又从书橱里取出久违了的惠特曼。我要再次走进那些自由无羁的雄壮诗行。是的，那时就是这样，就像他一首短诗《船起航了》所写的一样：

> 看哪，这无边的大海，
>
> 它的胸脯上有一只船起航了，张着所有的帆，甚至挂上了它的月帆，
>
> 当它疾驶时，航旗在高空中飘扬，她是那么庄严地向前行进，
>
> 下面波涛汹涌，恐后争先，
>
> 它们以闪闪发光的弧形运动和浪花围绕着船。

感谢这两位伟大的诗人，感谢音乐，不然的话，有我这样的生活经历的人，是容易在即将开始的文学尝试中自怜自爱、哭天抹泪、怨天尤人的。中国文学中有太多这样的东西。但是，有了这两位诗人的引领，我走向了宽广的大地，走向了绵延的群山，走向了无边的草原。那时我就下定了决心，不管是在文学之中，还是文学之外，我都将尽力使自己的生命与一个更雄伟的存在对接起来。也是因为这两位诗人，

我的文学尝试从诗歌开始。而且，直到今天，这个不狭窄的、较为阔大的开始至今使我引为骄傲。

回想我开始分行抒发的时候，正是中国诗坛上山头林立、主张与理论比情感更加泛滥的时期。但是，我想，如果要让文学从此便与我一生相伴的话，我不能走这种速成的道路。

于是，我避开了这种意气风发的喧嚣与冲撞，走向了群山，走向了草原。开始了在阿坝故乡广阔大地上的漫游，用双脚，也用内心。所以，这些诗歌最初出现在各种各样的纸张上，各种各样的简陋的招待所窗户下肮脏的桌子上。今天，我因为小说获奖住在北京一家干净整洁的宾馆里，多年的好友，今天的责编脚印送来诗稿让我作最后一次校对。我在柔和的灯光下一行行检点的仿佛不是诗句，而是漫长曲折的来路。墙外是这座大城市宽广丰富而又迷离的夜晚，我却又一次回到了青年时代，回到了双脚走过的家乡的梭磨河谷、大渡河谷，回到了粗犷幽深的岷山深处，回到了宽广辽远的若尔盖草原。我经历的那个生气勃发的诗歌时代，也是一个特别追名逐利的时代，诗人如此，诗歌界的编辑亦如此，带着势利眼而没有自己真正主张的占了绝大多数。所以，我有些很好的诗歌篇什，便永远地沉埋在一些编辑部里了。比如，我至今想得起来的一首诗叫《遇见豹子》。当然，这仅仅是一个特别的例子，名单再开下去，便是一份控诉书了。其实，我的这本小小的诗集直到今天才得以出版，这件事本身，便是对中国文坛某些不正常状态的沉默的批判。如果不是那些永远沉没在某些编辑手里的没留底稿的诗篇，这本诗集便不会如此单薄。

这些诗不仅是我文学生涯的开始，也显露出当我的文学生涯开始的时候，是一种怎样的姿态。所以，亲爱的尊敬的读者，不论你对诗歌的趣味如何，这些诗永远都是我深感骄傲的开始，而且，我向自己保证，这个开始将永远继续，直到我生命的尾声。就像现在，音响里传出最后一个音符，然后便是意味深长的寂静。而且，我始终相信，这种寂静之后，是更加美丽与丰富的生命体验与表达的开始。

《空山》三记

——有关《空山》的三个问题

1　什么样的空，什么样的山

2005年3月，北京一次饭局，第二天我将受邀去美国考察。考察的目标是与对方共同商定的：美国本土的少数族裔的生存状况和美国的乡村。一个语言不通的人，将要独自在异国的土地上去那么多地方，而且还要考察那么宽泛而复杂的对象，心里当然有些忐忑，不是害怕，是不安，害怕自己考察归来时一无所获，辜负了邀请方的美意。准备出行的日子一直都在试图克服这种不安。克服的方式无非是多读些书，预先做一些案头工作，不使自己在进入一个陌生的领域时显得盲目与唐突。在饭局上，不安暂时被放下了，和出版社的朋友们商定《空山》前两卷的出版事宜。酒过三巡，一份合同摆在了面前，没有太过细致地推敲那份合同，就签上了名字。朋友们也知道，我并不是一个特别在意合同中那些与作者权益有关的条款的人。这不是说我不关心自己的利益，而是我一直觉得，当一本书稿离开了我的案头，就开始了它自己的旅程。我始终觉得一本书与一个人一样，会有着自己的命运。

有着自己的坎坷，自己的好运，或者被命运之光所照亮，或者被本来需要认知的人们所漠视。一个作家，可以尽力写一本书，但无力改变书籍这种奇异的命运。正是有了这样的想法，就觉得过于执著于一份合同的条款，并不会在真正的意义上改变一本书最终的命运。

彼时，我高兴的是有这么一顿酒，把我从临行之前的忐忑之中解脱出来。酒席将散的时候，突然发现，合同中的那本书还没有名字。大家看着我，说想一个名字吧。于是，我沉吟一阵后，脱口说“空山”。看表情就知道大家不满意这个名字。但是，没有人想出一个更好的名字来。那就叫这个名字了？就叫这个名字吧。飞美国的时间那么长，在班机上再想想？我没有反对。但我知道我不会再想了。因为这时我倒坚定起来了，这本书已经写出来的和将要写出来的部分，合起来都叫“空山”了。

只是，我对自己说，这不是“空山新雨后，天气晚来秋”那个“空山”。没那么空灵，那么写意。不是汉语诗歌里那个路数，没有那么只顾借山抒怀，而并不真正关心那山的真实面貌。我的写作不是那种不及物的路数。

想出这个名字时，像电影里的闪回镜头一样，我突然看到我少年时代的那片深山。那时候，我生活在一个非常狭小的世界。具体地说，就是一个村庄所关涉到的一片天地：山峰、河谷、土地、森林、牧场，一些交叉往复的道路。具体而言，也就是几十平方公里大的一块地方。在我成长的过程中，那曾是一个多么广大的世界！直到有一天，一个地质勘探队来到了那个小小的村庄。那些人显然比我们更能洞悉这个世界，他们的工作就是叩问地底的秘密。这一切，自然激起了蒙昧乡村中一个孩子的好奇。而这些人显然喜欢有好奇心的孩子。有一天，其中的一个人问，想不想知道你们村子在什么地方？这真是一个奇妙的问题，他们的帐篷就搭在村子里的空地上，村子就在我们四周。狗和猪来来去去，人们半饥半饱，但到时候，每一家房顶上，依然会飘散起淡蓝色的炊烟。在这么一种氛围中，一张巨幅的黑白照片在我面前铺开了。这是一张航拍的照片。满纸都是崎岖的山脉，纵横交织，明亮的部分是山的阳坡和山顶的积雪，而那些浓重的黑影，是山的阴面。地质队员对孩子说，来，找找你的村子。我没有找到。不只是没有我的村子，这张航拍图上没有任何一个村子。只有山，高耸的山和蜿蜒的山。后来，是他们指给我一道山的皱褶，说，你的村子在这里。他们说，这是从很高很高的天上看下来的景象。村子里的人以为只有神可以从天上往下界看，但现在，我看到了一张人从天上看下来的图像。这个图景里没有人，也没有村子，只有山，连绵不绝的山。现在想来，这张照片甚至改变了我的世界观，或者说，从此改变了我思想的走向。我从此知道，不只是神才能从高处俯瞰人间。再者，从这张照片看来，太高的地方也看不清人间。构成我全部童年世界和大部分少年世界的那个以一个村庄为中心的广大世界竟然从高处一点都不能看见。这个村子，和这个村子一样的周围的村子，竟然一无所见。所见的就是一片空山。所谓“空山”，就是这么一个意思。

好多年过去了，我想自己差不多都忘掉这段经历了。

但在那一天，却突然记起。那么具体的人，那么具体的乡村，那么具体的痛苦、艰难、希望、苏醒，以及更多的迷茫，所有这些，从高远处看去，却一点也不着痕迹。遥远与切近，就构成了这样一种奇妙的关系。具体地描写时，我知道自己有着清晰的痛感，但现在，我愿意与之保持住一定的距离。从此，这一系列的乡村故事，有了一个共同的名字：空山。

这个世界还有另一个维度，叫做时间。在大多数语境中，时间就是历史的同义词。历史像一个长焦距的镜头，可以一下子把当前推向遥远。当然，也能把遥远的景物拉到眼前，近了是艰难行进的村子，推远了，依然是一派青翠的“空山”。

或者如一个在中国并不知名的非洲诗人的吟唱：“黑色，应该高唱：啊，月亮，出来吧！请在高山之上升起。”

月亮升起来，从高处看下去，从远处看过去，除了山，我们一无所见，但我们也许愿意降低一点高度，那么，我们会看见什么？而更重要的问题是，本可以一无所见，那我们为什么偏偏要去看见？

2 个别的乡村，还是所有的乡村

应该承认，当时我并没有这么多的联想，只是那个几乎已经被遗忘的情景突然被记起，突然意识到那个场景所包含的某种启迪。第二天，我就登上了去美国的飞机。然后，洛杉矶、华盛顿、纽约、波士顿、弗吉尼亚、亚特兰大、印第安纳、夏威夷……描述行程时，我只能写出这些城市的名字，但我要说的不是这些城市，而是这些城市之间的那些广大的异国的乡村。

在异国的乡村为自己的乡村而伤情。

中国的乡村看起来广大无比，但生存的空间却十分促狭，而且，正在变得更加促狭。但在异国的乡村，我看到了这些乡村还有自己的纵深之处。一个农夫骑着高头大马，或者开着皮卡出现在高速路边上，但在他的身后，原野很广阔。一些土地在生长作物，而另外一些土地却在休养生息。只是生长着野草闲花。一定的时候，拖拉机开来，把这些草与花翻到地下，就成为很好的有机肥。把那些土块隔开的是大片的森林，在林子的边缘，是那些农庄。这种景象，在经济学家或政治家的描述中，就是中国乡村的未来——大部人进入城市，一些农村也城镇化，然后，剩下的农村大致就成为这个样子。

这是现今的中国告诉给农民的未来，而在此前，中国的农民已经被告知，并被迫相信过不同的未来。这个未来最为世俗，也最为直观，因为这种未来在地球上的好些地方都已出现。但必须承认，对一个中国农民来说，这个未来也非常遥远。他们不知道这个未来在什么时候实现。也许，此刻在某一间中国农舍中孕育的新生命可能生活在这个未来中间。美好憧憬与严酷现实之间的距离，反倒加深了他们的痛苦。因为现实时刻在给他们教训，那些未来太过遥远。而在他们实际的经验中，对幸福稍许的透支都需要用苦难来加倍偿还。人民公社时，刚刚放开肚子在食堂里吃了几天，后来，就要以饿死许多人命作为抵偿。长此以往，中国的乡村可能在未到达这个未来时就衰竭不堪了。这个衰竭，不只是乡村的人，更包括乡村的土地。我在异国看到休耕以恢复地力的土地时，就想到在我们这里，因为人口的重负，土地也只是在不断地耗竭，而很难得到休养生息。

我总担心这种过分耗竭会使中国的乡村失去未来。也许因为这个我会受到一些谴责，或者说，我已经受到过一些责难，可是我想，作家当然要服从人类所以成为人类的一些基本的理念。作家没有权利因为某些未经验证的观念而去修改现实。

未来需要有一个纵深，而中国的乡村没有自己的纵深。这个纵深首先指是一个有回旋余地的生存空间。中国大多数乡村没有这样的空间。另一个纵深当然是指心灵，在那些地方，封建时代那些构筑了乡村基本伦理的耕读世家已经破败消失，文化已经出走。乡村剩下的只是简单的物质生产，精神上早已经荒芜不堪。精神的乡村，伦理的乡村早就破碎不堪，成了一片精神荒野。

我并不天真地以为异国的乡村就是天堂。我明白，我所见者是斯坦培克描绘过的产生过巨大灾难的乡野，福克纳也以悲悯的情怀描绘过这些乡野的历史与现实：种族歧视加诸人身与人心的野蛮的暴力，横扫一切的自然灾害，被贪婪的资本无情盘剥与鲸吞。在《我弥留之际》这部小说中，福克纳曾借他小说中的人物这样说道：“要是你能解脱出来进入时间，那就好了。”问题是，我们并不能经历一个没有物理空间和存在于这个空间之中的人类社会的单独的时间。

不得不承认，如今这些乡野比我们的乡野更多地分享了时代的进步与文明的成果。至少从表面看来，是一派安宁富足的景象。那样的旅行，像是在读惠特曼的诗：“现在，我在白天的时候，坐着向前眺望/在农民们正在春天的田野里耕作的黄昏中/在有着大湖和大森林的不自知的美景的地面上/在天空的空灵的美景之中（在狂风暴雨之后）/在午后的时光匆匆滑过的苍穹之下，在妇女和孩子们的声音中/汹涌的海潮声中，我看见船舶如何驶去/丰裕的夏天渐渐来到，农田中人们忙碌着/无数的分散开的人家，各自忙着生活，忙着每天的饮食和琐屑的家务……”

的确，我在那里看到了更多的宁静、安详，并感到那种纵深为未来提供了种种的可能。正由于此，我为自己的乡村感到哀伤。我想起当年那些从城里学校来到乡村的所谓知识青年，我自己也曾经是他们当中的一员。但是，这些人并未改变乡村，而是在乡村为温饱而挣扎的生活淹没了他们。这种生活熄灭了知识在年轻的心中燃起的所有精神性的火苗。怀着这样的心情，我和翻译驾车穿行异国广大的乡村，眼睛在观察，内心却不断地萦绕着记忆。

有一天，我们在路边停下车，走向一个正在用拖拉机翻耕土地的农夫。刚刚翻耕的沃土散发出醉人的气息，身后，好多飞鸟起起落落，那是它们在啄食刚刚被犁铧翻到地面上来的虫子。那个蓝眼睛的农夫停下了机器，从暖壶里给我斟上一杯热咖啡，然后，我们一起坐下来闲话。继续驾车上路时，我突然感到锥心的痛楚。因为我想起了另外一个拖拉机手，他是我中学时代最要好的同学。一次回乡，人们告诉我，他曾开着他的拖拉机翻到了公路下面。当时他可以自救，但他没有采取任何自救的措施。那天，我问他为什么，他面无表情地说：“觉得就这么突然死去挺好，活着也没有什么意思。”那时，我感到的就是这种锥心的痛楚。他是村子里那种能干的农民。能在 20 世纪 80 年代开上一部拖拉机四处奔忙就是一个证明。后来，他用挣来的钱开上了卡车，开着卡车长途贩运木材挣钱。那是 90 年代。后来，这个少年时代的朋友就殒命在长途贩运木材的路上。山上的木材砍光了，泥石流下来了，冲毁的是自己的土地与房舍。少年时代，我们一起上山采挖药材，卖到供销社，挣下一个学期的学费。那时，我们总是有着小小的快乐。因为那时觉得会有一个不一样的未来。而不一样的未来不是乡村会突然变好，而是我们有可能永远脱离乡村。的的确确，在异国的乡野中——有着朴素教堂与现代化的干净的小镇的乡野，我又想起了他。不只是一个故事，而是一种痛楚。

我还想起一个人。

一个读书读得半通不通的人，一个对知识带着最纯净崇拜的人。他带了很多从捣毁的学校图书馆里流失出来的书回到乡下。以为自己靠着这些书会了悟这个世界的秘密。而他还有另外一个朋友，一个不相信书本，相信依靠传统的技能就能改变命运的人。他们曾经真实存在吗？他们是出于想象吗？对一个小说家来说，从真实处出发，然后，越来越多的想象，想象不同于自己的生活道路的人的种种可能。生活中有那么多歧路，作家自己只是经历了其中的一种。而另外的人，那些少年时代的朋友的去向却大相径庭。我知道他们最终的结局，就是被严酷的生活无情地淹没。但内心的经历却需要想象来重建，于是，我在印第安纳停留下来，开始了《空山》第三卷《达瑟与达戈》的写作。这次写作不是记录他们的故事，而是一次深怀敬意与痛楚的怀念。至少在这个故事中，正是那种明晰的痛楚成为我写作的最初的冲动，也是这种痛楚，让我透过表面向内部深入。一个作家无权在写作的进程中粉饰现实，淡化苦难。但我写作的时候，一直有一个强烈的祈愿，让我们看到未来！

异国的乡村的现实似乎也不是中国乡村的未来，那么，让我们看到自己的未来！

3　关于消逝：重要的是人，还是文化

其实，无论是步步紧逼的现实，还是关于人类社会历史进程的常识，我们都知道，一切终将消逝，个体的生命如此，个体生命聚集起来的族群如此，由族群而产生的文化传统也是如此。这些都是一些基本常识。我用怀念的笔调和心情来写那些消失与正在消失的生命，以及他们的生存方式。所谓文化，并不是如一些高蹈的批评家所武断地

认为的那样，是出于一种狭隘的文化意识，更直接地说，是出于某种狭隘的民族本位主义。

是的，消失的必然会消失。特别对文化来说，更是如此。自从有人类社会以来，族的形成，国的形成，就是文化趋同的过程，结果当然是文化更大程度上的趋同。如果说这个过程与今天有什么不同，那就是因为信息与交通的落后，这个世界显得广阔无比，时间也很缓慢。所以，消失是缓慢的。我至少可以猜想，消失的缓慢会有一个好处，那就是人们在不知不觉中习惯这个消失的过程，更可以看到新的东西慢慢地自然成长。新的东西的产生需要时间，从某种程度上说，进化都是缓慢的，同时也是自然的。但是，今天的变化是革命性的：迫切、急风暴雨、非此即彼、强加于人。理解要执行，不理解也要执行。不然，你就成为前进道路上一颗罪恶的拦路石，必须无情地毫无怜悯地予以清除。特别是 20 世纪，特别是 20 世纪的后 50 年，情况更是这样。而且，今天越来越多的人在形成共识：那个时代的许多事情至少是太操之过急了。结果是消灭了旧的，而未能建立新的。我们的过去不是一张白纸，但我们费了好多劲去涂抹，要将其变成一张白纸，以期画出“最新最美的图画”。但结果如何呢？涂抹的结果不是得到一张干净的白纸，而是得到一张伤痕累累的、很多脏污残迹的纸。新图画也成为一个遥远的梦想。政治如此，经济如此，文化更是如此。今天的许多社会问题，大多数都可以归结为文化传统被强行断裂。汉文化如此，少数民族文化更是如此。这不是我的发明，我不过是吸收了这个社会大多数人的共识。正是基于这样的认知与感受，我的小说中自然关注了文化（一些特别的生活与生产方式）的消失，记录了这种消失，并在描述这种消失的时候，用了一种悲悯的笔调。这是因为我并不认为一个生命可以在任何一种文化中存身。一种文化——更准确地说是生活与生产方式的消失，对一些寄身其中的个体生命来说，一定是悲剧性的。尤其是在我所描述的这个部族，这个地区，在此之前，他们被区隔于整个不断进化的文明世界之外已经太久太久了。这不是他们主动的选择，这是他们从未出生时就已经被规定的命运。政治学或社会学对此种状况的描述是“跨越”。须知，社会的进步不是田径场上天才运动员一次破纪录的三级跳远。屏气，冲刺，起跳，飞跃，然后欢呼胜利。这个社会当然落后，但这种状况不是老百姓造成的。社会当然应该进步，但他们从来没有准备过要一步跨越多少个世纪的历史。于是，当旧的文化消失，新的时代带着许多他们无从理解的宏大概念迅即到来时，个人的悲剧就产生了。我关注的其实不是文化的消失，而是时代剧变时那些无所适从的人的悲剧性的命运。悲悯由此而产生。这种悲悯是文学的良心。

当我们没有办法更加清晰地看到未来时，这种回顾并不是在为旧时代唱一曲挽歌，而是反思。而反思的目的，还是为了面向未来。如果没有反思，历史本身就失去了价值，只不过文学的方法比历史学普遍采用的方法更关注具体的人罢了。

我很遗憾读到了一些文字，以为这个作家就是一个愿意待在旧世界抗拒并仇视文明的人。我不愿意揣度是因为我的族别，以为有了这样一个族别就有了一个天然的立场，在对进步发出抗议之声。我愿意相信，这样的声音只是基于简单的社会进化论的一种只用政治或社会学的眼光来阅读文学作品的一个结果。我想，这就是桑塔格所指控的那种“侵犯性”的阐释。

萨义德说过这样的话：“所有文化都能延伸出关于自己和他人的辩证关系，主语‘我’是本土的，真实的，熟悉的，而宾语‘它’或‘你’则是外来的或许危险的，不同的，陌生的。从这个辩证关系衍生出一系列的英雄和怪兽，开国者和野蛮人，受人尊重的名著和被人轻视的对立面；这表达了一种文化，从它最根本的民族自我意识，到它纯净的爱国主义，最后到它粗鄙的侵略主义、仇外，以及排他主义的偏见。”

我在最近为自己的一本韩文版小说集所写的序中这样说：“我曾经遇到一些读了我的书后不高兴的人，因为我说出了一个与他们想象，或者说别一些人描绘的不一样的西藏。因而我在什么地方冒犯了他们……他们不想知道还有另一个西藏。好在，大多数的读者不是这样。我写作的动力也正是源于大多数读者不是这样。在我的理解中，小说家是这样一种人，他要在不同的国度与不同的种族间传递信息，这些信息林林总总，但归根结底，都是关于沟通与了解，而真实，是沟通与了解最必需的基石。”

从某种意义上说，我甚至不是一个如今风行世界的文化多样性观念的秉持者。

这个世界上有着多种多样的文化是一个客观事实。这个世界上很多文化正在消失也是一个客观事实。这些文化所以消失，大多是因为停滞不前而导致其在现代社会中无法适应，也就是竞争力的消失。保护和尊重文化多样性的观念首先来自身居文化优势地位的西方知识分子，用历史学家许倬云的话说，这是因为担心多样文化的消失，“可能会剥夺了全体人类寻找未来方向的许多可能选项”。但我不大相信，按现今社会的发展态势，人类会停下来，回过头去寻找另外的社会进化途径，去重新试验那些“可能选项”。这种以生物界的进化理论为根据的文化多样性理论表面看来具有充足的理由，但实际情形可能并不是这样。因为，文化不是一个独立的问题，而是与政治、经济紧紧地纠结在一起。任何一个族群与国家，不像自然界中的花草，还可能在一些保护区中不受干扰地享有一个独立生存与演化的空间，文化早已失去这种可能性了。基于这样的认识，我不哀悼文化的消亡。但我希望对这种消亡，就如人类对生命的死亡一样，有一定的尊重。尊重旧的，不是反对新的，而是对新的寄予了更高的希望，希望其更人道，更文明。在任何一种文化中，人们哀悼逝者，讲述死者的故事，缅怀那些从身边消失的人的音容笑貌，肯定不是因为仇视新生命的到来。

我始终觉得，我们的思想中有一种毒素，那就是必须为一个新的东西，或者貌似新的东西尽情欢呼，与此同时，就是不应该对消逝的或正在消逝的事物表示些许的眷恋。我们一直生活在一种对“新”的简单崇敬中间。认为“新”一定高歌猛进，“新”一定带来无边福祉，“新”不会带来不适应症，“新”当然不会包含任何悲剧性的因素。

必须再说一次，我希望“新”的到来，“旧”的消失的过程中，能够尽量少一些悲剧，不论这些悲剧是群体性的还是纯粹只属于某些个体。

我并不认为写作会改变什么，除了自己的内心，也许可能还有另外一些人的内心。

我比较信服萨义德的观点，他说，知识分子的表达应该摆脱民族或种族观念束缚，并不针对某一部族、国家、个体，而应该针对全体人类，将人类作为表述对象。即便表述本民族或者国家、个体的灾难，也必须和人类的苦难联系起来，和每个人的苦难联系起来表述。这才是知识分子应该贯彻的原则。他说：“知识分子的重大责任在于明确地把危机普遍化，从更宽广的人类范围来理解特定的种族或民族所蒙受的苦难，把那个经验连接上其他人的苦难。”

我想，当一个小说家尽其所能作了这样的表达，那么，也会希望读者有这样的视点，在阅读时把他者的命运当成自己的命运，因为相同或者相似的境遇与苦难，不同的人，不同的族群，在不同的历史时期，或者曾经遭遇与经受，或者会在未来与之遭逢。从这个意义上说，任何一个文本都是一个人类境况的寓言。